BESTSELLER

Biblioteca

MARY HIGGINS CLARK
y ALAFAIR BURKE

¿Dónde están los niños ahora?

Traducción de
Nieves Calvino Gutiérrez

DEBOLS!LLO

Papel certificado por el Forest Stewardship Council®

Título original: *Where Are the Children Now?*
Primera edición: julio de 2024
Primera reimpresión: noviembre de 2024

Printed in Spain – Impreso en España

ISBN: 978-84-663-7677-8
Depósito legal: B-9.178-2024

Compuesto en Fotocomposición gama, sl
Impreso en Liberdúplex
Sant Llorenç d'Hortons (Barcelona)

P 3 7 6 7 7 B

*Para William, Louis, Frederick, Emma,
Katherine, Alexander y Stella, los amados
bisnietos de la Reina del suspense*

PRÓLOGO

Podía sentir el húmedo viento de la tarde que se colaba por las rendijas de los cristales de las ventanas. Hacía solo unos años habría sido impensable que entrara una corriente en esa habitación, el dormitorio de su infancia. Su madre tenía ojo clínico para los detalles y habría detectado el más mínimo defecto en una casa, sobre todo si afectaba al bienestar de alguien que dormía bajo su techo. Y su padre había sido el mejor agente inmobiliario del Cabo, de esos que con los años se habían convertido en consumados manitas a fin de proporcionar un servicio extra a sus clientes. Pero las juntas alrededor de los alféizares no eran lo único que se había agrietado últimamente en la familia Eldredge.

Deseosa de conciliar el sueño, Melissa se levantó de la cama, se puso las zapatillas y se acercó a la ventana a toda prisa, pues no quería despertar al resto de la casa. Después de correr las cortinas, cogió otra manta de lo alto del armario, la extendió sobre la cama y activó un recordatorio en su teléfono móvil para que un manitas le diera un repaso a toda la casa antes de volver a Nueva York, por si acaso en algún momento lograba convencer a su madre de que la vendiera.

Estaba dejando el móvil en la mesilla de noche cuando recibió un mensaje de texto.

«¿Estás despierta?».

Sonrió para sí, agradeciendo que Charlie hubiera estado en contacto constante con ella durante los cuatro días que llevaba allí.

«Por los pelos», respondió.

Por mucho que ambos viajaran por trabajo, él siempre hablaba con ella al despertarse por la mañana y antes de acostarse por la noche.

«¿Algún otro encontronazo hoy?».

Se refería a la «tonta pelea de hermanos» del día anterior, como la había llamado su madre restándole importancia. Debido a la naturaleza estacional del trabajo de su hermano Mike, era la primera vez que podía volver a Estados Unidos desde el funeral y Melissa había ido en coche hasta el Cabo para que fuera un regreso al hogar de toda la familia.

«Hoy todo sonrisas y buen comportamiento. Hemos ido juntos a visitar la tumba».

El histórico cementerio que había en el camino de la iglesia de Nuestra Señora del Cabo era el marco de la escena campestre del cuadro que colgaba sobre el piano del salón, una de las numerosas obras de arte que cubrían las delicadas paredes color crema de la casa. Cuando su madre pintó aquella inquietante hilera de lápidas hacía más de cuarenta años, la idea de enterrar allí algún día a su marido debía de parecerle inimaginable.

Hizo una pausa, recordando a Mike cogiendo primero la mano de su madre y luego la suya mientras estaban al pie de la tumba de su padre aquella tarde. Seguían siendo una familia, pasara lo que pasase.

«La familia es la familia», añadió Melissa.

No acostumbraba a decir nada negativo sobre ellos hasta que empezó a recibir terapia para el duelo. Cada vez que surgía el tema de los Eldredge —y de lo que había sucedido en su pasado— se quedaba callada, pero le habían dicho que hablar de la infancia era una parte esencial de la terapia. Sin embargo, a veces se sentía culpable y se preguntaba si durante la terapia hablaba con demasiada frecuencia de los pequeños contratiempos de la familia y dejaba de lado todo lo bueno que había ocurrido. Ese día, en la tumba, se había olvidado por completo de las esporádicas tensiones y había vuelto a sentirse agradecida por la maravillosa vida que sus padres habían hecho posible que tuviera.

Vio unos puntos en la pantalla, que indicaban que Charlie estaba escribiendo un nuevo texto.

«Hablando de familia, ¿te he dicho últimamente que estoy deseando que seas mi esposa? Solo dos meses más».

Le había pedido matrimonio a Melissa hacía solo dos semanas y ella había dicho que sí de inmediato. Había sido idea de su madre que se casaran en el primer aniversario del fallecimiento de su padre, aunque eso significaba un compromiso muy breve. La ceremonia sería muy pequeña; solo los novios, la familia más cercana y unos pocos amigos.

Sonrió mientras escribía una respuesta, como hacía siempre que pensaba en su futuro con él.

«Iba a esperar a mañana para decírtelo, pero hoy he pasado por delante de una bodega preciosa. Sé que dijimos que en el juzgado, pero tal vez...».

Pulsó enviar y adjuntó las fotos que había hecho cuando se detuvieron de camino a casa desde el cementerio para brindar por su padre.

Solo unos segundos después, su teléfono sonó mientras lo tenía en la mano. Una llamada por FaceTime de Charlie.

—¡Hola! —exclamó Melissa cuando su cara apareció en la pantalla. Tenía el pelo oscuro y los ojos azules. Y una barba de varios días cubría su mandíbula cuadrada.

—Demasiados mensajes de texto —dijo—. Si hablamos de los detalles de la boda, al menos quiero ver a mi prometida.

—¿Has recibido las fotos que envié de la bodega?

—Sí, y es absolutamente perfecta. ¡Qué vista tan increíble!

—Pero ya dijimos que simplificaríamos las cosas e iríamos al juzgado.

—Fuiste tú la que se mostró inflexible al respecto.

No hacía mucho, Melissa creía que tendría una boda grande y formal con una recepción en un lugar emblemático de Nueva York, tal vez el restaurante Loeb Boathouse de Central Park o en la sala Rainbow Room con vistas al Rockefeller Center. Pero cuando tenía esos sueños, se imaginaba a su padre llevándola al altar y a un hombre que no era Charlie esperándola allí. No le parecía correcto trasladar sus anteriores fantasías nupciales a otra relación. Sin embargo, quizá había algo intermedio entre una boda de cuento de hadas y el juzgado de la ciudad. Un pequeño evento al aire libre en la bodega del Cabo parecía una buena opción para Charlie y para ella.

—Pero ya les hemos comunicado a todos la fecha. Y les hemos dicho que sería en la ciudad.

Él mostró su sonrisa perfecta.

—¿A todos? Todos en este caso son... seis personas, que te adoran e irían a la Luna si fuera necesario para estar contigo en tu día especial. Nuestro día especial.

Melissa esperaba que tal vez estuviera incluyendo a su hermana entre esos seis invitados, pero desde luego Rachel Miller no contaba como alguien que adorara a Melissa. Había aceptado a regañadientes conocer a Melissa, pero solo se habían visto dos veces, y al parecer se puso furiosa cuando Charlie le habló de su proposición de matrimonio e insistió en que su hermano estaba iniciando una nueva relación demasiado deprisa.

—Tal vez Rachel entre en razón para entonces —adujo Melissa.

—Puede que sí o puede que no. Sea como sea, nos vamos a casar y vamos a hacerlo en este hermoso lugar que has encontrado para nosotros. Dalo por hecho. Vamos a reservarlo.

—¿En serio?

—Claro que sí. Mándame un mensaje con el nombre del sitio y les llamaré mañana a primera hora para hablar de los detalles.

Melissa supo inmediatamente que la decisión ya estaba tomada. Una de los miles de cosas que adoraba de Charlie era que lo organizaba todo, siempre dispuesto a quitarle trabajo de encima para que ella pudiera dedicarse a otras tareas.

—Alguien quiere saludarte.

La cámara del teléfono de Charlie descendió hasta que vio un rostro de mofletes regordetes que la miraba. Riley tenía el fino cabello revuelto, como si acabara de levantarse de la cama. Melissa podía ver cajas de cartón al fondo, apiladas en el suelo de la cocina. Acababan de empezar a empaquetar poco a poco el contenido de su apartamento en el Upper West Side, ya que Riley y él se irían a vivir con Melissa.

—¡HOLA, MISSA! —Sonaba casi como Missy, su apodo hasta que de repente anunció en primer curso que quería llamarse Melissa. Riley sonreía tanto que casi se le cerraban los ojos—. ¡¡¡Te echamos de menos!!! —Detrás de la cámara del teléfono y fuera de la vista, Charlie le dijo a Riley que le mandara un beso. La pequeña acercó su mano regordeta a su rosada boquita de piñón y la apretó contra ella. Lo había hecho bastante bien para no tener ni tres años.

—Yo también te echo de menos, cariño. Volveré a Nueva York dentro de dos días.

Su futura hijastra levantó los dedos en forma de uve.

—¡Dos! ¡Como yo!

—Pero solo dos días, no dos años.

—Ya. —Le dio la espalda a la cámara y empezó a alejarse.

—Un público difícil —dijo Melissa una vez que Charlie apareció de nuevo en la pantalla.

—Parece que tenga la capacidad de atención de un niño de dos años —repuso, sacudiendo la cabeza y riendo entre dientes—. Por no hablar de que estás compitiendo con la nueva casa de juguete de Peppa Pig.

—¿Cómo ha hecho para que la dejaras quedarse levantada hasta tan tarde?

—Se acostó justo después de cenar, pero salió hace un

rato diciendo que oía ruidos. Se me ocurrió que podía dejarla jugar mientras terminaba algo de trabajo.

—¿Hablamos mañana?

—Siempre —dijo—. Y todos los demás mañanas.

Después de que terminaran la llamada por FaceTime, se obligó a responder a tres correos electrónicos de un insistente abogado que no parecía entender lo que significaba una respuesta automática que avisaba de que no se encontraba en la oficina. A continuación apagó por fin la lámpara de la mesita de noche. Cuando cerró los ojos, se imaginó de pie junto a Charlie. Ella llevaba el vestido blanco de seda hasta los tobillos con cuello halter que había elegido la semana pasada en Bloomingdale's para la ocasión. Él, el traje de lino marrón claro que ella le dijo que sería perfecto para una boda de verano, incluso en el juzgado. Se estaban dando el beso después de que los declararan marido y mujer bajo una pérgola de teca envuelta en brillantes luces blancas. Riley corría hacia ellos, con rosas trenzadas en el pelo y capas de tul rosa, que se agitaban con cada paso que daba.

La niña encontraba un columpio en el césped de la bodega y se subía al asiento, con cuidado de no engancharse el vestido en las cadenas.

—¡Empújame fuerte! —Chillaba entre risas, con la nariz arrugada por una amplia sonrisa de oreja a oreja—. ¡Más alto, Missa! ¡Más alto! —Se balanceaba tan alto que iba a volar hasta el cielo y a mezclarse con las blancas y rosadas nubes. Sus gritos de alegría se apagaban cuando el columpio empezaba a ir más despacio—. Por favor, Missa..., no pares. —Pero después de otras tres patadas en vano, el columpio ya estaba casi parado. Cuando giraba la cabeza para pedir que la empujaran de nuevo, un fuerte pinchazo parecía aguijonear el dorso de la mano de la pequeña Riley. Bajaba la mirada hacia el lugar donde le dolía y veía una manopla roja que sujetaba la cadena del columpio, con la imagen de la cara de un gatito sonriente cosida en el dorso. ¿Por qué llevaba manoplas en verano? Su peso se desplomaba hacia delante antes de que pudiera responder a su propia pregunta y alguien cogía su cuerpo, tan pequeño y sin embargo tan pesado de repente. Alguien.

En su sueño, se despertaba al oír el ruido de una cremallera. Era la cremallera de su propia chaqueta. El olor a talco de bebé y a sudor le inundaba las fosas nasales. Sentía que tiraban de su jersey de cuello alto mientras se lo sacaban por la cabeza, arrastrando consigo también la camiseta interior. Se movía y empezaba a parpadear.

—Mami, mami...

Cuando Melissa despertó por fin, estaba en su antigua cama, sin saber si el grito que sentía reverberar en su garganta y resonar en sus oídos era real o solo otra parte de la pesadilla. La casa estaba en silencio, excepto por el rumor de las olas del mar a lo lejos. El sudor le empapaba la nuca y durante un segundo creyó percibir un ligero olor a talco.

La niña del columpio no era Riley. Era Missy, cuando tenía tres años, y ese era el sueño más vívido que había tenido hasta entonces. Después de cuarenta años, después de todos sus esfuerzos, de todos sus progresos para tener una vida feliz y centrada en el futuro, Melissa por fin empezaba a recordar. «No —rezó en silencio para sus adentros—. Haz que pare. No quiero saberlo. No quiero que eso se refiera a mí».

Se levantó sobresaltada, envuelta en un sudor frío. El reloj de la mesilla le indicó que eran las dos y media de la madrugada. Estaba ocurriendo otra vez. Los sueños. Cada vez eran peores.

1

Dos meses después

Nancy bajó las escaleras al tiempo que se abrochaba los pendientes de oro y perlas que había elegido para completar su conjunto. Llevaba un vestido recto de seda sencillo, pero no de señora mayor. El azul marino intenso era lo que Ray siempre había llamado su color característico, que resaltaba el azul de sus ojos. El sutil brillo del bordado metálico que rodeaba el escote lo hacía un poco más festivo que su discreto atuendo habitual.

Melissa estaba abajo, sentada a la mesa de la cocina, con un mullido albornoz blanco, bebiendo café, con el pelo lleno de rulos de velcro del tamaño de latas de refresco y con Riley aún dormida en su regazo. Estaba en la silla más próxima a la ventana, el mismo lugar que inexplicablemente había declarado que era su favorito una vez que dejó de comer en una trona. Dejó la taza y lanzó un exagerado grito de aprobación.

—¡Qué guapa estás! No sé qué sentir al respecto. Se supone que la madre de la novia no tiene que ser la mujer más sexy de la fiesta.

Nancy arrugó la nariz y sacudió la cabeza.

—Deja de tomarme el pelo. Y no deberías hablar así delante de este angelito.

Nancy se inclinó y depositó un beso en la tibia cabeza de Riley, que olía a champú para bebés.

Riley la miró con ojos soñolientos y sonrió.

—Hola, yaya Nan. Estás muy guapa. —Nancy esperaba que Riley nunca dejara de llamarla yaya Nan.

—Quiere decir que estás cañón —articuló Melissa mientras Riley no miraba.

Nancy se dio cuenta de que Melissa también estaba muy guapa ese día, y no solo por el maquillaje que ya se había aplicado de forma experta en la cara. Prácticamente resplandecía de felicidad.

—¿Has podido dormir esta noche?

Cuando había notado lo cansada que había parecido Melissa en sus dos últimas visitas al Cabo, su hija le había explicado que estaba teniendo problemas para dormir. A veces le preocupaba que su ambiciosa hijita trabajara demasiado.

—Como un tronco. Gracias.

Después de tantos años, Nancy por fin era capaz de limitar la mayoría de sus pensamientos al presente. Hacía cuarenta años y aún se perdía en sus recuerdos. Pero se había esforzado mucho por vivir cada día en el presente, por no mirar atrás ni intentar predecir el futuro. Y al final lo consiguió, al menos en su mayor parte. Tenía setenta y dos años y más de la mitad de su vida había sido tan afortunada y dichosa como cualquier persona podría atreverse a esperar. Cuando los oscuros recuerdos del pasado resurgían, tendían a asaltarla de manera aleatoria o, como ese día, cuando se daban acontecimientos que se asemejaban a los ocurridos en su propia vida.

Una boda. La boda de su hija. Un nuevo yerno que adoraba a Melissa y una adorable niña a la que Melissa quería y ayudaba a criar. Era un momento de celebración. Y sin embargo...

El pasado nunca se olvidaba. Una boda. Su mente no se centró en el gran día de Melissa, ni siquiera en su propio matrimonio con su amado Ray, sino en aquella otra boda que cambió su vida para siempre. Nancy rara vez se sentía una mujer mayor y, sin embargo, el hecho de haberse casado por primera vez a los dieciocho, cuando era una estudiante universitaria de primer año, ahora le parecía casi imposible, por no hablar de la pesadilla que siguió. Se empeñó en vestir de blanco para aquella boda tan acelerada después de haber perdido a su querida madre. Nancy solo tenía un vestido blanco, de punto de lana. Serviría dada la sencillez de sus planes de boda, pero entonces vio la inexplicable mancha de grasa en la manga. Si hubiera establecido la conexión con el accidente de coche de su madre justo en ese momento, no se habría casado con Carl Harmon y, por lo tanto, no habría tenido a Peter ni a Lisa ni hubiera llorado sus muertes incluso después de tantos años.

Sus pensamientos se vieron interrumpidos por el sonido de unos atronadores pasos que bajaban las escaleras. Se dio la vuelta y vio a su hijo Mike, con un traje azul marino de corte impecable y una corbata de seda con motivos de veleros, que parecía orgulloso de su atlética carrera escaleras abajo.

—¡Como montar en bicicleta! —declaró, levantando los brazos como un gimnasta que hubiera hecho la salida perfecta.

Aquella era una auténtica casa de estilo tradicional del Cabo con escalones tan empinados que eran casi verticales. Ray solía decir que los antiguos colonos debían de descender de cabras montesas por la forma en que construían las escaleras.

—Vaya, estás estupenda, mamá.

—Tú tampoco estás nada mal.

—Estás muy elegante —dijo Melissa—. Pero, en realidad, no era necesario derrochar en un traje nuevo. Las bodas no deberían suponer un esfuerzo para otras personas.

—Tengo un traje, hermanita. En realidad dos. Soy capitán de barco, no un cretino.

Hacía cuarenta años estaba muy segura de que ya conocía bien a sus hijos. Michael, siempre tan organizado, era el niño que no solo seguía las instrucciones al pie de la letra en cuestión de segundos, sino que además les decía a los demás niños que también debían obedecer. Su hermana pequeña, Missy, era de las que siempre se las arreglaban para llegar a casa con un desgarrón en los pantalones, lamentándose porque había perdido el peluche que se había llevado a su última búsqueda de aventuras.

Al echar la vista atrás, Nancy no podía creer lo equivocada que estaba entonces. Su pequeña y rebelde Missy era ahora Melissa, una brillante estudiante de Derecho que se había convertido en fiscal y que hoy en día era una firme defensora de lo que ella llamaba un sistema de justicia penal sensato. Justo la noche anterior, habían brindado no solo por la feliz pareja, sino también por la noticia de que el pódcast de Melissa había entrado en la lista de los 100 mejores en iTunes. Por otra parte, el hasta entonces serio y formal Michael solo había durado tres semestres en la universidad antes de marcharse al Caribe para tomarse «un par de años sabáticos». En la actualidad era capitán de barco en San Martín, donde todo el mundo le llamaba Mike o Mikey.

Mike y Melissa incluso tenían un aspecto diferente ahora. Mike estaba bronceado y musculoso en comparación con su hermana, que tenía la piel de alabastro y hoyuelos en las mejillas. El pelo de Mike, que antes era rubio, se volvió más oscuro al llegar a la adolescencia, en tanto que Melissa seguía teniendo los mismos rizos cobrizos que de niña, un reflejo del color de pelo de Nancy hasta que se trasladó al Cabo y cambió tanto su nombre como su aspecto. Hoy en día, Nancy no era pelirroja ni morena. Según su peluquero, su corte recto plateado, peinado de forma impecable, era regio.

Mike sacó un teléfono del bolsillo delantero de su pantalón e hizo una foto mientras Melissa levantaba una mano para protegerse, como si estuviera ahuyentando a los paparazzi.

—¡Nooo! ¡Estoy ridícula!

—Tu última foto de soltera. Y los rulos son una monada —dijo, girando la pantalla para que ella pudiera ver la foto—.

Deberías publicarla para los miles de seguidores que te adulan por redes sociales. Les encantará.

Nancy se preparó para otra ronda de discusiones entre hermanos. ¿Interpretaría Melissa el comentario de su hermano como una crítica indirecta a su perfil público cada vez más prominente? ¿Era esa la intención de Mike? Nancy no quería tomar partido y deseaba que se adoraran como hacían de niños.

—¿Sabes qué? —dijo Melissa, bajando a Riley de su regazo—. ¡A lo mejor lo hago! Gracias. Pero antes tengo que ponerme un vestido. ¡Alguien se casa hoy!

—Papá y tú —añadió Riley con una risita—. Está en el *jardinín*. ¿Puedo ir? —En el idioma que cariñosamente llamaban «rileyés», añadía una sílaba más a la palabra: no jardín, sino *jardinín*.

Charlie no había pasado las dos noches anteriores literalmente en el jardín, sino en la casa de invitados, para no ver a la novia justo antes de la boda. Ray y Nancy habían construido la ampliación de la propiedad cuando Melissa estaba en la universidad. Imaginaron que necesitarían la habitación extra una vez que los chicos se casaran y empezaran a tener sus propios hijos. Ahora por fin estaba ocurriendo, al menos en el caso de Melissa.

—Por supuesto —dijo Melissa. Se levantó y abrazó a la que pronto sería su hijastra antes de abrirle la puerta de atrás—. Dile a papá que estoy contando los minutos.

—Ojalá mamá estuviera aquí. La echo de menos.

Nancy vio de forma fugaz la decepción en el rostro de su hija, como siempre que Riley mencionaba a su madre. Linda, la primera esposa de Charlie, había muerto ahogada en un fatal accidente en Europa durante sus primeras y únicas vacaciones tras el nacimiento de la niña. Riley era demasiado pequeña para comprender la relación entre la muerte de su madre y el nuevo papel que Melissa desempeñaba ahora en su vida.

Vio que Melissa le ponía con suavidad una mano en la cabeza a Riley.

—Lo sé, cariño. Todos desearíamos que estuviera aquí contigo.

—Se lo he pedido, pero no puede.

Melissa explicó sus palabras una vez que Riley salió.

—Neil nos ha asegurado que es completamente normal que los niños imaginen que se comunican con sus padres fallecidos. Puede que incluso lo haga en sueños. Es una forma de seguir recordándolos.

Neil Keeney era uno de los chicos del barrio con los que Mike y Melissa habían mantenido una estrecha amistad a lo largo de los años. Ahora era un psiquiatra muy respetado en Nueva York. Si él decía que no había nada de que preocuparse, Nancy le creía. Aun así, se daba cuenta de lo mucho que Melissa deseaba poder aliviar el dolor de la niña.

—Bueno, la persona que debería estar aquí hoy al lado de tu marido es su hermana —dijo Nancy, sin rodeos. Melissa se había puesto en contacto con Rachel en persona para rogarle que estuviera allí para apoyar a su hermano y a su sobrina, aunque no lo hiciera para bendecir su matrimonio.

Melissa agitó una mano en el aire mientras se dirigía hacia la escalera.

—No me hagas hablar de eso. Voy a formar parte de su familia durante mucho tiempo y al final lo entenderá. Estamos decididos a no dejar que su decisión nos arruine el día.

Nancy no le quitó los ojos de encima a Riley hasta que llegó a la puerta corredera de cristal de la casa de invitados. Sospechaba que mientras viviera jamás podría estar con niños sin vigilarlos con tanto celo como un miembro del Servicio Secreto. Sonrió para sus adentros cuando Charlie abrió la puerta para saludar a su hija al tiempo que se anudaba la corbata. Saludó a Nancy con la mano antes de coger a Riley y cargársela a la cadera. Era un buen hombre; amable, comprensivo y leal. Como su marido, Ray.

Mientras Melissa subía las escaleras y Mike ponía el canal de deportes en la sala de estar, Nancy se tomó un momento para asimilar lo que era tener en casa a toda su familia, incluidas las dos nuevas incorporaciones. Aún recordaba la sensación de paz y de acogida que le había transmitido ese lugar la primera vez que lo vio, cuando apenas tenía veintitantos años y buscaba un sitio donde empezar de nuevo. Ray fue el agente inmobiliario que la ayudó a encontrar una vivienda de alquiler. «El Cabo es un buen lugar para venir cuando quieres estar sola —le había dicho él—. No puedes sentirte solo paseando por la playa, viendo la puesta de sol o simplemente mirando por la ventana por la mañana».

En cuanto Ray la llevó a esa casa, supo que se quedaría. La combinación de salón y comedor se había creado a partir de la antigua sala de estar que antaño era el corazón de la casa. Le encantaba la mecedora delante de la chimenea y que la mesa estuviera frente a las ventanas, de modo que era posible contemplar el puerto y la bahía mientras se comía. Después de casarse, Ray se encargó de comprar la casa, porque sabía que a ella le encantaba.

Ya hacía un año que lo había encontrado frío a su lado al despertar. Su médico le dijo que casi con toda seguridad Ray no se había enterado de nada. Sus últimas palabras fueron: «Te quiero mucho» cuando se metió en la cama con ella en la que ignoraban que sería su última noche juntos. Los recuerdos que habían creado en esa casa les pertenecían a los dos.

Cuando habló en voz alta a su querido hogar, ya no había nadie cerca para oírla.

—Cuánto te voy a echar de menos, vieja amiga.

Tal vez Riley no era la única que hablaba con fantasmas.

2

Algunas mañanas, Jayden Kennedy cruzaba el puente cubierto del pueblo en su bicicleta, seguía el curso del río Housatonic hasta la ciudad e iba a la única cafetería de su pequeño rincón de Connecticut que vendía todos los periódicos de la mañana. Otros días se montaba en su veloz coche eléctrico para dirigirse a la cafetería de Sharon y allí leía con detenimiento la prensa mientras disfrutaba de las mejores tortitas de arándanos que jamás había probado. El *New York Times*, el *Wall Street Journal* y el *New York Post* eran sus tres periódicos. Su consumo de noticias de televisión y cultura pop era igual de variado. Creía de veras que lo más cerca que se podía estar de la verdad objetiva era leyendo, escuchando e intentando comprender tantos puntos de vista como fuera posible.

Esa mañana en particular era un día de tortitas, sin llamadas de Zoom al extranjero ni altibajos del mercado que tratar de cronometrar con la precisión de un reloj de cuarzo de lujo. Además, había hecho una sesión doble de yoga el día anterior, así que no tenía necesidad de agotarse con otro entrenamiento. Los domingos eran para darse algunos lujos.

Algunas personas, el tipo de personas de las que Jayden había huido al mudarse a West Cornwall, entendían por «lujo» algo muy distinto; apartamentos en rascacielos, jets privados y trajes de firma hechos a medida. Jayden había dejado todo eso atrás cuando había renunciado a su trabajo en Wall Street dos años antes y se había ido a vivir al campo. Era casi autosuficiente, pues disponía de paneles solares que generaban la electricidad necesaria para su casa y para el cargador de su vehículo eléctrico. Disponía de un depósito de propano de tamaño mediano en caso de que la calefacción de zócalo radiante con energía solar y la estufa de leña se le quedaran cortas.

En la actualidad, los lujos de Jayden eran sencillos; tiempo alejado del ordenador, los pódcast de crímenes reales que se habían convertido en su adicción, la buena comida y los periódicos en papel de toda la vida. Respiró hondo mientras trataba de encontrarle el valor a un artículo de opinión que le parecía absurdo. El papel de periódico desprendía un cierto olor a polvo con un toque acre. Al pasar a la página siguiente, el papel le dejó en las yemas de los dedos una sensación que se asemejaba al tacto de la tiza.

Jayden comprendió que, en ciertos aspectos, encajaba en el estereotipo de cierto tipo de hombre de su generación. Prefería Apple Pay antes que el dinero en efectivo. Vivía delante de un ordenador. Los paneles solares y el coche eléctrico. El yoga. Incluso se le conocía por recogerse el pelo en lo que algunos llamarían un moño masculino cuando estaba demasiado ocupado para ir a la peluquería. Y sobre todo, tal y como a sus padres les gustaba recordarle, estaba su decisión de renunciar a un trabajo de seis cifras después de contraer una deuda de un cuarto de millón de dólares en una universidad de la Ivy League, y todo porque ese estilo de vida no le parecía «correcto».

Pero su vida actual en Connecticut, con placeres sencillos como las tortitas, el beicon y los periódicos, le parecía absolutamente perfecta. Su novia, Julie, también había dejado la ciudad y había cambiado su trabajo como asistente personal de una de las protagonistas de *Real Housewives*, el programa de televisión, por un empleo de gerente de una peculiar tienda de antigüedades en Millerton. Julie ganaba un sueldo modesto pero fijo y residía en la casa de invitados de una pareja mayor que a cambio le pedía poco más que un alquiler simbólico y que cuidara, dentro de lo razonable, de la propiedad durante las numerosas semanas y meses en que ellos viajaban a otros lugares.

La vida de Jayden, alejada del camino establecido, estaba resultando ser un poco más difícil. Utilizó la mayor parte de sus ahorros para la entrada de la casa y luego firmó la hipoteca máxima que pudo obtener mientras los tipos de interés eran bajos y aún contaba con su sueldo de Wall Street para poder conseguir el préstamo. Además estaba el alquiler del coche. Y, por supuesto, sus préstamos estudiantiles. Aunque las operaciones de intradía en el mercado bursátil y el asesoramiento en responsabilidad social que prestaba a un número creciente de clientes corporativos le reportaban unos ingresos considerables, no eran suficientes para cubrir todos sus gastos.

Su constante ansiedad empezaba a pesar más que la dicha de los periódicos y las tortitas cuando su teléfono vibró al recibir una nueva alerta. Según la pantalla, el mensaje procedía de la aplicación Domiluxe. El fundador de la plataforma online iba un curso por debajo de Jayden en Yale. Según la propaganda que acompañaba a la esperada salida a bolsa de la organización, Domiluxe iba dirigida «a los proveedores y consumidores más exigentes del mercado online de alquileres vacacionales temporales de alto nivel, combinando el lujo más exclusivo y un anonimato total gracias a un nivel de seguridad máximo». A pesar de todos los rebuscados eslóganes, era igual que las demás páginas web de alquiler de viviendas, pero con tres características adicionales: un «asesor estético» que debía aprobar las fotografías detalladas de una propiedad; costes mucho más elevados tanto en fianzas como en alquileres, y, lo más importante, la promesa de total anonimato. Tanto los inquilinos como los propietarios tenían la opción de ocultar sus nombres reales y, según se publicitaba, lo más revolucionario era que Domiluxe aceptaba Bitcoin y monedas digitales similares como forma de pago. Si bien Jayden podía enumerar de carrerilla las muchas razones legítimas por las que los clientes podrían estar interesados en un servicio como Domiluxe, estaba seguro de que algunos lo utilizarían para evadir impuestos y otras obligaciones de información financiera. También sospechaba que no pocos clientes ocultarían los gastos de un alquiler vacacional de lujo a alguien más cercano, como un cónyuge que no estaba invitado.

Tocó la pantalla para abrir el nuevo mensaje. Era de Helen, un nombre que podía ser auténtico o no. Ya habían intercambiado una primera ronda de mensajes en la que se había enterado de que Helen no sabía con seguridad la fecha exacta de llegada y de salida, pero quería un «lugar pintoresco y MUY PRIVADO donde relajarse lejos del mundanal ruido». Que utilizara las mayúsculas para hacer hincapié en el tema de la privacidad fue lo que llevó a Jayden a sospechar que Helen podía ser un hombre que quería disfrutar a escondidas de la compañía de alguien con quien no podían verle en público. Jayden no aprobaba la infidelidad, pero necesitaba pagar las facturas, y las principales páginas web de alquiler vacacional no le habían generado ingresos suficientes para cubrir su déficit.

Ese último mensaje de Helen confirmaba que seguía interesada en la casa, pero quería la dirección exacta para poder inspeccionarla en un mapa por satélite antes de comprometerse.

Jayden estuvo tentado de enviar un mensaje de texto a su amigo de la universidad para decirle que acababa de detectar un error flagrante en la promesa de la empresa de garantizar «absoluto anonimato y máximo nivel de seguridad», pero en su lugar tecleó su dirección. Una vez enviado el mensaje, pidió la cuenta a su camarera favorita, Clarissa, y luego envió un mensaje a Julie para preguntarle si le apetecía ver otro episodio de su serie favorita esa noche y si de verdad estaba segura de que quería que se quedara con ella mientras su casa estuviera alquilada.

Ella le contestó de inmediato. «Al cien por cien. Será como acampar». Añadió el emoticono de una tienda de campaña seguido de tres corazones. No quería que Julie pensara que tendría que depender de ella para siempre, pero si Helen se quedaba un mes entero, que era una posibilidad que había mencionado en su primer mensaje, podría ganar suficiente dinero para pagar la hipoteca durante casi un año.

Se dirigía hacia su coche, con la pila de periódicos doblada bajo un brazo, cuando su teléfono volvió a vibrar. Era Helen. «Acabo de localizar la propiedad por satélite. ¿Qué es esa estructura metálica en el patio trasero?».

«¡Genial! Voy a perder esta gallina de los huevos de oro por un viejo columpio desvencijado en el bosque que no me he molestado en quitar», pensó. El asesor estético de la página web no había solicitado fotografías más allá de la casa y el entorno inmediato antes de aprobar la propiedad.

Arrojó sus periódicos al asiento del copiloto y escribió una respuesta. «Está a unos cincuenta metros de la casa principal. Puedo quitarlo si le molesta. Es un columpio. Y tampoco es para adultos... Lo he probado. Ja, ja, ja. Es solo para niños».

Se estaba alejando de la acera, preguntándose si su tono había sido demasiado desenfadado, cuando volvió a tener noticias de Helen.

«Perfecto».

No entendió la respuesta, y estaba a punto de pedir una aclaración, cuando le llegó otro mensaje. «Quería decir que no hay razón para que cambie nada. Su casa es perfecta para mis necesidades. Muy pronto me pondré en contacto con usted para comunicarle la fecha de entrada».

Jayden había aprendido a confiar en su instinto y este le decía que Helen no iba a fallar. Solo era cuestión de tiempo.

3

Mike Eldredge abrió la puerta del conductor del todoterreno de su madre, incapaz de librarse de la persistente sensación de preocupación que latía en su interior como un dolor de muelas. ¿Qué le ocurría? Era algo más que la habitual incomodidad en presencia de su hermana, que seguía negando por completo lo que habían pasado de niños y la manera en que les había afectado a ambos.

Fue una grata sorpresa que Melissa siguiera el consejo de su amiga Katie y empezara a ir a un psicólogo el año anterior para que la ayudara a superar el dolor por la muerte de su padre. Un buen terapeuta obligaría a Melissa a hablar de su infancia. ¿Y cómo iba a hablar de su infancia sin enfrentarse a la verdad sobre Carl Harmon, un nombre que seguía negándose a pronunciar y que haría que abandonara la habitación si Mike osara decirlo en su presencia? Pero cuando Mike cometió el error de mencionarle la terapia a Melissa, ella le había contestado: «Ojalá mamá no te hubiera contado eso». Mike se lo tomó como una señal de que Melissa no estaba del todo comprometida. Lo más probable era que hubiera planeado ir a unas cuantas sesiones hasta convencerse de que volvía a estar del todo bien y no quería que Mike se enterara cuando acabara dejándolo sin llegar hasta el final.

Tres meses después, Mike recibió otro informe de su madre; Melissa seguía en terapia, pero en lugar de encontrar sus verdaderas emociones enterradas bajo su cada vez más perfecta superficie, había encontrado novio. Era viudo y padre soltero, al parecer un geólogo. Y ya estaban hablando de casarse.

Y eso era lo que explicaba la persistente sensación de ese día, como si algo palpitara en su interior. Era un presentimiento. «La felicidad es una elección», acostumbraba a decir su hermana. Sospechaba que había ido a terapia por razones equivocadas. En lugar de llorar de verdad a su padre, trataba su dolor como otra cosa más que podía controlar. Si conseguía encontrar el programa adecuado o seguir los pasos necesarios, podría volver a ser feliz y vivir sin preocupaciones.

Para Mike, eso no era la felicidad. Para él, la felicidad requería honestidad. La felicidad podía ser complicada e incluso dolorosa. Si nunca sientes dolor, ¿cómo puedes apreciar su ausencia? Si nunca tienes miedo, ¿cómo reconoces el consuelo? Pero Melissa quería vivir en su bien controlada burbuja, rechazando cualquier emoción no deseada por considerarla un «drama». ¿Por eso se casaba con un hombre al que solo conocía desde hacía diez meses? ¿Para convencerse de que seguía siendo feliz?

—Tierra llamando a Michael.

Mike levantó la vista, sobresaltado. Su madre ya se había bajado del coche y esperaba a que él hiciera lo mismo.

Cuando se apeó, vio que Melissa se encaminaba por el césped hacia dos figuras a lo lejos. Reconoció a Neil Keeney y su mujer, Amanda. Alcanzó a oír que Amanda elogiaba el vestido de Melissa.

—¡Parece que vamos a tener una reunión *Mik-eil*! —declaró su madre—. Voy a entrar para asegurarme de que lo tienen todo preparado para la ceremonia, pero tú ve a ver a tus amigos.

De niños, Neil Keeney no se había fijado mucho en la pequeña Missy. Mike había sido el miembro de la familia Eldredge que se había convertido en el mejor amigo de Neil.

Los dos eran tan inseparables que la madre de Neil, Ellen, había tomado las tres primeras letras del nombre de Mike y las tres últimas del de Neil para denominarlos en conjunto como «Mik-eil».

Cuando Melissa se trasladó a Nueva York para estudiar en la Universidad de Columbia, Neil vivía cerca y estudiaba Psiquiatría en la Facultad de Medicina Albert Einstein. Hoy en día, Neil y su mujer eran amigos íntimos de Melissa y nunca habían aceptado las invitaciones de Mike para visitar el pequeño trozo de paraíso en el Caribe que ahora llamaba hogar.

Las palabras de su hermana resonaban en sus oídos desde la discusión que habían tenido el día anterior, cuando le había preguntado si de verdad estaba segura de este matrimonio: «Sabes, a veces pienso que solo estás celoso, Mike. Céntrate más en tu propia vida y deja la mía en paz». Tal vez había algo de verdad en eso.

Mientras se reunía con su hermana, con Neil y con Amanda, se preguntó si estaría imaginando el breve silencio incómodo que pareció producirse en el trío.

—Hola, me alegro de verte, tío. Estás muy elegante. —Neil levantó un puño para dar un rápido golpecito, mientras Amanda se arrimaba para darle un beso en la mejilla a Mike.

Amanda parecía salida de la portada de una revista de belleza, pero en realidad era detective de la policía de Nueva York.

—Siempre tan moreno —dijo—. ¡Qué envidia!

Con sus tacones altos, Amanda le sacaba unos doce centímetros a Neil. Mike aún recordaba a Neil colgándose de las barras de dominadas del parque, con la esperanza de ser más alto. Su madre le decía que recordara que su padre, sus hermanos y su tío eran todos altos. «Tú dale tiempo».

—Siempre sois bienvenidos a la isla —dijo Mike—. Ahora soy capitán de un catamarán de trece metros de eslora. Corta el agua como si fuera mantequilla.

—Suena genial —adujo Amanda—. ¿Tal vez este invierno, cariño? Tengo muchos días de vacaciones en el trabajo.

Neil asintió y luego pronunció un «Tal vez» que sonó más bien a «Por supuesto que no vamos a ir».

—La pequeña Missy se nos casa —añadió Neil, cambiando de tema—. ¿Puedes creerlo?

—Hum... —A Mike le costaba encontrar las palabras adecuadas. No iba a mentir, pero tampoco quería montar una escena en la boda de su hermana, que al parecer nadie más que él consideraba un error—. Sí, mi hermanita se va a casar. Supongo que en cierto modo no estaría aquí sin ti, Neil. Si no hubieras reconocido a Carl...

Sintió la mirada crítica de tres pares de ojos mientras Melissa, que estaba a su lado, soltaba un sonoro bufido.

—¿En serio, Mike? ¿Tenías que sacar eso justo ahora?

«Pero es verdad», quiso explicar Mike. Fue Neil, que entonces solo tenía siete años, quien había reconocido el rostro de Carl Harmon en una fotografía de las noticias locales mientras Mike y Melissa seguían desaparecidos. Aunque se daba por muerto a Harmon, Neil insistió en que era el hombre que le había pagado un dólar por recoger su correspondencia de la oficina de correos. Ese dato condujo a la policía a la casa donde Harmon los había llevado a Melissa y a él después del secuestro, la casa donde Harmon le puso un plástico en la cabeza a Mike y lo dejó en una cama para que se asfixiara mientras se llevaba a Melissa a la buhardilla.

—Tío —empezó Neil, meneando la cabeza—. ¿Precisamente hoy? Tienes que dejar esas cosas en el pasado, tío.

Mike se obligó a disculparse mientras tomaba nota mental de que al parecer Neil estaba de parte de Melissa en lo referente a ignorar el pasado, aunque fuera psiquiatra.

Quizá Mike no tuviera los lujosos títulos que colgaban de las paredes de sus despachos, pero había vivido lo suficiente como para creer que no correspondía a los simples mortales decidir dónde residía el pasado. El pasado tenía sus propios planes. Y la mayoría de las veces, el pasado encontraba la forma de llegar al presente.

4

«Era el momento oportuno. El universo entero se creó en una fracción de segundo». Eso fue lo que dijo Katie, la mejor amiga de Melissa, cuando esta le contó que Charlie le había pedido matrimonio y ella había aceptado. Cuando Melissa estaba sumida en lo que ahora sabía que era una depresión leve tras el fallecimiento de su padre, Neil le sugirió que acudiera a terapia y después Katie fue más allá e investigó sobre terapeutas especializados en terapia de duelo. Allí fue donde Melissa y Charlie se conocieron. Al menos la pérdida de uno de los padres era algo que cabía esperar en el ciclo natural de la vida. Charlie había quedado como padre soltero. Pero ahora aquí estaban.

Melissa encontró a Katie en un pequeño rincón de la cocina de la bodega, inclinada sobre una tarta blanca de dos pisos coronada con una cascada de flores estivales. Con los ojos entornados y la concentración de un cirujano, usó los dedos pulgar e índice para colocar bien una de las brillantes perlas que formaban un círculo en la base de la tarta. Melissa sabía que debía esperar a que la maestra hubiera terminado la tarea antes de sobresaltarla. Una vez que Katie se irguió y pareció satisfecha con su trabajo, Melissa avisó por fin de su presencia.

—Es la tarta más bonita que he visto en mi vida. Demasiado bonita para comerla.

Katie se volvió hacia ella, con una amplia sonrisa en el rostro.

—¡Sin embargo, tú estás tan guapa como para comerte! —declaró, y se arrimó para saludar a Melissa con un rápido beso en la mejilla, llevando las manos hacia atrás para proteger sus vestidos de cualquier resto de glaseado.

—No puedo creer que hayas hecho todo eso. ¡Me prometiste que no te complicarías!

Además de ser la mejor amiga de Melissa, Katie Palmer era también una repostera con mucho talento y propietaria de Katie Cakes, una pequeña pero popular pastelería del Upper East Side. Cuando se conocieron, hacía doce años, ambas eran «asistentes novatas», es decir, ayudantes júnior del fiscal del distrito de Manhattan. Aunque Katie permaneció en la oficina más tiempo que Melissa, al final se marchó una temporada a trabajar en un bufete de derecho de familia antes de decidir que en el fondo era posible que la abogacía no fuera para ella. Después de viajar a París para asistir a un curso de repostería y tacharlo de su lista de cosas que hacer antes de morir, regresó a Nueva York decidida a dejar la abogacía y abrir su propia pastelería. Al principio, a Katie le preocupaba decepcionar a Melissa, pero esta aseguró que la apoyaría fueran cuales fuesen sus sueños. Y además añadió: «Tengo la sensación de que me beneficiaré de tus nuevos conocimientos más que de tu brillante mente jurídica». Y ahora Katie le había hecho esa tarta de bodas de cuento de hadas. Sí, el universo entero se creó en una fracción de segundo.

—¿Cómo me has encontrado aquí? —preguntó Katie.

—Cuando he visto que no estabas fuera con Neil y con Amanda, he tenido una corazonada. Le he preguntado a uno de los empleados si había visto a una preciosa morena trasteando con una tarta. Según él, no has dejado que te ayuden a llevar la caja.

—A ver si van a ser unos patosos... No quiero que nadie estropee a Rosie.

—¿Rosie? —preguntó Melissa, enarcando una ceja. Sabía que Katie tenía tendencia a poner nombre a los pasteles en los que trabajaba.

Katie se encogió de hombros.

—Por las rosas del arreglo de flores de arriba. Supongo que no es un nombre demasiado original, pero también me recordaba a Riley. Así que este es el gran día; vas a ser *«Sadie, Sadie, married lady»*, una mujer casada, como dice la canción, y además mamá.

Técnicamente, Melissa iba a ser madrastra, pero Riley no tenía otra madre en su vida.

—Soy tan feliz que podría explotar, Katie. ¿Te parece cursi?

—Claro que no —dijo, riendo mientras se lavaba las manos en el fregadero que había cerca—. Se supone que tienes que ser feliz. «La felicidad es una elección», ¿recuerdas?

Ese había sido el mantra de Melissa desde que vio un libro con ese título en la biblioteca pública cuando iba a octavo. Mientras sus amigas sufrían la angustia adolescente porque los chicos no querían ser sus novios, por ser demasiado bajitas, altas, gorditas o delgadas o se preguntaban si eran lo bastante populares, Melissa era la que no perdía de vista su meta. Ser una amiga leal. Ser una persona amable. Trabajar duro. Y elegir ser feliz.

—Lo sé, lo sé. Pero tengo que decir que cuando Patrick lo canceló todo... —Sintió una punzada de deslealtad por haber mencionado siquiera el nombre de su exprometido el día de su boda. Hacía un año y medio habría sido inconcebible pensar que estaría en ese hermoso lugar, rodeada de su familia y sus amigos más cercanos, confiando su futuro a un buen hombre que la comprendía y la amaba de verdad. Porque hacía dieciocho meses, el hombre con el que creía que pasaría el resto de su vida la había abandonado de repente—. Me quedé muy desconcertada. Necesitaba todo eso de elegir ser feliz. Finge hasta que lo consigas, ya sabes. Porque estaba dolida. Y, sobre todo, estaba convencida de que la única forma de evitar que me volvieran a destrozar así era no abrir mi corazón a nadie más. Además, ya tengo todo lo demás en el mundo a mi favor.

—Qué humilde —se burló Katie.

—Ya sabes lo que quiero decir. Pensaba que tenía mi trabajo, mis amigos, mi vida. —La carrera de Melissa había despegado en direcciones que jamás hubiera soñado. Recordaba que sus amigas la habían animado a volver a intentarlo, llegando incluso a inscribirla en las habituales páginas web de citas por internet. Pero volver a estar soltera no fue lo que quebró su espíritu. En cierto modo, aquella horrible llamada de su madre parecía cosa del pasado, pero una parte de ella seguía sin creerse que su padre se hubiera ido de verdad—. Pero entonces murió mi padre, fui a terapia y en el grupo había un hombre maravilloso y con un gran corazón y todo encajó. Nunca pensé que tendría... a Charlie y a Riley, e incluso una Rosie —dijo, señalando la tarta que Katie había preparado para ellos—. La felicidad me encontró a mí. —Sintió que los ojos se le humedecían y se llevó las palmas a la cara—. Uf, mira lo que he hecho. Para un día que consigo maquillarme bien.

—Basta ya. ¿No sabes que las lágrimas son contagiosas? No vamos a dejar que nada estropee tu día perfecto. —Katie sacó el teléfono del bolsillo de su delantal e hizo unas cuantas fotos a su obra maestra—. ¿Quieres que te etiquete?

Melissa siempre se decantaba por la privacidad de manera instintiva, pero su agente había estado presionándola para que mostrara más su lado personal en las redes sociales, y sabía que una mención de su nombre en la cuenta de Katie podría suponer un empujón para su pastelería, que todavía estaba luchando por consolidarse, a pesar de que Katie soñaba con convertirla en una cadena nacional.

—Claro —dijo.

Vio los pulgares de Katie volar por la pantalla a la velocidad del rayo.

—*Voilà!* —declaró, mostrando la fotografía. Katie contempló la pantalla con una sonrisa mientras Rosie, la tarta, empezaba a acumular corazones, pero luego frunció el ceño.

—¿Qué pasa?

Katie sacudió la cabeza.

—Puede esperar. Tenemos que asistir a una boda.

—Anda ya. Quiero saberlo. Es evidente que estás molesta.

Katie le acercó su teléfono a Melissa.

—Es la cuenta de la que me hablaste la semana pasada.

La tarta Rosie ya había cosechado 52 «me gusta» y una corta lista de comentarios llenos sobre todo de emojis de corazones, de tartas y de tenedores, hasta que los ojos de Melissa se detuvieron en la última publicación:

> Bonita tarta, pero dásela a alguien que se la merezca de verdad. Melissa Eldredge es una mentirosa y una farsante. Yo sé la verdad. ¿Eso es una tarta de bodas? Que Dios se apiade del idiota al que haya engañado para que se casara con ella.

El nombre del usuario era TruthTeller, lo que no dejaba de ser irónico. Melissa reconoció la foto de perfil de Truth-Teller, igual a la de la primera publicación desagradable que había aparecido en su página. Era un símbolo chino que desde entonces había averiguado que significaba «verdad». La página de TruthTeller no tenía ninguna publicación, y a Melissa le parecía que el único propósito de la cuenta era el de trolear a un usuario concreto: Melissa.

—Parece simpática, ¿verdad? —preguntó Melissa con aspereza. «¿Él? ¿Ella? ¿Más de una persona?». Gracias al anonimato de internet, no había forma de saberlo, pero tenía sus sospechas. Al fin y al cabo, solo un antiguo cliente le había hablado así antes.

—El presunto TruthTeller acaba de ganarse un bloqueo instantáneo por mi parte —dijo Katie, toqueteando su teléfono con una sonrisa de satisfacción—. Siento que no puedas hacer lo mismo.

Se encogió de hombros. El agente de Melissa insistía en que bloquear a los trols de internet solo servía para atraer a más.

—No puedes dejar que sepan que te han tocado las narices.

Katie sacudió la cabeza y volvió a guardar el teléfono.

—A ti te afectan mucho menos las críticas. Yo iría corriendo al juzgado a por una orden de alejamiento.

—¿Contra una cuenta anónima de internet? Ni siquiera suspenderán la cuenta a menos que me amenacen de verdad, publiquen mi dirección o algo parecido.

Katie fingió que se estremecía.

—Solo de pensarlo se me ponen los pelos de punta.

—Por eso es mejor no leer los comentarios.

—Citando a una mujer sabia: «La felicidad es una elección», ¿verdad? —Katie extendió un brazo y Melissa se apresuró a enlazarlo con el suyo.

—Exacto.

—No es por sacar otro tema delicado, pero ¿se ha portado bien tu hermano? —preguntó Katie en voz baja mientras atravesaban la sala de degustación en dirección al jardín delantero.

Melissa había mencionado que Mike había dado a entender con toda claridad que no aprobaba su matrimonio ni ninguna otra cosa de su vida.

—Antes ha hecho el ridículo comentario de que Neil es el responsable de mi feliz día porque fue él quien..., bueno, ya conoces toda la historia —dijo, agitando una mano—. En todo caso, el mérito es tuyo, la casamentera accidental. Aunque la terapia de grupo no sea la forma más romántica de conocerse del mundo, fuiste tú quien sugirió ese terapeuta en particular.

Cuando salieron a la radiante luz del sol que brillaba sobre la bahía, Melissa oyó a su madre gritar desde el césped:

—¡Ahí estás! ¡Riley está tan emocionada que no para quieta!

Melissa prestaba poca atención a los rituales tradicionales

de la boda, pero su madre le había contado a Riley tantas historias sobre las bodas que de alguna manera su joven mente se había aferrado a la idea de que todo se iría al garete si el novio veía a la novia antes de que emprendiera la marcha hacia el altar. Aunque el consabido pasillo era un improvisado sendero de hierba delimitado por velitas en el exterior de una bodega, estaban cumpliendo esa tradicional regla.

Riley fue dando brincos hacia ella y estuvo a punto de tropezar a causa de su entusiasmo.

—¡Quiero que salga papá! ¡Es la hora de casarse! ¡El tío Mike está aquí!

Su hermano se dirigió hacia ella, vestido con uno de los dos trajes que no sabía que tenía. A pesar de lo frustrada que la hacía sentir, estaba ahí, mientras que la hermana de Charlie no. Incluso se había ofrecido a llevarla al altar en ausencia de su padre. Se inclinó hacia Riley, apoyando las palmas de las manos en los muslos, y acercó el rostro hacia el de ella con entusiasmo.

—¿Es hora de empezar?

Riley esbozó una sonrisa de oreja a oreja a la vez que asentía, moviendo la cabeza arriba y abajo de forma entusiasta.

—¡Voy a tener una segunda mamá!

Melissa sintió que se le empezaban a humedecer los ojos de nuevo cuando se volvieron hacia el patio, donde esperarían hasta que Charlie estuviera en su sitio. Se sorprendió cuando su hermano le tomó la mano entre las suyas con suavidad. Caminaron y esperaron en silencio.

Una pequeña descarga se propagó con rapidez de la yema de los dedos a su corazón cuando Charlie y ella se cogieron las manos. Era el momento.

Una ventaja añadida de trasladar sus planes de boda del juzgado de Manhattan a ese lugar era que uno de sus amigos más íntimos oficiara la ceremonia. Neil había obtenido una licencia para oficiar la boda de uno de sus hermanos en el Cabo tres años antes.

—Charlie y Melissa manifestarán ahora su consentimiento para casarse pronunciando sus propios votos.

Melissa hizo todo lo que estuvo en su mano para congelar el tiempo durante los siguientes minutos. Quería recordar esas palabras, ese momento, esa sensación para siempre. Charlie y ella se conocieron cuando ambos estaban sufriendo un inmenso dolor y de alguna manera lo habían superado, de forma individual, pero también juntos. Se conocían desde hacía menos de un año y, sin embargo, Melissa no podía imaginar una vida sin él.

—Yo os declaro marido y mujer.

Melissa oyó de inmediato que descorchaban una botella. Su pequeño grupo de familiares y amigos empezó a vitorearlos y un caluroso aplauso recorrió el césped de la bodega a medida que los desconocidos se unían a la celebración.

Melissa se había bebido media copa de champán cuando su madre le rodeó el hombro con un brazo y le dijo que tenía noticias que compartir.

—Es un día muy especial.

No tuvo que dar más explicaciones. Cuando su madre propuso que fijaran la boda el día en que se cumplía el primer aniversario de la mayor pérdida que había sufrido su familia, dijo: «Dejaremos nuestro dolor a un lado por la mañana y tendremos una nueva razón para celebrar esta fecha».

—Espero que no haya sido demasiado duro para ti —dijo Melissa. Tenía que dar por hecho que su madre estaría recordando de manera agridulce el día de su propia boda. Y se preguntaba si las ceremonias nupciales también le recordarían a su madre la primera boda, cuando se casó con... Melissa apartó aquel pensamiento de su mente, como hacía siempre que la existencia de aquel hombre se colaba en su conciencia. «Hoy no, hoy no».

Sin embargo, su madre parecía tranquila.

—No, esto era justo lo que todos necesitábamos; centrarnos en el futuro. Eso es lo que tu padre habría querido. En ese sentido, tengo algo que decirte que espero que recibas como una buena noticia. Voy a poner la casa en venta. De hecho, el agente ya habrá subido el anuncio a internet y habrá puesto un cartel en la entrada.

—Mamá, ¿estás segura? Sé que lo hablamos, pero precisamente hoy... No tomes ninguna decisión precipitada.

Nancy sacudió la cabeza, que era su forma habitual de decir que no había lugar a discusión.

—Yo lo veo como un final de libro. Vine al Cabo para empezar una segunda etapa de la vida en un lugar nuevo. Conocí a tu padre cuando me enseñó aquella casa y tuve más suerte de la que jamás hubiera podido esperar. Me enamoré, primero de la propiedad y luego de él, y después de ti y de tu hermano. Pero ahora Mike está en San Martín. Tú estás en Nueva York. Y yo estoy lista para decir adiós. Estás a punto de emprender la segunda etapa de tu vida y, si a ti te parece bien, me gustaría estar ahí para verlo.

—¿Estás de broma? Claro que sí. Me encantaría. Puedo empezar a buscar apartamentos cerca de nosotros.

Su madre soltó una sonora carcajada, que no solía ser habitual en ella.

—Yo... ¿en la ciudad? De eso nada. He estado mirando. Me gustaría mudarme a Long Island, en el extremo este. Estoy pensando en Southampton. De esa manera, puedo seguir viviendo cerca del mar, pero también estar cerca de ti. Sobre todo ahora que voy a ser la abuela de tu adorable hijastra. ¿Qué te parece?

Gracias al traslado, su madre estaría a dos horas en tren en vez de a seis horas en coche.

—Me encantaría. Pero ¿estás segura?

—Desde luego que sí. Soy una mujer adulta y sé lo que quiero para mí. Y ahora déjame llevarte de vuelta con tu marido.

Mientras Charlie la estrechaba en un fuerte abrazo, Melissa estaba tan rebosante de alegría que no se dio cuenta de que había alguien cerca centrado únicamente en Riley, contando los días que faltaban para que pudieran estar a solas, lejos de toda aquella gente. Era solo cuestión de tiempo.

5

Patrick Higgins estaba delante de las ventanas de su despacho con vistas al Rockefeller Plaza. El programa matinal de ámbito nacional que se grababa en el estudio de la planta baja había inaugurado su serie de conciertos de verano con uno de sus grupos favoritos. Podía oír con total claridad la voz del cantante, que solo tenía un nombre, incluso desde el piso diecisiete. «*Touch me..., take me to that other place*». La multitud que había hecho cola desde temprano para llenar el auditorio se mecía al compás del ritmo. *Beautiful Day*... En efecto era un día hermoso, pero la canción que solía llenar su corazón de esperanza ahora le arrastraba a un estado de remordimiento.

Había pasado un año y medio, pero los recuerdos de ella seguían por todas partes, desde la maceta de suculentas en el alféizar de la ventana, que por alguna razón ella había llamado Nigel, hasta esa canción, la que ella quería que sonara mientras caminaba hacia el altar. Sospechaba que, por mucho que pasara el tiempo, nunca dejaría de pensar en Melissa Eldredge. Hasta se había dado el capricho de comprarse un Tesla a modo de distracción, pero solo le recordaba que ella se burlaba de él por las horas que había pasado investigando la posible compra. «Algunos hombres sueñan con otras mujeres, pero mi rival es un coche informatizado».

Por supuesto, podría tener alguna posibilidad de olvidarla si hiciera el menor esfuerzo por eliminar de su vida todo rastro de ella, pero a pesar de lo mucho que lo había intentado, no se decidía a tirar a Nigel a la basura. La fotografía de ambos que antes estaba junto a su ordenador seguía en el cajón de arriba. También se había suscrito a su pódcast y escuchaba su voz antes de dormirse. Y en esos momentos, como hacía al menos una vez a la semana (prometiéndose cada vez que esa sería la última), estaba consultando sus redes sociales en busca de novedades.

Reconoció la expresión de su cara: una mezcla de sorpresa y diversión con una pizca de fastidio. Quien había hecho la foto la pilló desprevenida. Llevaba una aureola de rulos gigantes. Estaba preciosa, radiante y absolutamente adorable.

La foto estaba recortada, pero podía distinguir mechones de pelo rubio en el borde inferior. ¿Tenía un niño en brazos?

El pie de foto fue como un puñetazo en el estómago. «Dar el gran paso. Vamos allá».

Sus pensamientos se apresuraron a buscar cualquier otra interpretación. Si sus sospechas eran ciertas, sin duda Katie habría estado allí. Accedió a la cuenta de Katie Cakes. El post más reciente mostraba una mesa gigante cubierta de magdalenas decoradas con los logos de los Yankees o de los Red Sox de forma alternativa. «La rivalidad más dulce», decía el pie de foto.

La cuarta instantánea del álbum de fotos de la pastelería parecía una tarta de boda. Blanca, de dos pisos adornados con flores. En la publicación había etiquetada una bodega en Cape Cod. También Melissa. «Tuve que evitar que mis lágrimas cayeran encima de la tarta de mi mejor amiga, la novia».

Cerró la página web en su navegador y accedió a su actual trabajo de programación. La nueva aplicación que estaba creando para un cliente del sector financiero estaba casi lista para la prueba beta. Mientras se obligaba a concentrarse en las cadenas de letras y números de la pantalla, una nueva canción sonó en la plaza que había debajo de su oficina. Recordó a Melissa cogiéndole de la mano y bailando la última vez que vieron juntos a aquel grupo en el Madison Square Garden.

Abrió de nuevo el navegador de internet y buscó el juzgado más cercano a la casa de Nancy Eldredge. Tenía que saberlo.

6

Tres semanas después

Melissa lavó y enjuagó con esmero los platos del almuerzo, fregó la parrilla y barrió con brío el suelo de la cocina. Siempre había sido ordenada por naturaleza y los rituales de limpieza la hacían sentir bien. Recogía de inmediato después de las comidas, descargaba el lavavajillas todas las mañanas y volvía a colocar en su sitio todo lo que había usado. Katie se había burlado sin piedad de ella cuando se enteró de que vaciaba el botiquín dos veces al mes para limpiar el polvo de los estantes.

Una risita divertida la sacó de su estado de ensimismamiento.

Era la risa de Grant Macintosh, Mac. Estaba al otro lado de la isla de la cocina, en la mesa del comedor, con los auriculares puestos. Mac, además de ser su amigo y antiguo compañero de trabajo, era ahora su copresentador invitado más frecuente en *El club de la justicia*, el pódcast sobre crímenes reales que Melissa había puesto en marcha hacía seis meses. Cada episodio de *El club de la justicia* presentaba una investigación criminal en la que podría decirse que no se había hecho justicia.

—Aunque me fascine verte limpiar, ¿empezamos ya? —preguntó Mac—. Hoy estoy en horas de trabajo.

—Lo siento mucho, pero no podría concentrarme viendo todo ese desorden.

—No recuerdo ni una sola vez que haya venido aquí y me haya encontrado platos sucios en las encimeras.

—Resulta que mantener un apartamento impoluto es un poco más difícil con un demonio de Tasmania de tres años cerca.

—A propósito, ¿dónde está ese precioso bichillo?

—Charlie está reunido con un nuevo cliente, así que su hermana se ha llevado a Riley para pasar el día con ella en Brooklyn.

—Qué bien tener una tía cerca que también esté dispuesta a hacer de canguro —repuso.

Melissa consiguió no poner los ojos en blanco. Además de boicotear la ceremonia de su boda, Rachel seguía negándose a visitar a su sobrina en presencia de Melissa. Incluso declinó la invitación a la pequeña fiesta que celebraron el fin de semana por el tercer cumpleaños de Riley y se empeñó en verla por su cuenta al día siguiente. Apartó aquello de su cabeza, se puso los auriculares y se sentó junto a Mac en la mesa.

—Bueno, en el programa de hoy vamos a intentar hacer algo de justicia por Evan.

El Evan en cuestión era Evan Moore, un niño que había desaparecido de un barrio residencial de Seattle hacía casi ocho años, cuando tenía seis. El padre de Evan seguía convencido de que la madrastra del niño, Judith, lo había asesinado y había escondido el cadáver en un lugar donde nunca lo encontrarían porque se sentía atrapada criando al hijo de otra mujer después de que una prolongada batalla judicial le concediera la custodia al padre. La desaparición de Evan sería la base de los siguientes cuatro episodios de *El club de la justicia*. Mac y ella habían decidido grabarlos con antelación todos a la vez para que así ella tuviera tiempo de recabar la documentación para su siguiente caso durante las siguientes semanas.

Cuatro horas más tarde, Melissa hizo un gesto con la cabeza a Mac y le mostró cinco dedos como señal de que ya podían ir terminando el último episodio.

—Vale, Melissa. Sé que esto es probablemente una causa perdida, pero dime una cosa: ¿tú crees que Judith Moore es culpable o no?

—Estás haciendo la pregunta equivocada, Mac. Todo el mundo es inocente hasta que se le somete a juicio en un tribunal de justicia y se declara culpable o lo declaran culpable más allá de toda duda razonable. Como abogado penalista, tú deberías saberlo mejor que nadie.

—¡Pero también soy divertido! —replicó Mac—. ¿Ves algún tribunal por aquí? ¿Hay algún juez escondido debajo de esta mesa? Te juro que a veces ni siquiera entiendo cómo tienes un pódcast de éxito.

—Porque soy lo bastante inteligente como para invitar a amigos tan fascinantes como tú.

A Melissa siempre le habían obsesionado las historias de crímenes reales, sobre todo los misterios sin resolver. Sabía que tenía buen ojo para las historias apasionantes y su experiencia en los tribunales la había convertido en una narradora nata. Cuando Melissa dejó la fiscalía, abrió su propio bufete y se presentó como una «abogada de causas justas», especializada en demandas privadas en nombre de víctimas de abusos, delitos y otras injusticias. Aunque había llevado algunos casos de defensa penal, solo aceptaba acusados a los que en su opinión se había acusado o tratado de forma injusta. Entonces, hacía dos años, ganó un caso de condena injusta para Jennifer Duncan, una mujer maltratada que había matado a su marido en defensa propia. En el juicio la condenaron por asesinato, pero Melissa convenció a un tribunal para que lo anulara. La exoneración fue tan sonada como lo había sido el juicio por asesinato; ella era exmodelo y su marido, un rico y conocido promotor inmobiliario. Pero, para rizar el rizo, la propia Melissa había formado parte del equipo de la acusación durante el primer juicio y utilizó lo que sabía sobre el caso para anular la condena de Jennifer.

De repente empezó a salir en la televisión y eso derivó en un artículo de dos páginas en la revista *New York* y por último en una aparición de Jennifer y de ella en *The View*. A Melissa no le sorprendió que los productores y editores estuvieran interesados en saber más de Jennifer, pero diez minutos después de que se emitiera su aparición conjunta en televisión, una agente llamada Annabel Marino llamó a Melissa para preguntarle cómo pensaba utilizar su recién descubierta «tribuna». Melissa le explicó que su plan era volver de inmediato a su bufete y seguir trabajando.

Annabel advirtió a Melissa que un momento así solo se presentaba una vez en la vida, y a veces ni eso. Podía aprovechar el caso para conseguir un contrato cinematográfico, una serie de novelas de misterio basadas en su persona o incluso un empleo como la próxima copresentadora de un programa como *The View*. Todas las promesas le parecían nada más que humo, pero Annabel acabó convenciendo a Melissa de que podría tener más impacto como defensora de los intereses públicos que como otra abogada litigante más, y si un poco de fama ayudaba a la causa, Melissa estaba dispuesta a aceptarlo. Dos años después, era una escritora de éxito, una conferenciante muy solicitada y la estrella de su propio pódcast. A pesar de que su relación con Jennifer Duncan había terminado de forma tóxica, debía su carrera actual al caso de Jennifer.

Mac intentó una vez más que Melissa compartiera su propia teoría sobre el caso.

—¿Por qué no termino con un comentario a título personal? —respondió—. Puede que algunos oyentes no lo sepan, pero hace poco me convertí en madrastra y estoy tan enamorada de la pequeña que podría contar el argumento de todos los episodios de *Peppa Pig*. Entiendo por qué el comportamiento de Judith después de la desaparición de Evan fue una señal de alarma. Ni siquiera recordaba qué llevaba puesto su hijastro cuando supuestamente lo dejó en el colegio ni cuál era su proyecto de ciencias, a pesar de que tenía que entregarlo ese mismo día. Puedo contaros hasta el último detalle de mi hijastra. Y si alguna vez le pasara algo, Dios no lo quiera, no podría pensar con claridad. Desde luego, no iría al gimnasio ni colgaría selfis después del entrenamiento.

—Ajá, entonces sí que crees que lo hizo ella —se regodeó Mac.

—Presunción de inocencia, amigo mío.

—Bueno, yo no soy su abogado ni estamos en un tribunal —alegó Mac—. En mi humilde opinión, Judith Moore lo hizo.

Intercambiaron una mirada que confirmó que habían terminado.

—Y con esto, queridos oyentes, ponemos fin a otro episodio de *El club de la justicia*. —Apagó la grabadora y se quitó los auriculares—. Eres un profesional —dijo—. Todas las críticas online dicen que eres el mejor copresentador.

—Eso es porque soy yo quien las escribe —bromeó—. Es mi forma de presentarme para un puesto indefinido.

—Eso sí que sería un sueño. Ni siquiera parece un trabajo cuando hacemos esto juntos. Solo dos amigos hablando de casos jugosos. —Al ver que él enarcaba las cejas se dio cuenta de que estaba sorprendido por su respuesta—. Espera. ¿Lo de hacer esto a tiempo completo no era broma?

—Bueno..., supongo que sí. Pero lo haría con los ojos cerrados.

—¿Tienes tiempo suficiente? —Melissa había dejado de ejercer la abogacía, pero Mac estaba muy solicitado como abogado penalista.

Mac meditó la cuestión durante unos segundos.

—Podría sacar tiempo si no estoy inmerso en un juicio largo. Aunque siempre podríamos grabar con antelación un par de episodios para emitirlos en caso de apuro. Y podrías traer a otros copresentadores cuando quisieras.

A Melissa le entusiasmó la idea de que Mac volviera a ser su compañero de trabajo. Notó un nuevo mensaje de texto en su teléfono. Era de Katie. «Estoy en tu vestíbulo. ¿Has terminado de grabar? No quería que tu portero llamara y te interrumpiera».

Escribió una respuesta y pulsó enviar. «Justo a tiempo. Acabábamos de terminar. Sube».

—Katie viene a tomar una copa. Quiere que le cuente la luna de miel con pelos y señales. —Mac enarcó de nuevo una ceja—. Para ya —dijo ella—. Eso no.

—Ajá.

—¿Quieres quedarte? Los Tres Mosqueteros, juntos de nuevo.

—Y en un sitio mucho mejor que la oficina del fiscal.

—Y también con mejores bebidas —dijo, sacando una botella de champán Billecart-Salmon de la vinoteca que había bajo la isla de la cocina y mostrándola para que él la aprobara.

—*Oh, là, là.* Me encantaría, pero tengo prisa. He quedado con mi hermana... —Miró su reloj—. ¡Ups, dentro de tres minutos!

Mientras acompañaba a Mac a la salida, oyó el tintineo de un ascensor al final del pasillo. Katie salió. Mac y ella se saludaron con un rápido abrazo antes de que él le explicara por qué tenía que marcharse pitando. Cuando Melissa y Katie se quedaron solas, esta le preguntó si Mac seguía saliendo con «como se llame».

—Se llama Sarah. Y sí.

Katie sacudió la cabeza, decepcionada. La última relación seria de Katie había terminado hacía casi seis años, cuando aún trabajaba en la oficina del fiscal del distrito. Le gustaba bromear con que también podría ser una autora de éxito si escribiera sobre sus espeluznantes experiencias de citas online: «Yo sí que tengo historias de terror para contar...».

—¡Vaya! —dijo Katie al ver el champán en la encimera—. ¿Qué celebramos? Sé que ahora mismo la vida te sonríe, pero como te sonría aún más, puede que me ponga celosa de manera oficial.

—Nada en concreto —dijo Melissa. Sabía que su amiga estaba bromeando. A pesar de los diferentes caminos que habían tomado desde sus primeros días en la oficina del fiscal, Katie siempre parecía celebrar cada éxito de Melissa como si también fuera suyo—. Hacía tiempo que no nos veíamos y sé que este es tu favorito. —Llenó dos copas y brindaron antes de acomodarse en el sofá del salón—. Bueno..., nunca adivinarás quién me llamó ayer.

A Katie le brillaron los ojos por la emoción del jugoso cotilleo que se avecinaba.

—Hum... ¿Brad Pitt diciendo que quiere ser mi nuevo novio?

—Muy graciosa, pero no. Patrick.

Katie abrió la boca con exagerada sorpresa.

—¿Patrick Higgins, tu Patrick?

—Mi ex Patrick. —Melissa no se había dado cuenta de que no había cambiado el apodo por el que figuraba en su teléfono (Futuro Marido) hasta que las palabras aparecieron en su pantalla cuando él la llamó. Después de que él rompiera de repente su compromiso, no pasaron por una complicada fase de idas y venidas, ni siquiera tuvieron una sola conversación posterior..., hasta el día anterior.

—¿Y qué pasó?

—Estaba tan aturdida que decidí no cogerlo.

—Vale, ¿y por qué llamó?

—No tengo ni idea. No dejó ningún mensaje.

—Dios mío, ¿por qué no contestaste? Ahora nunca lo sabrás.

—Seguro que llamó por error —adujo Melissa, mientras se imaginaba a Patrick con el teléfono en la mano, esperando a ver si contestaba.

—Bueno, ¿vas a llamarle?

—¿Y qué le digo? ¿Me llamaste pero no dejaste ningún mensaje? Y por cierto, ¿ahora estoy casada? —Levantó la mano izquierda con la alianza para darle mayor énfasis—. Llamar a un exprometido es buscarse problemas.

Melissa nunca había sido tan feliz. No tenía sitio en su vida para el hombre que le había roto el corazón hasta el punto de que había llegado a pensar que nunca estaría dispuesta a volver a compartirlo.

Iban por la segunda copa de espumoso cuando por fin terminó de enseñarle a Katie todas las fotos de la luna de miel; dos semanas en Italia, en las que fueron de Milán a Génova y de Florencia a Roma.

—Deberías haberlas subido a tu cuenta de Instagram —dijo Katie—. Mis fotos de viajes siempre hacen que la gente interactúe más con mi perfil.

Ella negó con la cabeza.

—Es demasiado personal. —Melissa aún se estaba acostumbrando a la jerga de las redes sociales, que veía como un mal necesario de su inesperada trayectoria profesional—. Ese tiempo juntos fue solo para nosotros. No creí que fuera posible, pero me fui enamorando más de él cada día. Es evidente que quiero a Riley, pero Charlie y yo nunca habíamos estado los dos solos tanto tiempo.

Katie hizo una leve mueca y Melissa se preguntó si sus romanticones comentarios eran insensibles, dada la situación de su amiga. Sin embargo, Katie no siguió con el tema.

—Hablando de redes sociales, ¿hay más mensajes de tu acosador? —preguntó.

—Más de lo mismo. —El usuario que se identificaba como TruthTeller parecía tener tiempo de sobra para intervenir, a menudo de forma repetida, en cada publicación de Melissa—. Es un fastidio, pero Annabel insiste en que en realidad es bueno para mi perfil. Cuanto más me atacan, más se involucran mis seguidores.

—Bueno, Annabel es tu agente y yo soy tu mejor amiga. Los mensajes de esa persona son propios de alguien desquiciado, Melissa... No cabe duda de que está obsesionado contigo.

—Los comentarios de esa mañana habían sido especialmente punzantes. En respuesta a un post que mostraba un avance de sus próximos episodios del pódcast, TruthTeller respondió: «El caso de Evan Moore es perfecto para ti. Alerta de spoiler: la madrastra es la mala». Una hora después: «Aún no puedo creer que engañaras a un pobre imbécil para que se casara contigo, pero aún lo siento más por su hija. Si tiene suerte, tendrás la decencia de dejarla con las niñeras». Cuarenta minutos después: «Tal vez te deje cuando descubra lo que sé de ti»—. ¿Y todas esas vagas referencias a que tienes un profundo y oscuro secreto que te va a hundir?

No era la primera vez que la cuenta de TruthTeller hacía a Melissa pensar en Jennifer Duncan. Cuando anularon la condena de Jennifer, parecía natural que las dos mujeres siguieran en contacto. Habían forjado un vínculo durante el juicio para anular su condena injusta y ambas creían que compartir la historia de Jennifer con el público podría ayudar a otros supervivientes.

Pero después Jennifer también quiso que Melissa la ayudara en el tribunal de sucesiones, donde aún estaba pendiente la herencia de su marido. La condena penal de Jennifer le impedía por ley heredar lo que de otro modo habría recibido en virtud del testamento, que era todo el patrimonio. Una vez anulada la condena, Jennifer alegó que tenía derecho a heredarlo todo. Según ella, los hijos ya adultos de Doug eran prácticamente unos desconocidos, fruto de un matrimonio breve y temprano que tuvo lugar antes de que él dejara de beber, estudiara Empresariales y levantara la empresa inmobiliaria que le haría multimillonario. Melissa trató de explicarle que no estaba especializada en ese campo y que quería centrar su atención en la justicia penal y no en una batalla con los hijos de Doug por la herencia, pero Jennifer había arremetido contra ella con una furia feroz.

De todas formas TruthTeller podía ser cualquiera, así que Melissa nunca había compartido sus persistentes sospechas.

—Vete tú a saber. Para serte sincera, el comentario sobre las niñeras es el que en realidad más me ha dolido.

A Melissa y a su hermano rara vez los habían dejado con una niñera, pero Charlie estaba aceptando más carga de trabajo después de bajar el ritmo cuando murió Linda e insistía en que Melissa siguiera apostando activamente por su propia carrera. El plan era contratar a una niñera al menos a tiempo parcial una vez que Riley se adaptara a los cambios que ya habían impuesto en su joven vida.

Katie restó importancia a su preocupación.

—Esa pobre niña ya ha perdido a uno de sus padres. Cuanta más gente tenga en su vida que la quiera, mejor. A veces tienes que buscar tu propia familia.

Melissa le dio un rápido apretón en la mano a Katie. Siempre podía contar con su comprensión.

—Hablando de la familia, Mike vuelve para la gran mudanza. —La madre de Melissa había aceptado una oferta por la casa—. En lugar de contratar a una empresa de mudanzas, vamos a revisar todo juntos. Así todos podremos conservar algunos recuerdos de la antigua casa y mi madre podrá guardar todo lo que no quepa en la nueva. Ah, y escucha esto; Mike y yo vamos a alquilar un camión y hacer el viaje juntos. Esta es su temporada baja, así que tenía tiempo para venir otra vez.

—¿Y de quién ha sido la brillante idea?

—Supongo que de mi madre. Creo que desde que mi padre falleció, desea de veras que los dos estemos más unidos.

Katie se acarició la barbilla como si estuviera pensando.

—Bueno, tal vez ayudaría que salieras con tu mejor amiga.

—No bromees con eso —la regañó Melissa.

—¿Seguro que no necesitas una ayudante para la mudanza? Estaba muy guapo de traje en tu boda.

—Sería como si mi hermana saliera con mi hermano o algo así. Que no, de verdad.

—Vale, de todas formas solo estaba bromeando. Creo.

¿Seguro que no necesitas un mediador? Sé que te saca de quicio que siempre intente hablar de..., bueno, ya sabes.

Melissa se encogió de hombros.

—No, tengo que hacerlo yo. Es importante para mi madre y, además, es lo que mi padre querría.

Melissa no tenía ni idea de que tres semanas después se arrepentiría con toda su alma de no haber aceptado la oferta de Katie de hacer el viaje con ellos.

7

Tres semanas después

Hacía mucho frío. «Mami, mami... No quiero bañarme». Tenía un sabor arenoso en la boca. Arena..., ¿por qué? ¿Dónde estaba? ¿Había hablado en voz alta o solo lo había imaginado?

Melissa pestañeó mientras el sol estival se alzaba sobre las espumosas olas que se batían en el agua. Aunque era verano, el viento de la playa le ponía la piel de gallina. Aún estaba asimilando el frescor de la arena contra sus piernas desnudas cuando oyó una voz queda y aguda a su lado.

—Missa, ¿echas de menos a mamá?

Al oír la voz de su hijastra, Melissa giró la cabeza y encontró a Riley de pie junto a ella. Podía ver la casa de su infancia a lo lejos, en el último día que estaría allí.

—Yo echo de menos a mamá. La yaya te estaba buscando.

Melissa no podía imaginarse el pánico que debió de sentir su madre cuando despertó y encontró la habitación de Melissa vacía. Se frotó la cara con las palmas de las manos en un intento de volver a la realidad. Al presente. Había tenido otra pesadilla. Cada vez eran peores. Charlie ya la había oído gritar antes mientras dormía. Incluso había caminado sonámbula una vez, a pesar de haberse tomado uno de los somníferos que le había recetado el médico para ver si la ayudaban. Charlie la había encontrado en el baño, envuelta en una toalla, mirando la bañera con el grifo del agua caliente abierto sin explicación alguna. Pero parecía que en esa ocasión había acabado arrastrándose hasta la playa en mitad de la noche.

Le dio a Riley un abrazo de buenos días y le dijo que no se preocupara.

—Estaba entusiasmada por lo de hoy y he salido temprano para ver amanecer. Creo que me he vuelto a quedar adormilada y estaba diciendo disparates en sueños. —Riley soltó una risita igual a la que soltó Melissa al final de su frase.

Melissa cogió a Riley de la mano mientras volvían a la casa, donde su hermano y su madre las observaban. Melissa pudo ver el alivio en la cara de su madre.

—¿Va todo bien, cariño? Todos dábamos por hecho que seguías en tu habitación hasta que Riley notó que la puerta de atrás estaba abierta.

Melissa se obligó a esbozar una sonrisa tranquilizadora.

—Solo me estaba despidiendo de esa vista tan especial.

Mike exhaló un suspiro de frustración.

—Gracias por darnos un susto.

Habían pasado los dos últimos días ayudando a su madre a terminar de clasificar todo lo que había en la casa para donarlo, almacenarlo o trasladarlo a su casa de campo en Long Island, que era mucho más pequeña. Melissa guardó silencio durante un momento, llena de gratitud por haber decidido llevarse a Riley en lugar de dejarla con su tía Rachel después de que Charlie tuviera que hacer un viaje de trabajo de última hora. Los niños pequeños no podían viajar en un camión de mudanzas, lo que significaba que Riley y ella irían en su coche mientras Mike conducía el camión. Su madre se quedaría en Cape Cod para ocuparse de concluir la venta el lunes y se reuniría con ellos en Southampton después. Melissa estaba decidida a aprovechar esos días de delantera para hacer que la nueva casa fuera lo más cómoda posible antes de la llegada de su madre.

Más tarde, esa misma mañana, se puso a buscar tareas de

última hora. Comprobó las notas adhesivas dejadas en los objetos para donar o para almacenar. Recorrió de nuevo la casa de invitados para asegurarse de que no se había dejado nada. Exploró una última vez el dormitorio de su infancia; al pasar las yemas de los dedos por el estante superior de su armario, encontró un pequeño osito de peluche rosa con un arcoíris en la barriga y un corazón por nariz.

—La osita Pookie —susurró. Olía como las paredes de cedro del armario.

Cuando volvió abajo, Riley se levantó de un salto de su sitio junto a la abuela en el sofá y se le iluminaron los ojos al ver el peluche.

—¿Quién es?

—¿Todavía tienes ese trasto? —dijo Mike, levantando la vista mientras se ataba las zapatillas cerca de la puerta principal.

—¿Cómo te atreves? —repuso con fingida indignación—. Pookie no es un trasto. Pookie es de la familia. Riley, esta es Pookie. Fue el primer regalo de Navidad que me hizo tu tío Mike. Creo que tenía cuatro años por entonces. Hasta ese momento, todas las sorpresas bajo el árbol siempre habían sido de la abuela, de nuestro papá o de Santa Claus. Pero entonces Mike dijo que ya era mayorcito para hacerme un regalo a mí también. —Melissa se enteró más tarde de que su hermano había pagado el oso de peluche con el dinero que ganaba barriendo las hojas en el vecindario—. Pookie es un oso amoroso. Cuando yo tenía tu edad, tenían su propio programa de televisión y películas. Me encantaban tanto como a ti Peppa Pig.

Riley se rio, llevándose las manos a las mejillas.

—¡Eso es mucho!

—Exacto. Y los osos amorosos eran ángeles de la guarda que se suponía que podían protegerte del hombre del saco. Pookie era la osita Mimosa, la más feliz de todos los osos, que siempre intenta alegrarles la vida a los demás. —No había vuelto a pensar en Pookie desde que al parecer decidió colocarla en el estante superior de su armario. ¿Había intentado el

Mike de seis años proteger a su hermanita con un peluche o simplemente quiso comprarle su juguete favorito?

—¿Vas a dejar a Pookie? —preguntó Riley, con la voz tensa por la preocupación.

—Pues claro que no. Pookie y yo somos amigas para toda la vida —dijo. Le dedicó una pequeña sonrisa a su hermano y él le guiñó un ojo.

—Venga, se está echando el tiempo encima —dijo su madre—. ¿Os habéis despedido de esta vieja casa? Porque ya es hora.

Ambos asintieron. Mike incluso exclamó, levantando la vista al techo:

—¡Adiós, casa! Te echaremos de menos.

—¿Y seguro que tienes las llaves de la nueva casa? —preguntó Nancy.

—Claro que sí. —Melissa agitó su llavero para confirmarlo. En lugar de enviar por correo las llaves de la casa al Cabo, el agente de su madre las había dejado en su oficina de la ciudad para que Melissa las recogiera.

Su madre le dio un largo abrazo a cada uno y les hizo prometer que conducirían con cuidado y que llamarían cuando llegaran a la casa.

Melissa activó las indicaciones del GPS para llegar a la nueva dirección de su madre y luego le recordó a Mike que cambiara la configuración de su teléfono para compartir su ubicación con ella.

—Vamos al mismo sitio —dijo él.

—Anda, hazlo. Quiero asegurarme de que podemos encontrarnos si nos separamos.

—Friki del control —murmuró en voz baja, pero accedió a la petición.

Después de que Melissa asegurara a Riley en la silla del coche, Mike la esperaba en el lado del conductor del todoterreno.

—¿A qué ha venido lo de ir a la playa? —preguntó en voz baja.

—Ya te lo he dicho. No podía dormir.

—Eso es mentira. Llamabas a mamá y decías que no querías bañarte.

Melissa entreabrió los labios, pero no salió ninguna palabra. Miró a Riley en el asiento de atrás. Era evidente que le había contado a su tío Mike lo que había oído por casualidad cuando la encontró en la playa.

—Apenas tiene tres años. Se habrá confundido.

—Venga ya. No le hagas luz de gas a tu propia hijastra. Me ha contado lo que estabas diciendo y enseguida he sabido a qué se refería. Recuerdas lo que nos hizo, ¿verdad? Después de tantos años insistiendo en que no.

—Solo ha sido un estúpido sueño. Te lo he dicho un millón de veces, era demasiado pequeña por entonces. Siento que recuerdes cada horrible parte de aquello, pero yo no. Y, lo que es más importante, no quiero hacerlo.

—Tenías cuatro años cuando te di a Pookie. Lo recuerdas sin ningún problema.

—Eso fue como un año y medio después del secuestro.

—He aprendido mucho sobre esto. Cuando éramos pequeños, los expertos pensaban que si los niños no podían acceder a sus recuerdos más dolorosos, eso les protegía. Pero ahora saben que los recuerdos reprimidos pueden causar un montón de problemas en la edad adulta; ansiedad, depresión, trastorno de estrés postraumático, amnesia...

—Mike, puedo recordar literalmente lo que cené hace tres semanas —dijo con sequedad—. No me está dando amnesia.

—Y también recuerdas lo que nos hizo. Sé que lo recuerdas.

Le sostuvo la mirada hasta que ella se puso al volante de su coche.

—Vámonos. Hay que conducir muchas horas.

Cerró la puerta antes de que él pudiera decir nada más. La felicidad era una elección, se recordó. Seguro que Pookie, la osita Mimosa, estaría de acuerdo.

8

Jayden Kennedy tenía la sensación de que Julie y él se habían pasado todo el día correteando igual que hormigas, cuidando hasta el último detalle antes de tener que entregar la casa al inquilino de Domiluxe.

Julie dio un último repaso al frigorífico vacío con una toallita de papel con jabón.

—Creo que ya está: hemos terminado —declaró—. Listo para que se mude. —En sus labios cubiertos de brillo de color frutas del bosque se dibujó una radiante sonrisa mientras se recogía un mechón de pelo cobrizo en la floja y baja coleta.

Las normas de Domiluxe le exigían entregar la vivienda en perfectas condiciones, lo que significaba guardar toda su ropa, fotografías, artículos de aseo y efectos personales en una habitación de invitados que permanecería cerrada con llave. No habría accedido a realizar lo que venía a ser una minimudanza si la persona que se hacía llamar Helen no le hubiera confirmado que se quedaría con la propiedad durante cuatro semanas completas.

Aunque la aplicación de Domiluxe prometía «absoluto anonimato y máximo nivel de seguridad» para «proveedores y consumidores exigentes», había averiguado bastantes cosas sobre su inquilina gracias a la comunicación por internet que habían mantenido. Era una escritora que estaba terminando su segunda novela, la primera que escribía con un plazo de entrega. Según ella, compaginar el ser madre de dos adolescentes y escribir un libro en un año era más difícil de lo que había imaginado. Su marido le sugirió la idea de marcharse un tiempo a un lugar tranquilo para escribir, una escapada tanto del calor del verano de Atlanta como de las interrupciones diarias en su horario de escritura. Decidió que la llamada «ciudad más verde de Connecticut», a solo dos horas en coche del aeropuerto de LaGuardia, podría ser el destino perfecto.

Cuando terminó de guardar sus pertenencias en la habitación de invitados, encontró a Julie frente a los ventanales del salón.

—Ya veo por qué esta sería una casa perfecta para escribir un libro —dijo, mirando las más de tres hectáreas de bosque—. Desde aquí no se ve a nadie. Pero creo que me daría miedo estar sola.

Él le rodeó la cintura con un brazo y le dio un fuerte apretón.

—Eso es porque lees todas esas novelas policiacas y dejas volar tu imaginación.

Ella arrugó la pecosa nariz ante la burla.

—Quizá solo un poquito.

Cuánto la adoraba. Estaba encantado con los ingresos extra que le reportaría el alquiler, pero compartir techo con esa increíble mujer durante casi un mes era aún más emocionante. Esperaba que eso allanara el camino hacia una situación más permanente.

—¿Estás diciendo que nunca podrías vivir aquí? —preguntó.

—Hum. —Apoyó el dedo índice en la barbilla, fingiendo un largo momento de profunda reflexión—. A ver, supongo que no estaría aquí sola. Y eso sería muy agradable.

Iba a ocurrir. Pronto. La acercó más y le besó la cabeza.

—Es genial que alguien vaya a terminar un libro en mi casa. Hasta puede que acabe escribiendo sobre ello.

—O puede que «Helen» —hizo el gesto de las comillas con los dedos— se haya inventado toda esa historia y sea un sinvergüenza y un mentiroso que quiere esconderse con su amante durante unas semanas.

—Sí que tienes imaginación. Bueno..., ¿lista para tu nuevo compañero de piso? —Miró las dos maletas que había dejado junto a la puerta principal.

—Lo estoy deseando.

La casa de Julie estaba a poco menos de trece kilómetros de distancia. Mientras se abrochaba el cinturón de seguridad en el asiento del copiloto, preguntó si podían volver a poner el último episodio de *El club de la justicia*. Ella lo había quitado antes porque estaban trabajando demasiado en la casa como para prestar atención. De todos los pódcast sobre crímenes reales que escuchaba, ese era su favorito. Incluso había conocido a la presentadora, Melissa Eldredge, cuando asistió a su firma de libros en la ciudad.

Jayden presionó el botón de reproducir en la pantalla con Bluetooth del coche mientras tomaba el largo camino de tierra que los llevaría a la Carretera 7. Mientras Melissa y su copresentador, Mac, seguían indagando en los hechos que rodeaban la desaparición de Evan Moore y en las pruebas contra su madrastra, pensó de repente que el dinero de ese alquiler sería más que suficiente para comprar un anillo de compromiso.

—¿Por qué sonríes?

Jayden se giró y vio que Julie le observaba.

—Es que estoy contento. Eso es todo.

9

¡Cuánto ajetreo!

Melissa llevaba levantada desde las cinco de la mañana. El último episodio sobre el caso de Evan Moore se había emitido esa mañana y ella procuraba tener siempre el trabajo hecho al menos una semana antes de la fecha de emisión. Le dio tiempo de terminar de editar los tres episodios siguientes antes de que Riley empezara a revolverse en la cuna de viaje situada junto a la cama de Melissa, en la nueva habitación de invitados de su madre, y agarrara de inmediato a Pookie, el oso amoroso, que estaba a su lado.

Para su sorpresa, Mike ya tenía el desayuno listo cuando ella y Riley bajaron. La casa de campo era menos de la mitad de grande que la casa de su infancia en el Cabo, pero entendía por qué su madre se había enamorado de ella nada más verla. Las habitaciones eran luminosas y espaciosas, con mucha luz natural, paredes de color crema y detalles elaborados con maderas que el mar había arrastrado. Casi podía saborear la brisa marina de la bahía al final del camino. Melissa siempre se había sentido incómoda en el agua, tanto que apenas podía chapotear en una piscina, y sin embargo le encantaban el olor y el sonido del océano.

Tres horas más tarde, casi habían terminado de desembalar el resto de las cajas de la mudanza. Mike abrió la última y sacó una caja rectangular más pequeña de la parte de arriba.

—¡Mira esto! —Mostró con orgullo un maltrecho juego de *Operación*.

—Qué recuerdos... —dijo. Reconoció el tablero de juego; una mesa de operaciones en la que había un paciente dibujado, con el pelo castaño cortado a tazón y una gran bombilla roja por nariz. Los jugadores utilizaban las pinzas del juego para extraer diversas partes del paciente, como mariposas de su estómago o un hueso de su codo.

—Venga. ¡Vamos a jugar!

—¿En serio, Mike? Tenemos mucho trabajo que hacer.

—La verdad es que no. No hemos parado ni un momento. Nos merecemos un descanso y será divertido enseñarle a mi sobrina un juego que nos encantaba.

A Melissa no le quedó otra opción al ver la expresión de entusiasmo en los ojos de Riley y enseguida se reunieron de nuevo en la mesa del desayuno, esta vez para operar al paciente que ahora recordaba que se llamaba Sam. A Riley le costó manejar las pinzas con sus regordetes dedos al principio, pero en lugar de frustrarse, soltaba una risita cada vez que tocaba sin querer el tablero con el metal, lo que hacía que la luz roja de la nariz de Sam se encendiera y que sonara la bocina que la acompañaba. En la segunda revancha, Melissa se dio cuenta de que su hermano y ella se habían confabulado en silencio para dejar ganar a Riley. Cuando consiguió sacar el hueso de la fortuna y la cesta, la felicitaron con un sonoro aplauso.

—Es curioso que las pilas funcionen después de tantos años —comentó Melissa con aire pensativo mientras volvía a guardar las piezas del juego en su caja. Mike sonrió, pero no dijo nada—. No pensé que mamá conservaría este juego tan viejo.

—Puede que yo encontrara uno antiguo en eBay... —dijo, encogiéndose de hombros.

Melissa le dio un rápido apretón en los hombros.

—¿Desarmamos estas cajas para reciclarlas y comemos algo en la ciudad?

—Si no te importa, puede que me salte el almuerzo. Quiero ver algunas de las empresas de alquiler de barcos. Estaba pensando que podría trabajar aquí durante latemporada de huracanes. Veranos en Long Island, inviernos en el Caribe...

—No suena nada mal, hermano mayor.

—¿Te parece bien? —preguntó—. ¿Que vivamos todos un poco más cerca unos de otros?

—Por supuesto que me parece bien..., más que bien —se apresuró a corregirse.

Él abrió la boca para decir algo más, pero entonces se dio cuenta de que Riley podía oírlos, ya que estaba entretenida con un libro de pegatinas de Peppa Pig en la mesita del salón. Melissa aprovechó la pausa para entrar en las redes sociales y ver los primeros comentarios sobre el último episodio de *El club de la justicia*.

«¡Dios mío, qué suspense! Me he enganchado. Necesito saber qué pasó».

«Pobrecito Evan. ¡Es evidente que lo hizo su madrastra! Espero que Melissa pueda demostrarlo».

«Rezo para que este pódcast aporte nuevas pistas a la policía. #TraeraEvanaCasa».

Pero a pesar de todos los comentarios positivos, una publicación hizo que se detuviera. «Qué ironía. Tú mejor que nadie sabes de madrastras mentirosas, ¿no? Eres una mentirosa y una farsante. Todo va a salir a la luz».

El momento se vio interrumpido por el zumbido de su teléfono. Era una llamada de Charlie por FaceTime. Borró el comentario de TruthTeller sin dudarlo y bloqueó la cuenta para que no viera sus publicaciones. Hacía tiempo que debía haberlo hecho, pensara lo que pensara su agente. Entre el trabajo, la mudanza, su nueva familia y esas horribles pesadillas, lo último que necesitaba era que un trol la acosara de forma anónima en internet.

«Hala, hasta nunca», pensó, y aceptó la llamada de Charlie.

—Hola —dijo, sujetando la pantalla en alto mientras se acercaba a Riley.

—¿Cómo están mis chicas favoritas? —Al fondo se veía la cama deshecha de su habitación de hotel decorada con motivos tropicales y una bandeja del servicio de habitaciones apoyada en la otomana de un sillón situado en el rincón.

—¡Hola, papá! —Riley sonrió al teléfono—. Hemos jugado a un juego con el tío Mike y he ganado.

—¿Cómo te va malviviendo en Antigua? —preguntó Melissa. A Charlie lo había contratado un importante promotor inmobiliario después de que los recientes terremotos de Puerto Rico afectaran a varias otras islas del Caribe. El cliente había decidido contratar a expertos geólogos externos para que realizaran una evaluación de riesgos antes de seguir adelante con el proyecto de un complejo turístico.

—No es por quejarme, pero..., hace calor. Y es pegajoso. No sé cómo Mike puede vivir aquí todo el año.

—Bueno, justo hoy me ha hablado de mudarse a Southampton durante el verano. —Le dirigió una sonrisa a Mike, que estaba desarmando las cajas de cartón vacías—. ¿Has comprobado tu vuelo?

—Puntual por ahora. Debería aterrizar en el JFK a las seis y media. Con un poco de suerte, estaré en Southampton a las ocho.

Riley ya estaría en la cama, pero Melissa esperaría para cenar más tarde a solas con él. Mientras se sentaba en el suelo para enseñarle a Charlie el libro de pegatinas en el que estaba entretenida Riley, no pensó en su pódcast ni en TruthTeller ni en las pesadillas que la habían despertado cada hora la noche anterior. Estaba eligiendo la felicidad. Era feliz.

Encontró el lugar perfecto para almorzar en la ciudad, una cafetería de estilo antiguo llamada Sip 'N Soda. Ella tomó una ensalada griega, Riley un sándwich caliente de queso, y después un helado cada una.

Al levantarse de la mesa se dio cuenta de que los problemas para dormir de la noche anterior le habían pasado factura. Entre la edición de sonido, deshacer las maletas, entretener a Riley y el almuerzo, no había parado en todo el día. Ahora estaba al borde del agotamiento. Vio un Starbucks al otro lado de la calle y decidió que necesitaba un vaso gigante de cafeína. Cuando salieron de nuevo a la acera, Melissa sujetaba un café tostado oscuro con hielo grande en la mano y Riley se encaminó hacia el coche dando saltitos, pues al parecer estaba llena de energía después de haber dormido toda la noche y del azúcar de su helado de chocolate.

—¡Espérame! —gritó Melissa. Alcanzó a Riley y le recordó con suavidad que no podía salir corriendo sola.

Una vez en el coche, Melissa buscó en Google «parques cerca de mí». Se alegró al ver que estaban a solo ochocientos metros de un parque público con una zona de juegos con muy buenas valoraciones. Riley podría desfogar parte de su energía extra mientras Melissa se ponía al día con el correo electrónico.

Después de empujar a Riley en el carrusel y en el columpio, buscó un banco cerca de la arboleda del parque donde podía sentarse a la sombra y vigilar a Riley mientras seguía jugando con los demás niños. Riley alternaba entre el tobogán amarillo de plástico y un balancín rojo con forma de caballo, con efectos de sonido incluidos. Cada metro que bajaba por el tobogán iba acompañado de un largo «oh», que empezaba de forma queda y tranquila y se iba haciendo cada vez más fuerte y agudo, hasta que aterrizaba con firmeza en el suelo de goma apto para niños. Reía con regocijo mientras se balanceaba en el caballito saltarín, soltando de vez en cuando un: «¡So, caballito, so!».

En el teléfono de Melissa apareció una foto. Era de la madre de Neil Keeney, Ellen, y se veía a la madre de Melissa y a ella, una al lado de la otra, en el chiringuito playero favorito de Melissa en el Cabo, con una ostra cruda en la mano. Después de que, de pequeño, Neil recordara haber visto a un hombre extraño en la oficina de correos y que eso ayudara a la policía a localizar a Mike y a Melissa, los padres de Neil aceptaron la invitación de la familia Eldredge para reunirse con ellos en su casa y celebrar el rescate de sus hijos. Las familias Eldredge y Keeney habían permanecido unidas desde entonces.

Melissa dejó el café para responder. «Qué rico. ¿Cómo lleva mamá lo de la casa?».

«Estupendamente —respondió Ellen—. Voy a echar de menos a mi querida amiga, pero está entusiasmada con la mudanza».

Melissa seleccionó tres emojis de corazón y le dio a enviar. Cuando levantó la vista, había una mujer junto a Riley mientras se mecía en su caballito. No se había fijado en ella y no vio a ningún niño que no reconociera de unos minutos antes.

Se levantó de golpe del banco y corrió hacia la zona de juegos.

—¿Riley?

Los demás padres giraron la cabeza al oír el pánico en su voz. Notó que una madre con una gorra de los Mets cerca del carrusel ponía los ojos en blanco. ¿Era una exagerada? ¿Era la típica madre que daba por sentado que el peligro acechaba detrás de cada columpio del parque infantil? Ese hombre..., lo que le había hecho. ¿Era una paranoica..., por su culpa?

—¿Hola? —dijo. La voz le temblaba un poco cuando se acercó a la desconocida que hablaba con Riley. La mujer llevaba un vestido negro de lino de tirantes, zapatillas de algodón marrón claro y un flexible sombrero de paja sobre una larga coleta rubia en la nuca. Su aspecto tranquilizó de inmediato a Melissa, pero entonces se recordó cuánta gente peligrosa parecía tan normal por fuera, gente como Carl Harmon. Su nombre. Odiaba ese nombre y deseaba poder olvidarlo para siempre.

La mujer esbozó una cálida sonrisa.

—Hola. ¿Está contigo esta preciosidad? Se parece mucho a ti.

«¿De veras?», se preguntó Melissa. Una tenía el pelo cobrizo y la otra rubio, pero ambas tenían la piel clara y el rostro en forma de corazón.

—Oh, qué amable. En realidad es mi hijastra.

—¿Por eso estabas pegada al teléfono, bebiendo café, sin prestarle la más mínima atención? ¿Porque solo es tu hijastra?

—¿Qué? No... Estaba sentada justo...

—Porque tú nunca te equivocas, ¿verdad? Lo sé todo sobre ti. Eres una farsante. Y una hipócrita.

Melissa dio un paso atrás, como si la distancia pudiera evitar que las palabras la hirieran. La mujer se dio la vuelta y empezó a alejarse.

—¿Quién eres? —gritó Melissa con desesperación.

Riley siguió meciéndose y riendo, sin inmutarse por la conversación, que quizá ni siquiera había oído. La madre con la gorra de los Mets cerca del carrusel se acercó a ella con una expresión de auténtica preocupación.

—¿Estás bien?

—¿Conoces a esa mujer? ¿La has visto aquí antes? ¿Es una de las madres de por aquí?

—No, no me había fijado en ella hasta que te acercaste corriendo. ¿Ha pasado algo?

Melissa negó con la cabeza, sabiendo que era inútil intentar explicárselo.

—Riley, creo que tu amigo el caballito está cansado de tanto saltar de un lado a otro. Deberíamos darle un descanso.

—Qué tonta, Missa. No es un caballito de verdad. —Aun así, se bajó de su montura—. Te has olvidado el café, Missa.

—Riley señaló el banco junto a la arboleda del lado opuesto del parque infantil.

—No pasa nada. Ya casi me lo había terminado. —No era verdad. Incluso después de esa extraña interacción, le apetecía mucho ese café, pero también quería salir del parque y alejarse de esa horrible mujer lo antes posible.

—¡Yo te lo traigo! —insistió Riley.

Al final se dio por vencida y fue de la mano de Riley a por su café. Al montarse en el coche, se sorprendió echando el cierre a las puertas por instinto.

Cuando volvieron a la casa, el camión de mudanzas estaba aparcado en la entrada, pero todo estaba en silencio cuando entraron.

—¿Mike? —gritó—. ¿Adónde ha podido ir el tío Mike?

—No sé... —dijo Riley, levantando las palmas de las manos al tiempo que encogía los hombros de forma exagerada. Melissa empezaba a notar pequeños gestos que Riley estaba copiando de ella.

A pesar de haberse terminado el vaso gigante de café helado, Melissa seguía agotada. Estaban jugando otra partida de *Operación* cuando sintió que los párpados se le cerraban por tercera vez y que se despertaba de golpe. Estaba muy cansada. Miró el reloj. Eran casi las dos, la hora habitual de la siesta de Riley. Casi.

—Creo que es hora de que subas a echarte la siesta. A mí también me vendría bien.

—¿No podemos terminar esta partida? ¿Porfaaa?

—En cuando nos despertemos, será tu turno. Seguro que la siesta te ayudará a que no te tiemble la mano de operar.

Riley rio entre dientes. Aceptó la decisión y empezó a subir las escaleras, apoyándose con las manos en los escalones más altos.

Una vez que Riley estuvo cómoda y arropada en su cama provisional, agarrada a su mantita blanca con corazones rosas y morados, Melissa se tumbó en la cama, sin molestarse siquiera en cambiarse de ropa ni en apartar las mantas.

Estaba cansadísima. Mientras Melissa se sumía en un profundo sueño, recordó las palabras de su propia madre, que había leído cuando por fin buscó el libro más fidedigno escrito sobre su propio secuestro. Fue necesario que un psiquiatra hipnotizara a su madre para liberar sus recuerdos sobre lo que había ocurrido durante su matrimonio con Carl Harmon, antes de que sus dos hijos, Peter y Lisa, desaparecieran y más tarde los encontraran asesinados. «Pero durante esos cinco primeros años —le había explicado al hipnotizador— estaba tan, pero tan cansada... Después de la muerte de mi madre..., estaba siempre muy cansada. Pobre Carl..., qué paciente. Lo hacía todo por mí. Se levantaba para ocuparse de los niños por la noche, incluso cuando eran bebés».

Solo después de que Carl secuestrara a Mike y a Melissa, las autoridades pudieron reconstruir la historia completa. Carl drogaba a su joven esposa para mantenerla aislada, hacer que fuera dependiente y que no se enterara de lo que ocurría en su propia casa. Para ocultar su pedofilia, mató a Peter y Lisa, incriminó a Nancy y fingió su propio suicidio. La declararon culpable, pero revocaron la condena por conducta inapropiada del jurado y el fiscal del distrito no pudo volver a juzgarla porque faltaba un testigo clave. Al final se trasladó al otro extremo del país, donde comenzó una nueva vida con un agente inmobiliario local y tuvo dos hijos, Mike y Melissa.

Y entonces Carl Harmon los encontró.

Un patito de goma amarillo. Ese olor. Polvo de talco para bebés. Polvo de talco para bebés..., y sudor. En aquella época Melissa también estaba cansada por la droga que le había inyectado en la mano. Estaba cansada, muy cansada cuando Carl Harmon metió su cuerpo en el agua. «Mami, mami...».

Oyó sonidos más allá de su débil e infantil voz que llamaba a su madre. ¿Qué era ese ruido? ¿El océano? No, era el agua que salía del grifo de la bañera. El patito de goma amarillo se balanceaba al subir el nivel del agua. El juguete era para una niña como ella, pero no era entretenido. No era divertido. Era amenazador, peligroso y rapaz, con ojos negros y dientes afilados, mientras flotaba cerca de su piel desnuda.

Sintió que una mano masculina le agarraba la muñeca. Se incorporó con brusquedad en la cama, resollando como si se estuviera ahogando, a pesar de que la colcha de algodón seguía bien colocada debajo de ella.

—Missy, ¿me oyes? Despierta. ¡Despierta! —Mike estaba de pie a su lado y le clavaba los dedos en el brazo. Tenía el cuello empapado de sudor—. ¡Missy, despiértate de una vez! ¿Dónde está Riley?

10

Melissa no era consciente del tiempo que estaban perdiendo. Podía oír el miedo en la voz de Mike mientras la acunaba contra sí.

—Melissa, ¿qué pasa? ¿Dónde está Riley, Melissa?

Intentó levantar la mano, pero sintió que caía a su lado sin fuerzas. Intentó hablar, pero sus labios no formaban palabras. El mundo exterior existía, pero Melissa no lograba conectar con él.

—Levántate, Missy. Tenemos que encontrar a Riley. —Oyó que le decía su hermano.

La niña. La hija de Charlie. *Su* hija ahora. Debían encontrarla. Sintió que sus labios se movían, pero ningún sonido salió de su garganta. Estaba muy muy cansada.

—¡Ay, Dios mío! —Escuchó la desesperación en la voz de su hermano. Quería decirle: «No te preocupes por mí. Encuentra a Riley». Pero no podía hablar. Sintió que él la levantaba y su peso caía sobre él—. ¿Qué te pasa? —preguntó—. Ya sabía que no estabas bien, pero esto es demasiado. Riley no está. ¿No lo entiendes?

Por fin recuperó la capacidad de hablar y se centró en lo primero que le decía el instinto.

—La policía, debes llamar a la policía —dijo Melissa.

Oyó casi a lo lejos la voz de su hermano recitando la nueva dirección de su madre y el nombre de una niña desaparecida, de solo tres años recién cumplidos el mes anterior; Riley Miller.

Era vagamente consciente de que estaba temblando. Pero no pensó en eso. Pensó en su repentina decisión de eliminar y bloquear a TruthTeller esa misma mañana. Recordó a la horrible mujer en el parque. «Porque tú nunca te equivocas, ¿verdad? Lo sé todo sobre ti. Eres una farsante. Y una hipócrita».

Y ahora Riley había desaparecido. ¿Estaba relacionado?

—¿Has llamado a la policía, Mike? —Ignoraba por qué, pero no sabía si había pasado un minuto o una hora desde que insistió por primera vez. Tanteó de forma frenética hasta alcanzar el móvil que tenía al lado en la cama y miró la hora. Después de tantas noches sin pegar el ojo, ¿cómo había podido dormir tantas horas?

—Sí, ¿no me has oído? Ya vienen —le aseguró.

Melissa sintió que la oscuridad se cernía de forma amenazadora sobre ella. Empezó a caer y a alejarse... No..., no..., no... Se obligó a levantarse. Vio que el oso de peluche al que antes estaba abrazada Riley estaba tirado en el suelo, más triste y raído de lo que recordaba. Como pudo, se apresuró a bajar las escaleras para inspeccionar el resto de la casa. Vio un montón de algodón en el suelo, junto a la puerta principal. Profirió un grito estrangulado al reconocer la manta con corazones rosas y morados de Riley. Cuando se dispuso a agacharse para recogerla, se detuvo al darse cuenta de que la casa podía ser ahora la escena de un crimen.

Salió dando tumbos por la puerta, con su hermano pisándole los talones y preguntándole adónde iba. Caminaba deprisa por la acera de la casa, con los pies descalzos sobre el cemento y el viento de la tarde que empezaba a helarle los brazos desnudos. Ahora ya estaba del todo despierta. Lo que Mike había pasado..., lo que ella había sufrido cuando la secuestraron... No, no, no podía dejar que eso le pasara a Riley.

Esos recuerdos de su pasado estaban dejando claro que no iban a desaparecer. Mientras cerraba los ojos con fuerza, Melissa oyó a su yo más joven llorar con desesperación con más claridad que en cualquiera de sus pesadillas anteriores. «Mami... Mami». Entonces Carl Harmon le desabrochó la chaqueta. «Vamos, vamos... —le dijo—. Todo va bien».

Los había llevado a su espeluznante apartamento alquilado del último piso del Mirador, una vieja mansión frente al mar, sombría y deteriorada por la intemperie, construida en lo alto de un acantilado sobre tres hectáreas y media de terreno. Recordó que Mike exigió saber quién era aquel hombre y dónde se encontraban. Harmon les dijo que era un amigo de su madre y que había planeado un juego para todos el día de su cumpleaños. Melissa aún podía sentir que el hombre le daba palmaditas en la piel mientras hablaba hasta que Mike intentó apartarle las manos. Sus esfuerzos no duraron mucho. Harmon apartó a Melissa de su hermano y luego preguntó a Mike:

—¿Sabes qué es estar muerto?

—Quiere decir ir con Dios —respondió Mike.

Entonces Harmon les contó que su madre se había ido con Dios esa mañana y que su padre le había pedido que los cuidara durante un tiempo.

—Si mi mamá se ha ido con Dios, yo quiero ir también —gritó Mike.

Harmon le pasó los dedos por el pelo a Mike mientras mecía a Missy en su regazo, estrechándola contra su pecho.

—Irás —dijo—. Esta noche. Te lo prometo.

Ya no podía negarlo. Lo recordaba. Lo recordaba todo. Y lo que estaba pasando con Riley era igual que lo que pasó entonces. Era igual que la última vez. Y, como la última vez, ¿encontrarían a Riley igual que encontraron a Mike y Melissa, que habían sufrido abusos a manos de un hombre igual de depravado y desalmado? Carl Harmon le ató una bolsa de plástico en la cabeza a Mike y lo dejó para que muriera mientras huía con Melissa a la buhardilla con la intención de arrojarla desde el tejado o ahogarla en el mar.

Tenía que decírselo a Charlie. Santo Dios, ¿cómo iba a decírselo a Charlie?

Charlie le cogió el teléfono al segundo tono.

—Hola. Voy bien de tiempo, ya he salido del aeropuerto. Llegaré en una hora.

Melissa nunca podría recordar las palabras exactas que por fin consiguió pronunciar entre lágrimas, pero la cuestión estaba clara: Riley había desaparecido y todo era culpa suya.

11

A más de ciento sesenta kilómetros de distancia, Jayden Kennedy sintió que le invadía un extraño ataque de paranoia cuando Julie giró a la izquierda en la carretera sin asfaltar que llevaba a su casa.

—Cielo, vamos a dar la vuelta —dijo—. Dijiste que querías escuchar el último episodio de *El club de la justicia*. ¿No quieres averiguar qué ha estado haciendo la madrastra de Evan después de todos estos años?

—Lo mejor de un pódcast es que puedo escucharlo cuando quiera. Al menos vamos a pasar por tu casa con el coche. A lo mejor se muestra amable y te invita a entrar.

A Julie se le había ocurrido esa idea cuando salían del nuevo restaurante al que habían ido a cenar, especializado en productos locales. Después de todo el tiempo que habían dedicado a preparar la casa para «Helen», la inquilina, Jayden se había olvidado de meter en la maleta un traje formal, pues no los había necesitado desde que había dejado atrás Wall Street. Sin embargo, más tarde ese mismo día, había recibido una oferta para un nuevo contrato de asesoría, y el posible cliente quería reunirse con él en la ciudad al día siguiente para almorzar. Gastar dinero en un traje nuevo sería demasiado, aun suponiendo que pudieran hacérselo a medida a tiempo. Ahora que se aproximaban a la casa, parecía un pequeño precio a pagar para evitar un posible desastre.

—Aquí es donde nos recuerdo a los dos que esta web de alquiler no es precisamente normal —dijo—. Se supone que el anonimato en Domiluxe es absoluto.

—Tampoco es que sea una operación de espionaje —replicó ella—. Solo es más exclusivo, ¿no?

—Y también superhermético. Presentarte en la casa cuando el inquilino está allí es una grave violación de los términos. Podría asustarse y cancelar el contrato o algo peor.

—Bueno..., puede que ni siquiera esté aún allí.

Jayden sintió que se le encogía el estómago cuando el Mini de Julie se acercó despacio a la casa. Se dio cuenta de que había apagado los faros antes de detenerse a unos cincuenta metros de la entrada de su casa. Abrió una rendija la puerta del coche y se encendió la luz interior.

—¿Adónde vas? —La voz de Jayden surgió en un susurro, a pesar de que no había nadie más por allí.

—Acerquémonos lo suficiente para ver si hay alguien —respondió Julie, saliendo del pequeño coche. Él se apresuró a alcanzarla—. Si la casa está a oscuras, puedes entrar corriendo, coger un traje y salir pitando. Tómatelo como una aventura. Te cronometraré.

—O si las luces están apagadas es porque Helen está dormida y la pobre mujer se me desmaya del susto. O en el fondo Helen no es una mujer que está trabajando en su segundo libro. Es una fugitiva que se esconde de la ley y me recibe al pie de la escalera con una escopeta recortada.

—Y ahora, ¿quién tiene una imaginación desbordante? —repuso ella con una sonrisa torcida.

Casi habían llegado a la casa a oscuras cuando Julie soltó un pequeño chillido al oír el ruido de un coche que avanzaba por el camino de gravilla de la entrada. Jayden se agachó detrás de un rododendro y tiró de Julie para que se pusiera a su lado. Mientras se ocultaban del resplandor de los faros que se acercaban, ella lo miró con los ojos como platos, sin duda al borde de uno de esos adorables ataques de risa que podían darle de repente.

—Nos estamos escondiendo en los arbustos de tu propia casa —susurró una vez que el coche pasó junto a ellos.

Jayden la agarró de la mano y la condujo de vuelta a su Mini aparcado.

Durante todo el trayecto de vuelta a casa se rieron de lo absurdo de la situación. Jayden recordaría más tarde que el coche de la inquilina era un sedán, probablemente blanco, y que le pareció de alquiler, algo lógico, ya que Helen le había dicho que iría en avión a LaGuardia desde Atlanta.

Sin embargo, no vio al conductor del coche ni a ningún otro ocupante, incluida la niña de tres años que iba en el asiento de atrás.

12

Cuando Charlie entró por la puerta de la casa, Melissa corrió hacia él. Sintió una oleada de alivio mientras él la abrazaba. La horrible situación no había cambiado, pero de algún modo, ahora que estaban juntos, podía creer que todo iría bien.

Cuando por fin la soltó, le costó mirarle a los ojos.

—Lo siento mucho.

El detective, que se llamaba Marino, también entró y pareció observar la interacción entre ellos.

—Chis —susurró Charlie—. Todo va a salir bien. Vamos a encontrarla. Tú no tienes la culpa —añadió, como si le leyera el pensamiento.

Melissa sintió una punzada de culpabilidad por que fuera él quien la consolara a ella. Riley era su hija y era ella quien la había perdido.

También había una mujer detective, que le dio un apretón de manos a Charlie a modo de presentación.

—Señor Miller, soy la detective Hall. Ya conoce a mi compañero, el detective Marino.

Marino había salido antes para llamar a Charlie por el móvil mientras la detective Hall seguía recabando detalles de Melissa y de Mike. Les habían explicado que lo hacían con el fin de ser eficaces, ya que Charlie aún estaba en camino desde el aeropuerto. Quizá. Pero Melissa había sido fiscal. Conocía las razones para entrevistar a los cónyuges por separado cuando había asuntos familiares de por medio.

—Estaba hablando con la detective Hall de emitir una alerta Amber lo antes posible —dijo Melissa. Notó que los dos detectives intercambiaban una mirada de fastidio. Ya había insistido en que trajeran a un analista de escenas del crimen para buscar huellas dactilares u otras posibles pruebas físicas.

El móvil de Melissa vibró en el sofá junto a ella. Otra llamada de Katie, la segunda en los últimos minutos. Rechazó la llamada.

—¿Tiene que contestar? —preguntó Hall.

Melissa negó con la cabeza.

—Es mi amiga, Katie. Supongo que nuestros amigos se están llamando por lo de Riley. —Mientras esperaban a que llegara la policía, Melissa se había puesto en contacto con Neil y con Amanda para ver si ella podía ayudar, ya que era agente de la policía de Nueva York.

Marino levantó las palmas de las manos.

—Oigan, sé que están preocupados. Por supuesto que lo están. Pero las alertas Amber son un sistema muy controlado. No nos dejarán emitir una a menos que estemos seguros de que ha habido un secuestro. Y por suerte aún no hemos llegado a eso.

—Con el debido respeto, mi sobrina acaba de cumplir tres años —intervino Mike—. No creo que haya trepado por una ventana y robado las llaves del coche para pasar la noche fuera.

—Mi hijo puede escapar de una cuna portátil como un Houdini en miniatura —adujo Hall con una sonrisa comprensiva—. Y Melissa ha dicho que estaba segura de que todas las puertas estaban cerradas, ¿correcto?

Melissa asintió, deseando con toda su alma creer que algún día contarían la divertida historia de la vez que la aventurera Riley les dio un susto a todos al escaparse de su cuna de viaje para explorar sola el nuevo vecindario de la abuela. El pomo de la puerta principal estaba programado para que se echara el pestillo de forma automática al cerrarse y Mike había confirmado que había tenido que usar su llave para entrar al llegar a la casa. La puerta trasera también estaba cerrada con llave. Las ventanas correderas de la casa eran viejas y podría haber sido por ahí por donde hubiera entrado alguien, pero todas parecían estar bien cerradas. Era plausible que Riley hubiera salido por la puerta principal y que después no hubiera podido volver a entrar. Pero ¿dónde estaba ahora? Sin duda alguien se habría parado al ver a una niña que caminaba sola por la acera, a menos que ese alguien se hubiera parado por otras razones que no fueran la seguridad de Riley, comprendió.

La sola idea le producía náuseas.

La detective Hall continuó con sus intentos de tranquilizarlos, haciendo hincapié en lo raro que era que un desconocido secuestrara a niños.

Marino la interrumpió.

—Eso plantea la cuestión de si deberíamos buscar a alguien que no sea un desconocido. No cabe duda de que la explicación más común cuando desaparece un niño es algún tipo de problema con la custodia.

—Ese no es el caso aquí —replicó Charlie—. Como ya les he explicado, mi esposa..., mi primera esposa, Linda..., falleció cuando Riley era solo un bebé.

—¿Y los demás familiares? —preguntó Marino—. ¿Sus hermanos? ¿Sus padres? ¿Alguna rencilla que debamos conocer?

Charlie negó con la cabeza.

—Mis padres han fallecido. Mi hermana vive en Brooklyn. Es estupenda. Me ayudó a no perder la cabeza tras la muerte de Linda. Siempre nos hace de canguro. Se quedó con Riley para que pudiéramos irnos de luna de miel. Estamos muy unidos.

—¿Y cree que a ella le parece bien que estén juntos? —preguntó Marino—. ¿No es posible que se sienta amenazada?

Charlie abrió los ojos como platos.

—Claro que no —dijo en tono de protesta—. Es mi hermana.

Mike habló en voz baja desde su asiento en el rincón.

—Solo hacen preguntas, Charlie. Y tu hermana ni siquiera fue a la boda. Yo sí que me organicé para ir, ¿no?

Se hizo el silencio en la habitación. Charlie se dirigió con paso rígido a la cocina, garabateó una nota y la arrancó sin miramiento del bloc.

—Rachel Miller. Aquí tienen su número. Es esteticista. Realiza tratamientos faciales y otros tipos de tratamientos de spa a domicilio. Sé a ciencia cierta que ha tenido muchas citas todo el fin de semana. Por eso Riley vino aquí en vez de quedarse con su tía.

—Y si no le importa, ¿cómo falleció la madre de Riley? —preguntó Hall.

Melissa estaba a punto de preguntar qué importaba eso, cuando Charlie explicó que Linda había resbalado al intentar hacerse un selfi encima de una cascada cuando estaban de vacaciones en Noruega. Melissa asió la mano de Charlie y le dio un apretón tranquilizador. Sabía que esa era la explicación que él había dado a su familia y sus amigos después de presenciar la caída fatal de Linda a las rocas de abajo. Durante su cuarta sesión en las reuniones de asesoramiento para el duelo, donde había conocido a Charlie, fue cuando él compartió su sospecha de que la caída mortal no había sido un accidente en absoluto.

La única razón de que hicieran el viaje sin Riley fue que a Linda le estaba costando adaptarse a la maternidad y había pedido unas vacaciones a solas con Charlie para que tuvieran la oportunidad de reencontrarse el uno con el otro. El último día del viaje, por sugerencia de ella, hicieron una larga excursión por encima de las cascadas. A pesar de las súplicas de Charlie, Linda se salió del sendero principal porque quería ver mejor el agua romper contra las rocas trescientos metros más abajo. Cuando llegó al borde del acantilado, se dio la vuelta. Charlie supuso que se estaba colocando para hacerse un selfi y le gritó que tuviera cuidado, para que la oyera a pesar del estruendo de las cataratas. Melissa nunca olvidaría su expresión atormentada en terapia mientras describía la escena: «Me miró como si se despidiera y luego... desapareció, sin más».

Charlie no tenía forma de saber si la muerte de Linda había sido un accidente o un suicidio, pero decidió que sería mejor para todos, en especial para Riley, que se guardara sus sospechas para sí.

—¿Qué pasa con la familia de Linda? —preguntó Marino—. ¿Algún pariente político?

—Era hija única.

—¿Sin padres?

—Sus padres siguen vivos, pero tienen más de setenta años —dijo—. Y viven en Oregón.

—¿Les ha dicho que Riley ha desaparecido?

Charlie negó con la cabeza y se frotó la cara con los dedos.

—Vaya, creo que no lo había asumido de verdad hasta que le he oído decir eso hace un momento. Ha desaparecido. Mi hija está desaparecida.

—Si nos da su información de contacto, podemos hacer la llamada por usted —se ofreció Hall—. A veces es más fácil así. Nosotros podemos darles la noticia y luego ellos se comunican con usted.

—Voy a tener que pensarlo. Es complicado.

—Si es complicado, puede que esa sea justo la razón por la que tenemos que hablar con ellos —dijo Hall.

—Créame que si hubiera alguna posibilidad de que estuvieran involucrados, volaría a Oregón en el acto y los interrogaría yo mismo. Lo que ocurre es que no quiero poner sus vidas patas arriba, ¿vale?

La pareja de detectives intercambió una mirada escéptica, pero fue Mike quien interrumpió para cambiar de tema.

—¿Qué hay de esa mujer rara que abordó a mi hermana en el parque? Melissa les ha dado su descripción y les ha dicho que seguro que la reconocería si la viera de nuevo. Se marchó del parque a pie, así que es probable que viva cerca. ¿No pueden buscarla? Melissa también ha estado recibiendo un montón de demenciales comentarios de acosadores en las redes sociales. Puede que esa mujer esté obsesionada con ella y que decidiera seguirla hasta su casa.

—También vamos a investigar eso —aseveró Hall—. Señora Eldredge, ¿tiene alguna teoría sobre por qué el tal Truth-Teller la acusa de ser una hipócrita o de ocultar la verdad?

El silencio que siguió pareció prolongado incluso para Melissa. Cuando por fin habló, no tenía un nombre que ofrecer. Si bien Jennifer Duncan podía estar tan resentida como para arremeter contra ella en internet, era imposible que secuestrara a una niña.

—Mi agente me dice que todo forma parte del panorama online de hoy en día —dijo—. Puedes decir que el cielo es azul y alguien encontrará una razón para atacarte.

—De acuerdo, pero avísenos si se le ocurre algo más concreto —repuso Marino—. Tal vez un cliente descontento o algo así. Lo más urgente ahora mismo es encontrar a Riley. Tenemos agentes en la calle organizando la búsqueda. En estos momentos el departamento está emitiendo el comunicado de prensa y las alertas en las redes sociales. Sé que es nueva en la zona y que le está haciendo la mudanza a su madre, etcétera, pero somos una comunidad muy unida aquí en el East End. Los voluntarios rastrearán el barrio durante la noche si es necesario.

Charlie reprimió un sollozo.

—Sé que tienen que hacer preguntas, pero ahora mismo solo quiero volver a subirme a mi coche y empezar a buscar a mi hija, detectives. Recorreré cada centímetro cuadrado de Long Island si es necesario. ¿Necesitan algo más de nosotros?

—La policía científica sigue haciendo su trabajo, pero por supuesto es normal que quiera salir a buscar a Riley —dijo Hall.

—Yo también iré —se ofreció Mike—. Cuantos más ojos, mejor.

Cuando Mike se levantó, Melissa le abrazó y le dio las gracias. Desde el momento en que encontró a Melissa dormida sin Riley, había estado luchando por ellas; había despertado a Melissa, había llamado a la policía y había presionado a los detectives para que localizaran a la mujer del parque. Y se había referido a Riley como su sobrina y ahora iba a buscarla. En el fondo seguía siendo el mismo chico que siempre había cuidado de Melissa toda la vida.

Puso las llaves de su coche en la mano de Mike, le dio las gracias de nuevo y dijo iría con Charlie. Los detectives les aseguraron que habría agentes uniformados en el lugar por si Riley regresaba.

—Estoy segura de que hay empresas de helicópteros privados por aquí —dijo Melissa—. Podrían llamarlos y ver si alguno de los pilotos se ofrece voluntario para ayudar en la búsqueda.

—Le agradezco el consejo, abogada. —El tono de voz de la detective Hall era profesional, pero Melissa notó otra mirada cargada de significado entre los dos compañeros.

Estaban saliendo por la puerta principal cuando el detective Marino dijo, casi como si se le acabara de ocurrir:

—Sabe, Charlie, si hacemos bien nuestro trabajo difundiendo la noticia, hasta es posible que sus exsuegros se enteren de las noticias sobre Riley en Oregón. ¿Seguro que no quiere que nos pongamos en contacto con ellos?

—Eso no me devolverá a mi hija.

13

Marino se metió un Nicorette en la boca en cuanto plantó el culo en el asiento del copiloto del Impala del departamento.

—¿Qué tal llevas lo de no fumar, Guy? —El nombre de pila de Marino era Gaetano, pero todo el mundo, incluida su compañera, Heather Hall, le llamaba Guy.

—Soy oficialmente un adicto. Un yonqui de la nicotina. Incluso con este chicle, no creo que aguante más de tres días. Cinco, máximo, antes de que caiga. Soy un hombre débil, Hall.

Hall sabía por experiencia que su compañero era cualquier cosa menos débil. Nunca aceptaría tener de compañero a alguien débil.

—Bueno, ¿qué averiguaste del marido antes de que se presentara en la casa?

—Nada que no coincidiera con todo lo que dijo la esposa. Casado hace poco. Superfeliz. Todo de color de rosa. Le pregunté si era normal que ella se echara una siesta tan larga al mediodía y me dijo que últimamente tenía problemas para dormir. Estrés o algo así. Le presioné mucho para ver si albergaba la más mínima duda sobre la esposa, pero no soltó prenda. La busqué en Google. Tiene una gran carrera. Le insinué que tal vez no estaba muy contenta por tener que cuidar de repente de una niña.

—Muy sutil... —repuso Hall.

—Oye, tengo síndrome de abstinencia. ¿Qué quieres que te diga? Pero puede que me pasara un poco, porque me dio la impresión de que si el tipo me hubiera podido pegar un puñetazo por teléfono, lo habría hecho. No era una idea que pareciera dispuesto a considerar.

—Lo mismo con la esposa. Por como lo describe, Charlie podría dar clases de cómo ser un padrazo soltero.

—Padre viudo —puntualizó Marino—. Mira, no sé nada de suegros, de ser padre ni de tener un hijo, pero si tu hijo desapareciera, ¿no se lo dirías a sus abuelos?

En cuanto cambió el semáforo, Hall se puso en el carril derecho y redujo la velocidad.

—En primer lugar, no vuelvas a decir nada sobre que desaparezca Milo, la luz de mi vida, ni siquiera como algo hipotético. Y además, en mi caso, los padres de Frank estarían al frente del equipo de búsqueda, pero mi familia es así. No viven en Oregón. Y muchos suegros tienen mal rollo. Como dijo el marido, esas cosas pueden ser complicadas.

No fue necesario que expusieran las posibilidades que barajaban. Un padre o una madrastra no tenían motivos para secuestrar a una niña que ya vivía con ellos. Si Charlie Miller o Melissa Eldredge tenían algo que ver con la desaparición de Riley, era para eliminarla por completo de sus vidas. Hall imaginó a su propio hijo, Milo, el mini Houdini en ciernes. Incluso después de todo lo que había visto en ese trabajo, jamás entendería que alguien pudiera hacer daño a un niño.

—¿Sigues pensando que hemos hecho bien en no presionar al hermano? —preguntó Guy—. Me parece la oveja negra de la familia, un vago de playa. —Ya habían investigado a Michael Eldredge en el sistema. No tenía antecedentes, pero tampoco los encontrarían si se hubiera presentado alguna denuncia contra él en el Caribe.

—Sabes cómo Melissa Eldredge se hizo un nombre, ¿no?

—Ya te he dicho que la busqué en Google. Por un caso de condena injusta, ¿verdad?

—¿Injusta según quién? —preguntó Hall—. La acusada se llamaba Jennifer Duncan. Era una modelo en apuros que se casó con un promotor inmobiliario llamado Doug Hanover, al que mató con su propia pistola en su casa del West Village. Jennifer llamó al 911, pero luego no contestó a ninguna pregunta en el lugar de los hechos y actuó como si estuviera en estado de shock. La investigación encontró pruebas de que Jennifer se había reunido con dos abogados matrimonialistas diferentes el mes anterior. Si la pareja se divorciaba, ella se quedaría casi sin nada según su acuerdo prenupcial. Pero bajo los términos actuales del testamento lo heredaría todo. El estado fundamentó el caso casi enteramente alrededor del motivo y de las pruebas físicas en la escena, sobre todo la salpicadura de sangre. El jurado determinó que fue ella quien apretó el gatillo.

—¿Has averiguado todo eso hoy? —No dejaba de impresionarle la memoria fotográfica de Hall para los detalles de los casos.

—No. Me aficioné a las historias de crímenes reales mientras estaba de baja de maternidad, que fue cuando Melissa Eldredge irrumpió y afirmó que Jennifer era en realidad una mujer maltratada. Por entonces, llevaba tres años en la cárcel.

—Así que no admitió haber disparado a su marido, pero cuando eso no funcionó, ¿alegó defensa propia?

—Es una larga historia, pero básicamente la fiscalía metió la pata. El abogado defensor de Jennifer pidió al estado cualquier prueba de que el marido hubiera empleado la violencia en relaciones anteriores. Pues resulta que la ex del hombre había llamado a la oficina hacía años buscando ayuda para conseguir una orden de alejamiento. Pero cuando el equipo de la fiscalía se puso en contacto con ella, dijo que todo había sido un malentendido y negó los malos tratos. La fiscalía decidió no revelar nada de eso a la defensa y así fue como Jennifer consiguió que se anulara su condena. Sin embargo, lo irónico es que Melissa Eldredge fue fiscal de la acusación durante el primer juicio.

—Así que ¿utilizó su propio error para impugnar después la condena? —preguntó Marino.

—Exacto. Dijo que era una asistente júnior y que daba por sentado que los jefes sabían lo que hacían, pero nunca estuvo del todo de acuerdo con el veredicto. Cuando se pasó a la abogacía privada, decidió representar a Jennifer. Y una vez que la mujer salió de la cárcel, aparecieron juntas en las noticias por cable y en los programas de entrevistas diurnos. Jennifer heredó todo el dinero de su difunto marido. Ni siquiera los hijos del tipo recibieron nada. Y ahora Melissa es prácticamente una celebridad, lo que me lleva a tu primera pregunta. Ella ya nos estaba dando órdenes sobre alertas Amber y helicópteros. ¿Cómo crees que habría reaccionado si empezáramos a hacerle preguntas complicadas a su hermano?

—Pero tiene que ser consciente de que hay que eliminar a la familia como sospechosa —adujo Guy—. Es solo parte de la rutina. Encontrar a la niña tiene que ser la máxima prioridad.

—¿Qué le dijo el escorpión a la rana? «Está en su naturaleza». Esa mujer es abogada y, según mi experiencia, no les gusta que se interrogue a los suyos.

—Entonces ¿cuándo vamos a ir a por él?

Al igual que no necesitaron explicar por qué un padre podría hacer daño a un hijo, tampoco verbalizaron los oscuros motivos que podría tener un hombre de la edad de Mike Eldredge para encontrar la forma de quedarse a solas con la joven hijastra de su hermana.

Hall se encogió de hombros.

—Por ahora, nos limitaremos a vigilarlo.

—¿Y cómo vamos a hacerlo?

—¿Ves el Volvo SUV gris seis coches por delante de nosotros? Es Mike Eldredge en el coche de su hermana. ¿No te has dado cuenta de que llevo siguiéndolo desde que salió de la casa?

No era la primera vez que Marino estaba seguro de que su compañera era buena en su trabajo.

14

Charlie tenía los nudillos blancos en el volante por la fuerza con que lo agarraba. Incluso en la oscuridad, Melissa podía ver la agonía en sus ojos y la cenicienta palidez de su rostro. Se esforzó por sonar tranquilizadora.

—Al menos los detectives hablaban en serio cuando han dicho que estaban buscando a Riley.

En cuanto salieron de la casa, vieron a agentes uniformados pululando por las manzanas que rodeaban la casa, llamando a las puertas con fotografías de Riley. A esas alturas, parecía como si estuvieran conduciendo sin más por calles al azar mientras Melissa llamaba a los pocos hospitales cercanos para ver si había novedades.

La pantalla de su teléfono seguía iluminándose con cada nuevo mensaje de texto de Neil y Amanda en una conversación y de Katie en otra. Todos se ofrecían a ir al este para ayudar en la búsqueda, pero Charlie insistía en que eso solo crearía más caos. Era un recordatorio de que aunque Charlie, Riley y ella eran ahora una familia, él seguía sin considerar a sus amigos parte de su círculo íntimo.

La pantalla Bluetooth del coche mostró una llamada entrante de su hermana, Rachel. Contestó de inmediato.

—Hola. Melissa y yo estamos en el coche. Solo estamos... buscando. La policía tiene gente buscando por todas partes. Ni siquiera estamos seguros de qué hacer en este momento.

—No hay más trenes esta noche, pero puedo alquilar un coche. O pedir un Uber. Lo que necesites. —Melissa se dio cuenta de que Rachel había estado llorando por la ronquera en su voz—. Me siento muy culpable. Debería haber cancelado mis citas del fin de semana. Así Riley habría estado aquí conmigo durante tu viaje.

Melissa no dejó de escudriñar las aceras a través de la ventanilla del coche, sintiendo el ardiente peso de la crítica. Era culpa suya. Si hubiera hecho caso a Mike, si hubiera hablado con alguien sobre aquellas pesadillas, tal vez no se habría sumido en un sueño tan profundo.

—Esto no es culpa de nadie —aseveró Charlie. Puso una mano sobre la de Melissa para recalcarlo—. Ya conoces a Riley. Quiere explorarlo todo. Seguro que encontró la forma de salir y se perdió. Sabe que no debe hablar con desconocidos. Hasta puede que se haya quedado dormida en algún lugar a estas alturas.

Era la única posibilidad esperanzadora a la que volvían una y otra vez.

—Vale, pero voy a coger el primer tren de la mañana y a decirme que mi sobrinita estará allí para recibirme y que podremos preparar juntas el desayuno —repuso Rachel—. ¿Melissa? ¿Estás ahí?

—Estoy aquí, Rachel.

—Sé que no he sido la mejor cuñada hasta ahora...

—Entiendo perfectamente que ha sido duro. Seguro que lo nuestro ha dado la impresión de ir muy rápido. No es necesario que hablemos de eso ahora.

—Vale, pero quiero que sepas que me alegro de que Charlie te tenga en su vida. Y también le haces mucho bien a Riley. Voy a hacerlo mejor a partir de ahora.

A Melissa se le formó un nudo en la garganta mientras rezaba para que hubiera un «a partir de ahora», un felices para siempre, con Riley de nuevo en casa.

—Igual que yo. Somos una familia.

Rachel se estaba despidiendo, cuando sonó el teléfono de Melissa. Era Mike. No se molestó en saludar.

—¿La has encontrado? —preguntó, expectante, conteniendo la respiración.

—No, lo siento. Pero la policía me ha encontrado a mí. Tenemos que hablar.

Volvieron a la casa y encontraron a Mike en el sofá rinconero del salón, con la cabeza entre las manos, hasta que se incorporó sobresaltado cuando entraron. La tensión y el cansancio en su rostro le habían echado años encima o tal vez aún tendía a verlo como cuando era joven, lo mismo que él parecía verla como su hermana pequeña, Missy. Pero, en ese momento, no podía creer lo mucho que se parecía a su padre.

—¿Nos das un segundo, Charlie? —preguntó, cansado.

Charlie apretó los labios y sacudió la cabeza, poniendo los brazos en jarra.

—Lo siento, tío. No. Estamos hablando de mi hija. Tengo que oír cada palabra.

Mike asintió.

—He vuelto al parque, pensando que la gente que va allí de día a lo mejor también salía a pasear por la noche. He visto a una pareja con un perro, pero la descripción de la mujer que te acosó no les sonaba de nada. Iba hacia mi coche para marcharme, con ideas de dar una vuelta por el barrio, pero han llegado esos detectives y me han dicho que tenían más preguntas. Les he preguntado si me habían seguido y me han dicho que estaban vigilando el parque. Pero no tenía sentido. He salido de la casa antes que ellos. Habían ido allí a buscarme a mí, no al parque.

La respiración de Charlie era cada vez más agitada y tenía los puños cerrados.

—¿Por qué iban a hacer eso, Mike? ¿Le has hecho algo a

mi hija? —Mike se estremeció como si le hubieran abofeteado y Melissa dejó escapar un grito ahogado. La ira ardía en los ojos de Charlie cuando se volvió hacia ella—. ¿Cuántas veces me has dicho que está trastornado por lo que ocurrió cuando erais niños? Sabía que debería haber tenido más cuidado al dejar que se acercara a Riley.

Por primera vez desde que habían enterrado a su padre, pudo ver lágrimas en los ojos de Mike.

—Esto sí que es genial —replicó—. Va por los dos. —El sarcasmo no fue suficiente para disimular su dolor.

—Por favor, Mike —suplicó Melissa—. Podemos hablar de nosotros y de todo lo demás más tarde, pero ahora mismo se trata de Riley. ¿Qué quería saber la policía?

—Lo que al parecer Charlie también quiere preguntarme —respondió Mike—. Dónde he estado todo el día. Así que os alegrará saber que después de que Melissa se fuera a comer con Riley, me acerqué a la tienda de cebos y aparejos del pueblo para informarme de cómo está aquí el tema de la navegación. Una pareja que compraba un carrete nuevo me oyó hablar con el dueño de la tienda. Resulta que son pescadores de caña que viven aquí, pero también pasan tiempo recorriendo las islas del Caribe. Paramos a tomar una cerveza en la taberna y acabaron llevándome hasta Montauk para presentarme a algunas empresas que podrían necesitar un capitán en verano. Me hacía ilusión daros la noticia, pero la casa estaba a oscuras cuando llegué. Se llaman Christian y Lea. No me dijeron el apellido, pero me quedé con el número de Christian. Deben de ser muy conocidos entre los lugareños, porque ese detective supo enseguida a quién me refería y los llamó para confirmar que estuvieron conmigo todo el día y me dejaron aquí. Puedes llamarlos tú también si quieres.

—Por supuesto que no es necesario —adujo Melissa.

—¡Dios mío! —dijo Charlie—. Lo siento mucho, Mike. Ahora mismo no pienso de forma racional.

Mike rechazó las disculpas de Charlie.

—Lo entiendo. No pasa nada, tío.

—Entonces ¿eso es todo? —preguntó Melissa—. Han comprobado tu coartada y tenías una. Pero parecías preocupado cuando has llamado.

—No solo me han preguntado por mí. —Bajó la mirada a sus pies—. Me han preguntado cuánto tiempo hacía que os conocíais, cuánto conocía a Charlie, cuánto le conocías tú..., cosas por el estilo. Hicieron preguntas más específicas.

Tragó saliva y siguió evitando el contacto visual con Charlie. Melissa sabía que lo que estaba a punto de decir era la razón por la que había pedido hablar con ella en privado. Sus preocupaciones no eran por él mismo, sino por Charlie. Tenía que saberlo.

—¿Sobre qué?

Cuando Mike finalmente habló, clavó la mirada en Charlie.

—Sobre tus suegros, los de Oregón. Me preguntaron si sabía sus nombres o cómo ponerme en contacto con ellos. Querían saber si mantienes el contacto y si alguna vez ven a Riley..., ese tipo de cosas.

—Eso no tiene ningún sentido —dijo Melissa—. Si Charlie hubiera pensado por un segundo que estaban involucrados, ¿por qué no hizo que la policía los investigara?

—Lo mismo les he dicho yo. Y entonces me han preguntado si Charlie parecía ser más feliz cuando no estaba su hija. La cosa se puso muy siniestra.

La confusión y la consternación demudaron el rostro de Charlie.

—Así que ¿piensan... que la he mandado a vivir con los padres de Linda? Si hubiera hecho eso, se lo diría y santas pascuas. No necesitaría simular un secuestro.

Mike no dijo nada, pero Melissa conocía a su hermano. Había algo que aún no había dicho. Necesitaba un empujón.

—¿Es eso lo que insinuaban, Mike?

Él negó despacio con la cabeza.

—Era algo más siniestro —murmuró—. Puede que piensen que tus suegros van a decir que eres el tipo de persona que podría haberle hecho algo muy malo a Riley. Para así no tener que ocuparte de ella nunca más.

15

Charlie abría y cerraba los puños mientras veía a Mike subir las escaleras, dejándolos a solas con las consecuencias de la bomba que había lanzado. Melissa odiaba verle sufrir.

—Por favor, Charlie. No entiendo por qué no le dices a la policía cómo localizar a los padres de Linda.

—Espero que no estés pensando que yo haría daño a mi propia hija —espetó.

Melissa cogió la mano de Charlie y se sintió aliviada cuando él asió la suya.

—Claro que no, igual que supongo que en realidad tú no dudabas de Mike. Pero como ha dicho la policía, la mayoría de los niños que desaparecen acaban con un familiar. Ahora nos están poniendo a prueba, aunque solo sea para eliminarnos como sospechosos.

—Y hasta entonces, ¿no les importa encontrar a Riley?

—Sabemos que tienen equipos de rastreo buscándola. Los hemos visto.

Melissa le rodeó la cintura con un brazo.

—Siento haber sido duro con Mike —dijo—. Y haberte arrastrado a ti.

—Mi hermano y yo lo solucionaremos. Siempre lo hacemos. Pero nos llamó para que volviéramos a casa por una razón. Es evidente que la policía anda muy desencaminada. Dales el número de teléfono y acaba de una vez. —Decidió presionar más—. Y dadas las circunstancias, no es ninguna tontería asegurarse de que los padres de Linda no están involucrados.

—Confía en mí. Los conozco. No han cogido un avión hasta aquí y se han llevado a Riley. Es ridículo.

—De acuerdo, pues dejemos que la policía los llame. Cualquier sospecha que la policía tenga sobre ellos o sobre ti se disipará y la investigación seguirá su curso. En todo caso, hace que tenga confianza en que están haciendo su trabajo.

Charlie golpeó la mesa con las palmas de las manos.

—¡Nadie va a llamar a los padres de Linda!

—Me estás asustando, cariño. ¿Qué ocurre?

Charlie se pasó los dedos por el pelo y sacudió la cabeza.

—Me odian, ¿vale?

Melissa sabía que los exsuegros de Charlie se habían enfadado cuando él decidió trasladarse de Oregón a Nueva York y tenía claro que no había mantenido un contacto estrecho con ellos desde la mudanza.

—¿Que te odian? Me cuesta creer que eso sea cierto.

—Te dije que la razón por la que me mudé aquí fue en parte para que mi hermana me ayudara con Riley —comenzó, y Melissa asintió—. Esa no fue la única razón. Después de la muerte de Linda, me enteré de que ella tenía un devaneo con un compañero de trabajo en su oficina.

—No me dijiste...

—Eso no es todo. Deja que termine. No creo que se convirtiera en una aventura en toda regla, pero parece que ese hombre y ella hasta hablaron de estar juntos si ella dejaba nuestro matrimonio. Creo que quizá por eso quería esas vacaciones, para decidir si seguía conmigo. Cuando me enteré de la existencia de ese otro hombre, reviví de nuevo el accidente de la excursión. A lo mejor Riley y yo no éramos suficiente para hacerla feliz, pero la idea de dejarnos la superaba. Pero cuando los padres de Linda se enteraron de que estaba pensando en divorciarse, llegaron a otra conclusión. —Le sostuvo la mirada.

Melissa abrió los ojos como platos al darse cuenta de lo que estaba diciendo.

—Oh, Charlie, no...

Charlie se enjugó una lágrima que se le estaba formando en el rabillo de un ojo.

—Se convencieron de que iba a dejarme y que yo me enteré de alguna manera. De hecho, me acusaron de haberla empujado. Incluso contrataron a un abogado para intentar quitarme a Riley. Nunca presentaron los papeles porque lo único que tenían era esa descabellada teoría conspiranoica, pero después de eso, ¿cómo iba a seguir formando parte de su familia? No podía exponer a mi hija a gente que cree que yo asesiné a su madre.

—Por supuesto que no. Pero me parece que deberían ser los principales sospechosos. Puede que se convencieran de que estaba justificado quitarte a Riley.

Charlie negó con la cabeza de manera categórica.

—Los conozco desde hace veinte años. Son de los que llaman a sus abogados, no unos secuestradores. Si de verdad hubieran querido, podrían haber evitado que me mudara reteniéndome en el juzgado de familia durante años. Jamás se tomarían la justicia por su mano. Pero si la policía llama a Oregón, sabe Dios lo que pueden decir...

—Lo entiendo —dijo Melissa en voz baja, aunque no estaba segura de estar de acuerdo.

—Lo siento —dijo, soltándole la mano y poniéndose en pie—. No puedo seguir aquí sentado. Voy a salir a buscarla. ¿Por qué no vas a arreglar las cosas con Mike?

—No, voy contigo.

—Necesito estar solo unos minutos. —Salió por la puerta sin decir nada más.

16

—Al menos come un poco, Melissa. Estás agotada. Te ayudará. Tienes que conservar las fuerzas —le dijo Mike en tono apremiante.

Melissa meneó la cabeza y apartó el plato. Había confiado que el olor de los huevos y el beicon que había cocinado la tentara.

—Se suponía que el beicon era para el desayuno de mañana, con tortitas de arándanos, sus favoritas —dijo Melissa en voz baja—. Riley debe de tener mucha hambre. Lleva horas y horas sin comer.

Afuera oyeron el estruendo de los helicópteros volando bajo.

—Parece que al menos han aceptado tu sugerencia —dijo Mike—. Tienen voluntarios en todo el East End de Long Island. Todo el mundo está ayudando. Debes dejar de torturarte. No hiciste nada malo y necesitamos que vuelvas a ser la Melissa que siempre sabe qué hacer. Fue a ti a quien se le ocurrió llamar a las empresas de helicópteros privados de la zona.

—Todavía no se lo he dicho a mamá —dijo—. ¿Y tú?

—Pensé que esa decisión te correspondía a ti, pero me preocupa que la noticia pueda llevarla a la tumba.

Todavía estaba de luto por la muerte de su marido y era probable que la desaparición de Riley volviera a desencadenar todo el trauma que su madre había experimentado cuando le arrebataron a sus propios hijos.

El silencio parecía un acuerdo tácito por ambas partes de esperar.

—Sabes que en realidad Charlie no pensaba que le harías daño a Riley, ¿verdad?

Mike evitó su mirada.

—Bueno, es evidente que has dado a entender que estoy muy trastornado.

Ella se encogió de hombros y le dedicó una sonrisa triste.

—Los dos lo estamos, ¿no? ¿Cómo no íbamos a estarlo? Tú y yo afrontamos el daño de forma diferente, eso es todo. Siempre has sido para mí un recordatorio constante del peligro y la agonía a los que nos enfrentamos de niños. Teniendo en cuenta lo que pasé, pensé que me había ganado el derecho de dejarlo en el pasado si quería.

—¿Lo que tú pasaste? Nos ocurrió a los dos.

Melissa no podía creerse que sacara el tema justo en ese momento.

—Pero yo era la chica, Charlie. Fue a mí a quien metió en la bañera. ¿Por qué crees que odio tanto meterme en el agua que no sé nadar a pesar de haberme criado en el Cabo? Fue a mí a quien se llevó con él cuando intentó escapar.

—Vaya, de veras no lo sabes, ¿verdad? Yo fui tan víctima como tú. —Pronunció las palabras despacio, esperando a que calaran del todo—. ¿Todo lo que planeaba hacerte? Me lo hizo a mí primero. Por eso me dejó para que muriera e intentó irse contigo, Melissa.

A pesar de los años transcurridos en los que Mike había querido superar el trauma que vivieron, nunca había aclarado la magnitud total de los abusos a los que aquel hombre le había sometido. Sus padres, convencidos de que Melissa era demasiado joven para recordar, decidieron que era mejor no revivir con ella los detalles del caso. Melissa empezó a temblar de manera incontrolable, imaginándoselos a los dos, tan pequeños, encerrados en la buhardilla. Riley... ¿Estaba Riley en algún lugar terrorífico como ese ahora? ¿Con un depredador como Carl Harmon?

Sus pensamientos más oscuros se vieron interrumpidos por el sonido de su teléfono móvil. Era Katie otra vez.

—Deberías contestar —dijo Mike. Cuando ella respondió la llamada, él ya estaba en el piso de arriba.

—¡Me lo has cogido! —El sonido de la voz de Katie fue un consuelo inmediato—. Por favor, dime que eso significa que Riley está en casa.

—No, y estamos aterrorizados. No consigo librarme del insistente presentimiento de que la desaparición de Riley está relacionada con los mensajes de TruthTeller. La policía dijo que esos mensajes no eran lo bastante amenazadores como para conseguir una orden judicial para obtener la información del usuario, pero ahora me pregunto si debería contarles mi desencuentro con Jennifer.

—Espera. ¿Crees que TruthTeller es Jennifer Duncan? ¿Por qué no me habías dicho nada?

—Porque en realidad no lo creía. Sigo sin creérmelo. Seguro que es algún bocazas cualquiera que ni siquiera me conoce. Creo que Jennifer solo me ha venido a la mente porque nunca he superado la repentina forma en que todo acabó entre nosotras. Era más que una clienta y ya sabes cuánto odio perder una amistad.

Aunque nunca se involucró de manera oficial en los detalles del juicio por la herencia de Jennifer, Melissa tenía entendido que los abogados de los hijos de Doug Hanover alegaron que, a pesar de la anulación de la condena de Jennifer, seguía siendo la persona que lo había matado y que, por tanto, no podía heredar ni un céntimo. Cuando Melissa sugirió en un principio que el patrimonio debía ser lo bastante cuantioso como para llegar a un acuerdo razonable, Jennifer dejó claro que lo quería todo. En su opinión, cualquier dólar que se les pagara a los hijos de Doug era lo mismo que dárselo a su madre. «Esa mujer sabía bien qué clase de hombre podía ser Doug a puerta cerrada y no hizo nada por ayudarme cuando me detuvieron. Incluso mintió a la fiscalía y se negó a confirmar que Doug la maltrataba. ¿Y sabes por qué? Porque quería que me pudriera en esa prisión de por vida mientras sus hijos y ella se llevaban todo el dinero. Así que no hay acuerdo. Me merezco lo que es mío».

A pesar de que Melissa le dio múltiples referencias de prestigiosos abogados de litigios patrimoniales, Jennifer siguió presionándola para que aceptara el caso. Recordó su última conversación, tan acalorada, cuando Jennifer le gritó: «¡Te has hecho un nombre a costa de mi desgracia y ahora te deshaces de mí como un pañuelo usado!». Después de ver de primera mano la obsesión de Jennifer con la herencia, combinada con la rabia cuando no se salía con la suya, Melissa incluso llegó a dudar de su inocencia. No habían vuelto a hablar desde entonces.

Varios meses después, Melissa leyó en el *New York Post* que Jennifer se había salido con la suya. El tribunal testamentario aplicó los términos originales del testamento y le otorgó todo el patrimonio a Jennifer. Se estimó que ascendía a casi cuarenta millones de dólares.

—Si no tienes pruebas, no creo que debas contárselo a la policía —dijo Katie—. Para explicar tus sospechas, tendrías que violar el secreto profesional entre abogado y cliente. Podrían inhabilitarte. —Melissa solo le había contado a Katie lo de la pelea con Jennifer porque buscaba el consejo ético de una colega abogada—. Estarías sacrificando toda tu carrera.

—Renunciaría a todo si eso me llevara a encontrar a Riley...

—Por supuesto, pero una cosa es que Jennifer esté enfadada porque no aceptaste representarla en su lucha por la herencia —dijo—. Sin embargo, ¿ir a por tu hijastra? No ganaría nada con eso y acabaría de nuevo en la cárcel. Si tienes razón en que ella es TruthTeller, y es muy posible que la tengas, entonces los mensajes no están relacionados con la desaparición de Riley.

Katie estaba en lo cierto. Tal vez Jennifer Duncan la despreciara ahora, pero no tenía motivos para secuestrar a su hijastra.

—Me guardaré mis sospechas de momento —repuso—. Pero hablando del secreto profesional entre abogado y cliente, necesito tu consejo sobre algo relacionado con Charlie y la policía.

Después de que Katie le garantizara que no compartiría la información con nadie, le explicó las razones de Charlie para no querer que los detectives Hall y Marino se pusieran en contacto con su ex familia política.

Cuando Melissa terminó, Katie no se anduvo con rodeos.

—Necesita un abogado. Ya mismo. Hace dos horas, de hecho.

—Yo soy abogada —adujo Melissa.

—Lo siento, pero necesita un abogado objetivo. No a su mujer.

—Actúas como si creyeras que Charlie hizo algo malo. Y la policía pensará que somos culpables si empezamos a llamar a abogados defensores. Creo que debería llamar a los abuelos de Riley él mismo. Deberían saber que ha desaparecido. Y luego la policía puede indagar todo lo que le plazca. No hay nada que encontrar.

—¿Tú te estás oyendo? Sabes que no hay que ir por ahí. Así es como las personas inocentes acaban arrestadas.

—Lo siento, Katie, pero ahora mismo no puedo ponerme la toga de abogada, ¿vale? Estoy en plan mamá osa. Lo único que importa es encontrar a Riley.

—Por supuesto, pero ¿puedo recordarte que literalmente escribiste un libro entero demostrando que cuando la policía convierte en chivo expiatorio a gente inocente por una corazonada deja escapar a los verdaderos autores? Si de verdad los exsuegros de Charlie se han convencido de que él mató a su hija, se volverán locos si descubren que se ha vuelto a casar y que ahora no encuentra a Riley. Y entonces sus descabelladas teorías se convertirán en la tesis. La policía dará por hecho que la desaparición de Riley está relacionada con la muerte de su madre y eso afectará a la búsqueda. Y acabas de decir que lo único que importa es que esa dulce niña vuelva a casa. Charlie puede culparte por traer un abogado. De hecho, es probable que la policía se lo espere.

Melissa sabía que Katie tenía razón.

—¿Puedes encargarte tú?

—Soy una abogada lo bastante profesional como para que esta conversación sea confidencial, pero necesitáis a alguien que no se gane la vida haciendo pasteles. ¿Y Mac? Es el mejor abogado defensor que conocemos..., aparte de ti. Y es tu amigo, así que puede decirle a la policía que está ahí para ayudar. Porque, para serte sincera, os vendrá bien toda la ayuda que podáis recabar.

17

Kevin Berry hizo una mueca mientras apoyaba la cabeza en la almohada. Su mujer, Cheryl, miraba el portátil con los ojos entornados a su lado. Le puso una mano en el pecho de forma compasiva.

—El sol te ha quemado bien, ¿eh?

—Es mi castigo por no usar los protectores solares que me compras. —Había corrido una maratón con amigos en Montauk a media mañana, sin protector solar. Ahora estaba pagando el precio—. ¿Te molesta si veo las noticias? O puedo ir abajo.

Sabía lo mucho que Cheryl había trabajado en el documento que iba a presentar en una conferencia sobre iniciativas de salud global el próximo mes. Técnicamente, debía entregar el artículo al día siguiente a los organizadores de la conferencia, pero esta se celebraba en París, donde ya era el día siguiente.

Levantó un dedo, volvió a mirar la pantalla y le dio con fuerza al intro.

—¡Enviado! —Cogió el mando a distancia de la mesilla de noche y puso las noticias locales, un ritual habitual entre ellos a la hora de acostarse.

El rostro sonriente de una niña ocupaba la mitad de la pantalla de la televisión. Tenía las mejillas regordetas y dos pequeñas coletas rubias en lo alto de la cabeza. El texto anunciaba: SE BUSCA A UNA NIÑA DE TRES AÑOS DESAPARECIDA EN EL CONDADO DE SUFFOLK. Había incisos junto a su fotografía:

- Riley Miller
- 89 centímetros de estatura.
- 13 kilogramos.
- Lleva un pijama azul de *Frozen*. Un dibujo de la princesa Elsa en la camiseta y copos de nieve en el pantalón.
- Puede llevar un peluche de Peppa Pig.

Cuando terminó la noticia, Cheryl se tapó la boca con la mano.

—¡Qué horror! ¡Pobres padres!

—Los niños se pierden. Podría ser una falsa alarma. La noticia dice que hay equipos de búsqueda peinando todo el East End.

—Pero solo tiene tres años. Y lleva desaparecida varias horas. ¿Hasta dónde podría haber llegado sola? No pinta bien.

Era algo que nadie quería oír, pero Cheryl no se limitaba a ver las noticias. Las sentía de manera personal. Era una de las muchas cosas que él adoraba de ella. Sin duda era la persona más compasiva que había conocido. Con los años había aprendido que era lo que los expertos llaman una empática, que sentía y asimilaba las emociones y experiencias de los demás. Eso la convertía en una maravillosa compañera de vida y en la mejor amiga que se pudiera pedir, pero también significaba que cargaba con el peso de los problemas de los demás como si fueran los suyos propios.

—Estás pensando en levantarte de la cama y unirte al equipo de búsqueda, ¿verdad? —preguntó.

—Por supuesto. Quizá una sola persona no pueda cambiar las cosas, pero ¿y si todos desempeñamos un pequeño papel? Todos estamos conectados.

Era su forma de ver el mundo en general.

—Y suponiendo que pudieras llegar a Southampton esta noche, ¿cómo piensas volver?

Eran dos de los aproximadamente tres mil doscientos residentes de Shelter Island, enclavada entre las bifurcaciones norte y sur del extremo este del condado. En su opinión, no había lugar más bonito sobre la faz de la tierra y no tenía las aglomeraciones —ni los precios que las acompañaban— de las comunidades circundantes. Sin embargo, era una isla de poco más de treinta kilómetros cuadrados a la que solo se podía acceder (o de la que solo se podía salir) en ferry. E incluso si Cheryl tomaba el último ferry de la noche para unirse a la búsqueda, no habría forma de volver a casa.

—Menos mal que estoy casada con el capitán del ferry —dijo, enarcando las cejas.

Además de ser el entrenador local de atletismo, hacía media vida que Kevin era capitán del Ferry Sur.

—Como ya te he dicho alguna vez, no es nuestra limusina personal. Si se corre la voz de que he hecho una travesía para los dos, nuestros amigos me llamarán en mitad de la noche como si fuera un taxista.

Apagó la televisión y las luces y la arrimó a él. La falta de sueño provocada por trabajar en su presentación para la conferencia hizo efecto y pronto su respiración se volvió profunda y rítmica. Kevin tenía los ojos cerrados, pero no dejaba de ver aquella fotografía de Riley Miller, desaparecida en pijama, sin nada más que su peluche favorito.

Tal vez Cheryl no fuera la única empática de la casa.

Decidió que encontraría la manera de contribuir a la búsqueda por la mañana, si aún no la habían encontrado.

18

Cuando llegó la mañana siguiente no parecía que fuera un nuevo día. ¿Cómo podía avanzar el tiempo si Riley seguía desaparecida? Melissa sabía que se había quedado dormida unos minutos de tanto en tanto solo por las pesadillas que había tenido, que en esa ocasión eran sobre Riley, no sobre sus propios recuerdos. Cada vez que abría los ojos de golpe, Charlie también estaba despierto. En ese momento, después de haberse duchado, estaba buscando las llaves a un ritmo frenético, pero tenía el rostro pálido y demacrado. Ambos se obligaban a seguir adelante.

Faltaban diez minutos para que llegara el tren de su hermana Rachel.

—¿Seguro que no puedo ir contigo? —preguntó.

—A mí me encantaría. De hecho, a Rachel también. Pero Mac dijo que Mike y tú deberíais quedaros en casa. Mira, tú también eres abogada, y eres de quien estoy enamorado y con quien me he casado. Así que haré lo que tú quieras...

Ella sacudió la cabeza.

—No, Mac sabe lo que hace. —Cuando llamó a Mac la noche anterior, él había accedido de inmediato a actuar como abogado de Charlie. También dispuso que la policía entrevistara tanto a Charlie como a Rachel en comisaría para eliminarlos como sospechosos y convencerlos de que trataran el caso como un probable secuestro por parte de un desconocido, lo que activaría una alerta Amber en los alrededores—. La entrevista no debería llevar mucho tiempo. Estabas en un avión cuando Riley desapareció.

—Y Rachel tuvo cuatro citas con clientes en la ciudad. Todavía no puedo creer que nos traten como si fuéramos delincuentes —dijo con desagrado.

—Lo sé, pero se les forma para ello. Mac se ocupará de que vuelvan a centrarse. Le conté lo de la mujer extraña del parque.

—Me he pasado la noche en vela pensando en todas las horribles posibilidades. Pero lo de la chiflada del parque es algo inevitable si se tiene cierta notoriedad hoy en día. Dijiste que se fue a pie, ¿verdad? Y que después Riley y tú os marchasteis del parque en otra dirección. ¿Cómo pudo seguiros?

—Puede que nos haya estado observando antes y ya supiera que volveríamos aquí. —Enseguida le vio el fallo a su teoría—. Pero entonces ¿por qué llamaría la atención en el parque? ¿Y por qué tendría como objetivo a Riley? —No podía librarse del presentimiento de que el extraño incidente tenía que estar relacionado de alguna manera, pero no conseguía atar cabos.

—Es probable que solo fuera una loca que te reconoció de las redes sociales.

—Está claro que la policía también piensa eso. Puede que Mac consiga que al menos lo investiguen. A propósito, más vale que te vayas —dijo, dando unos golpecitos a su reloj. Le colocó bien el cuello de la camisa y le dio un beso rápido—. Preparé el sofá cama del cuarto de estar para Rachel. Por cierto, me alegro mucho de que venga.

—Como dijiste sobre Mike, la familia es la familia. Si te sirve de algo, anoche Rachel me dijo que lamenta no haber venido a la boda.

—Nada de eso importa ahora. Solo Riley.

—¿Estás preparada para hablar con tu madre? ¿Quieres que espere aquí contigo?

Mike y ella habían decidido esa mañana que Riley llevaba demasiado tiempo desaparecida como para seguir ocultándoselo a su madre. Por muy traumática que fuera la noticia para ella, sería peor que se enterara de la verdad por las noticias en vez de por su familia.

Sacudió la cabeza.

—Esto va a desenterrar viejos recuerdos. Mike y yo deberíamos ser quienes se lo digan.

Usaron el teléfono de Mike por si Melissa recibía una llamada sobre Riley. La voz de su madre sonaba animada y alegre.

—La primera persona de la que tengo noticias un lunes por la mañana es mi guapo hijo. Esto es un buen presagio para la semana.

—Hola, mamá —dijo Mike con afecto—. Te tengo en el altavoz con Melissa.

—Oh, aún mejor —dijo—. ¿Os sigue pareciendo bien la casa de campo? Ya sé que es más pequeña que la casa, pero sigue habiendo sitio para todos, al menos por ahora. El antiguo propietario me aseguró que cuenta con una autorización para construir una pequeña casa de invitados en la parte de atrás de la propiedad si es necesario.

Mike frunció el ceño y miró a Melissa para darle la noticia.

—La casa de campo es genial, pero tengo que contarte una cosa —empezó Melissa—. Riley ha desaparecido. Ayer nos fuimos a dormir la siesta y cuando me desperté ya no estaba. —Melissa podía oír que el aire abandonaba los pulmones de su madre incluso a través del teléfono—. La policía la está buscando —añadió.

—No, por favor. Esto no puede ser verdad.

Dios, cuánto deseaba Melissa que no fuera así.

Más tarde, en la cocina, Melissa podía sentir que Mike la observaba mientras empezaba a picotear el sándwich que le había preparado para desayunar con los huevos y el beicon de la noche anterior y otras cosas que había sacado de la nevera.

—¿De verdad crees que mamá estaba bien? —preguntó.

Una vez que su madre asimiló que Riley había desaparecido de verdad, se acabó obsesionarse o hablar del pasado. Tenía una lista de sugerencias preparada; anuncios, equipos de búsqueda, contactar con todas las escuelas y parques de bomberos locales.

—Sí. Es mucho más fuerte de lo que creemos. Cuando me ha dicho que estaba mirando los horarios de vuelos en su ordenador mientras prometía coger el siguiente avión me ha recordado a ti. Haciendo lo que hay que hacer.

Hacer lo que había que hacer, algo de lo que Melissa siempre se enorgullecía. Dio un buen mordisco al sándwich que al principio no creyó que fuera a comerse.

—Esto está muy bueno. —Además de huevos, beicon y queso, Mike había preparado una especie de salsa que lo integraba todo.

—Es increíble lo que puedes aprender a cocinar cuando vives en un barco la mitad del tiempo.

—Gracias de nuevo por intentar cuidar de mí —dijo.

—Me alegro de que estés comiendo. Ayer me asustaste mucho. Pensé que estabas inconsciente. Nunca te había visto así. Parecía que estuvieras en coma. ¿Era por las pesadillas?

No había razón para que le negara la verdad por más tiempo.

—No lo creo. Hace tiempo que las tengo, pero suelen producirme insomnio.

—Que es básicamente lo contrario de lo que te pasaba ayer. Lo intenté todo, pero me fue imposible espabilarte. Me entraron ganas de chutarte café.

Como si se estuviera viendo en una película, se imaginó en la habitación de invitados de la casa, confusa y sin fuerzas.

—Mi café —murmuró de repente—. De Starbucks. Me pedí un café helado grande. Me lo bebí entero. —Se lo estaba bebiendo mientras miraba su teléfono cuando se fijó en la mujer que hablaba con Riley en el parque. Oyó las viles palabras de esa mujer en su oído: «¿Por eso estabas pegada al teléfono, bebiendo café, sin prestarle la más mínima atención?».

Cogió las llaves del coche de la encimera de la cocina y salió corriendo. Mike la siguió, desesperado por saber adónde iba. Abrió la puerta del conductor y se metió dentro, buscando a tiendas con la mano debajo de los asientos de forma frenética.

—¿Qué ocurre? —suplicó Mike.

—Mi vaso. Aquí debería haber un vaso de café de plástico, con pajita y tapa. Estoy segura de ello. Esa mujer. Tenemos que encontrarla. Te llevaste mi coche anoche. ¿Lo tiraste?

—No, no vi ningún vaso.

Recordó la dulce voz de Riley mientras intentaba apartarla de la desconocida del parque. «Te has olvidado el café, Missa. ¡Yo te lo traigo!». Melissa se había llevado lo que quedaba de su café. Estaba segura. Se dirigieron al coche y se fueron derechas a casa. ¿Habrían pasado junto a un contenedor de basura de camino al coche? Le parecía que no, pero no estaba segura. Corrió a la cocina y empezó a tirar al suelo la basura del cubo que había debajo del fregadero.

—¿Sacamos la basura? No me acuerdo. Tenemos que encontrarlo. Mi vaso. Es importante.

—Estoy seguro de que no estaba en tu coche cuando me lo llevé. Dejé el móvil en el portavasos. Allí no había nada.

—¿Seguro que no lo tiraste?

—Segurísimo. Fui derecho al parque a buscar a Riley. La policía me paró y me hizo un montón de preguntas. Volví sin hacer ninguna parada.

—Dios mío. —¿Por qué no se había dado cuenta antes?—. Fue esa mujer en el parque. Es la única explicación. ¿Y cómo es posible que Riley desapareciera y que yo siguiera durmiendo? Jamás seguiría durmiendo sin enterarme de algo así. Es la única explicación.

—No te sigo, Melissa. ¿De qué estás hablando?

—Alguien planeó esto. Esa mujer del parque. Se las arregló para drogar mi café y cuando me quedé inconsciente, vino aquí y se llevó a Riley. Si encuentro el vaso, podrían buscar huellas en la tapa.

Sacó el móvil de la mochila y llamó a Charlie. Cuando saltó el buzón de voz, lo intentó con Mac, pero también escuchó el mensaje automático. Lo mismo pasó cuando llamó a los números de móvil que los detectives Marino y Hall tenían en sus tarjetas de visita. Le dejó un mensaje a la detective Hall pidiéndole que se pusiera en contacto con ella lo antes posible y luego envió un mensaje de texto a Charlie y a Mac sobre su teoría.

Se dirigió de nuevo hacia la puerta principal, con las llaves del coche aún en la mano.

—¿Adónde vas? —preguntó Mike.

—Al parque a buscar a esa mujer. Llamaré a todas las puertas del barrio si hace falta.

Mike se había puesto los zapatos antes de que ella llegara a la puerta.

19

Neil Keeney estaba escribiendo un mensaje de texto desde el sofá del salón de su apartamento del Upper East Side. «Quería saber qué tal va la cosa. ¿Alguna novedad? Dinos cómo podemos ayudar. Amanda también te manda un fuerte abrazo».

Pulsó el botón de enviar. No podía imaginarse por lo que estaban pasando Melissa y Charlie.

—Oh, ahí está Riley —dijo Amanda en voz alta desde la cocina, dejando el cuchillo con el que estaba picando una cebolla—. Sube el volumen.

Neil cogió el mando a distancia de la mesita y activó el sonido del televisor. Habían estado atentos a las noticias de NY1.

A la izquierda de la pantalla se veía una fotografía de Riley, que ya les resultaba familiar, sonriendo a la cámara, mientras el presentador relataba con aire pesimista los inquietantes hechos; una niña desaparecida a la que no se había visto desde hacía más de veinticuatro horas. La pantalla mostró un montaje con imágenes de personas deambulando en grupos por el East End de South Fork, mientras el presentador informaba:

«La búsqueda de la pequeña Riley Miller se ha convertido en un esfuerzo conjunto en todo el condado de Suffolk. Aquí se puede ver incluso a residentes de Shelter Island rastreando la reserva natural de Mashomack mientras disminuyen las esperanzas de que esta aterradora historia tenga un final feliz».

Cuando en las noticias pasaron a informar sobre una oleada de robos en Brooklyn, Neil volvió a pulsar el botón de silencio del mando a distancia.

—La casa de Nancy está en Southampton. No me conozco Long Island al dedillo, pero ¿no está Shelter Island bastante lejos de allí? Creo que es literalmente una isla.

—Estuvimos allí una vez, ¿recuerdas? En aquella cena cuando tu hermano salía con... Ay, ¿cómo se llamaba? La publicista. Se nos hizo tarde y tuvimos que apresurarnos para llegar al último ferry. Puede que haya una hora hasta la nueva casa de Nancy.

Su móvil sonó en la encimera, junto a la tabla de cortar. Ella contestó enseguida, usando lo que Neil llamaba su «voz de trabajo». Neil bromeaba diciendo que cuando ella se ponía en plan agente de policía, él se sentía como si estuviera en el colegio, esperando su turno en el confesionario.

Escuchó mientras ella asentía y murmuraba palabras como «vale» y «entiendo», hasta que de repente oyó su propio nombre.

—Sí, soy consciente de ello. De hecho, cuando desaparecieron, mi marido, Neil, reconoció la foto del agresor en la televisión. Al final, aquello condujo a la policía a la casa donde estaban retenidos. Esa es su conexión original con la familia Eldredge.

Ella le tendió el teléfono.

—Es la detective Hall de Long Island. Preguntan por lo que les pasó a Mike y a Melissa cuando eran niños.

Él puso el altavoz para que Amanda pudiera escuchar. Por supuesto, Neil conocía los hechos al dedillo. Además de su relación personal, había escrito un trabajo sobre el caso durante sus estudios de posgrado, centrándose en el modo en que el primer marido de Nancy Eldredge había minado, de forma lenta pero inexorable, su confianza hasta el punto de hacer que fuera por completo dependiente de él. Para su investigación, se había puesto en contacto con Lendon Miles, el psiquiatra cuyo poco ortodoxo tratamiento de Nancy le había permitido recordar detalles de su primer matrimonio que ella había reprimido debido al trauma que había experimentado en esa relación. Los dos hombres habían seguido en contacto como amigos y colegas hasta el fallecimiento de Miles, hacía cinco años, a la edad de ochenta y nueve.

Neil estaba tan familiarizado con los hechos del caso de Carl Harmon que respondió a todas las preguntas de la detective Hall con pericia clínica, hasta que la curiosidad de ella dio de repente un giro personal.

—Y como psiquiatra capacitado, ¿cómo diría que Melissa y Mike han afrontado el trauma que sufrieron? —preguntó la detective Hall.

Neil se preguntó por qué algo de esa antigua historia era relevante para la desaparición de Riley.

—Mejor de lo que nadie podría haber esperado dadas las circunstancias. —Era una respuesta sincera.

—Pero ¿es justo decir que las secuelas de ese tipo de abuso perduran en la psique? —preguntó la detective Hall.

Neil miró a Amanda, buscando algún tipo de orientación, pero ella se limitó a sacudir la cabeza. Estaba claro que ella tampoco esperaba esa vía de interrogatorio.

—Ni Mike ni Melissa han sido nunca pacientes míos, así que no sería justo especular. Lo que puedo decir es que los he observado a ambos con Riley. Melissa se entrega por completo en todo lo que le importa, pero nunca la había visto tan comprometida como con esa niña. Y Mike es el tío perfecto. Si hay algo concreto en lo que pueda ayudarle...

—Solo nos aseguramos de que conocemos bien la situación, doctor Keeney. Gracias por su tiempo.

Cuando terminó la llamada, le pasó el teléfono a Amanda por encima de la isla de la cocina.

—¿Por qué preguntan por Carl Harmon?

—No tengo ni idea —repuso Amanda—. Al principio pensé que era una llamada de cortesía, ya que me he puesto en contacto con todos los policías que conozco en el condado de Suffolk. Pero me han dicho que Melissa y Charlie han contratado a un abogado defensor, su amigo Grant Macintosh, el que la ha estado ayudando con su pódcast. No creo que se den cuenta de lo mal que pinta eso desde la perspectiva de la policía.

—Pero ahora los detectives están perdiendo un tiempo valioso haciendo preguntas sobre unos hechos espantosos que tuvieron lugar hace cuarenta años. ¿Hay alguna forma de hacerles entender que Melissa está convencida de que un abogado externo puede ayudar a la policía a hacer mejor su trabajo? Ese ha sido el objetivo de toda su carrera.

Amanda rodeó la isla, apoyó la frente en la suya y le dio un beso.

—Te quiero por pensar que podría funcionar.

—Supongo que parezco ingenuo, ¿eh? Explícalo desde su perspectiva.

—¿Sinceramente? Si me dieras los hechos puros y duros y no conociera a las partes implicadas, mi instinto me diría que alguien de la familia sabe más de lo que dice.

—Pero sí conocemos a los implicados —dijo—. Quizá no a Charlie, pero está claro que adora a su hija, y ayer dijiste que la policía ya confirmó que estaba en un avión cuando Riley desapareció.

Amanda se puso de nuevo a picar la cebolla, aunque ya la había picado toda.

—No puedes referirte a Mike y a Melissa. Los conozco desde que tengo memoria.

Ella dejó a un lado el cuchillo y él se dio cuenta de que elegía sus palabras con cuidado.

—No has tenido una relación cercana con Mike desde que se mudó al Caribe. Tú mismo me dijiste que creías que se distanciaba de los demás por lo que le había pasado de niño. ¿Y cuántas veces has dicho que te preocupa que Melissa se presione demasiado para ser perfecta y demostrar que los abusos que sufrió no le afectaron?

—Eso no convierte a ninguno de los dos en malas personas.

—Neil, tú eres psiquiatra y yo soy policía. Ambos sabemos que a la gente que hace cosas malas a menudo les hicieron algo malo. Es un círculo vicioso.

Si otra persona hubiera sugerido siquiera la posibilidad, se habría puesto furioso, pero se trataba de Amanda.

—¿Te ha dicho algo esa detective? ¿Tienen pruebas?

Amanda negó con la cabeza.

—No ha sido nada concreto. Pero se nota que Hall es buena en su trabajo y sabe que he estado moviendo cielo y tierra para asegurarme de que busquen a Riley. Ha dicho vagamente algo sobre que no dejara que mi reputación profesional se vea ligada a los problemas personales de un amigo. Y cuando se ha enterado de que eras psiquiatra y su amigo de la infancia, ha sugerido que tú hagas lo mismo.

—Es descabellado. Estamos hablando de uno de nuestros mejores amigos.

—Cada persona arrestada esta noche es amigo de la infancia de alguien. Neil, esa detective me ha dicho en términos inequívocos que hay otra versión de esta historia.

20

Melissa estaba escuchando de nuevo el cuarto tono de otra llamada sin respuesta al teléfono de Charlie. «Hola. Ha llamado a...».

Colgó, pues ya sabía que el buzón de voz estaba lleno. ¿Por qué no comprobaban los mensajes?

Mike y ella no tuvieron suerte en encontrar a la mujer del parque, pero Melissa tenía una teoría sobre su identidad. Solo Charlie podía darle la información que necesitaba para saber si iba por buen camino.

Desesperada, envió otro mensaje y los dedos le temblaron mientras tecleaban en la pantalla. «Por favor, llámame. Tengo miedo de que también os haya pasado algo a Rachel y a ti. ¿Qué está ocurriendo?».

Dirigió la mirada al televisor con el sonido apagado que había sobre la mesa auxiliar al fondo del salón. Hasta ese momento, las noticias locales habían informado de una redada antidroga en Riverhead y ahora mostraban imágenes de un incendio en un complejo de apartamentos de Islip. Según el texto que aparecía en la parte inferior de la pantalla, habían evacuado a todos los residentes y dos estaban recibiendo tratamiento por inhalación de humo. ¿Se habían olvidado ya de Riley?

Estaba intentando volver a llamar a Charlie y a Mac cuando unos golpes en la puerta principal la sobresaltaron tanto que soltó un grito repentino que rasgó el silencio de la casa vacía. Respiró hondo y se tranquilizó, asegurándose que tenía que ser Mike que volvía del aeropuerto JFK con su madre, hasta que se dio cuenta de que aún faltaba una hora para que llegasen.

¡Charlie! Tenía que ser él, después de todas las llamadas telefónicas que no le había devuelto.

Corrió hacia la puerta, esperando encontrarlo en el porche. Quizá había perdido el teléfono. O se había quedado sin batería. Tendría una explicación. Claro que la tendría. Las alternativas eran inimaginables. Cuando llegó al pomo de la puerta, ya se estaba reprendiendo por dejarse llevar por la imaginación. Al descorrer el cerrojo, llegó a creer que Riley estaría a su lado, cogida de la mano de su padre. La policía la había encontrado. Eso explicaba por qué nadie contestaba al teléfono. Los dos estarían sonriendo, ansiosos por contarle todos los detalles.

Por fin se acabaría la pesadilla y los tres podrían volver juntos a la ciudad, a casa como una familia.

El corazón le dio un vuelco cuando abrió la puerta. Eran los detectives Hall y Marino.

Entornó los ojos para protegerse del cegador resplandor blanquecino y rosado del cielo que se preparaba para la puesta de sol sobre la bahía a lo lejos, esperando que no creyeran que se trataba de un gesto hostil.

—Detectives, ¿han recibido mis mensajes? He estado intentando localizarlos. —El vaso de café. Demostraría que estaba drogada.

—¿Podemos entrar? —preguntó Hall—. Nos gustaría hablar de un asunto.

Ah, claro. Desde los primeros minutos de la investigación, lo único que querían esos detectives era hablar..., aunque Charlie y ella ya les habían contado todo lo que sabían.

—Llevo todo el día intentando hablar con ustedes. ¿Saben dónde están Charlie y su hermana? Estoy preocupada por ellos.

—La última vez que los vimos estaban con su abogado, Grant Macintosh —dijo Marino.

—Sé lo que debe parecer, pero sentimos que necesitábamos ayuda —expuso—. Todos estamos agotados y Grant es un viejo amigo de mi época en la fiscalía. —Quiso explicarles que todo se debía a los exsuegros de Charlie, pero no tenía forma de saber cuánto les habían contado Charlie y Mac sobre la situación.

—Necesitaban —dijo Marino—. Ha dicho que necesitaban ayuda, pero según tenemos entendido, Grant Macintosh representa a su marido, no a usted, señora Eldredge. Y hemos venido aquí a hablar con usted, no con el señor Miller.

Melissa se había enorgullecido toda la vida de su habilidad con las palabras, pero ahora solo tenía ganas de gritar. En su mente se oyó gritar: «¡Dejen de hablar y encuentren a Riley!», pero en lugar de eso, apartó la mirada de los detectives para armarse de paciencia. La sonrisa de Riley, que acababa de aparecer en la esquina de la pantalla del televisor, se convirtió de repente en lo único que le importaba en el mundo. Se abalanzó a por el mando a distancia de la mesita auxiliar y subió el volumen. ¿Qué parte de la noticia se había perdido?

«... donde la niña de tres años fue vista por última vez. Pero esta noche News 12 se ha enterado de que el padre de la niña desaparecida se volvió a casar el mes pasado y, en un giro inesperado de los acontecimientos, su flamante esposa, la madrastra de la niña desaparecida, también fue secuestrada cuando era pequeña en lo que entonces fue una noticia de alcance nacional que acaparó titulares».

Melissa sintió una oleada de pánico cuando apareció otra fotografía en la pantalla. Reconoció aquel rostro de inmediato. Había visto la foto antes. Era aquel hombre —un enfermo, un tipo repugnante— saliendo de un juzgado de California hacía cuarenta y siete años, mientras a su madre la juzgaban por el asesinato de sus hijos, Peter y Lisa. Antes incluso de que Melissa naciera. Antes de que el hombre de la foto apareciera de nuevo en el Cabo, un poco más gordo, más viejo y más calvo, y viviendo bajo otro nombre. Antes de que encontrara a su familia. Antes de que...

En la parte inferior de la pantalla se leía: LA MADRASTRA, MELISSA ELDREDGE, FUE SECUESTRADA POR CARL HARMON HACE 40 AÑOS. Casi le fallaron las piernas al ver su nombre junto a aquel que se negaba a pronunciar en voz alta. Se le revolvió el estómago al tiempo que se sentía mareada.

Cuando se volvió a mirar al detective Marino, este estaba frente al televisor, con los brazos en jarra.

—De eso hemos venido a hablarle. Es lo que los policías llamamos demasiada coincidencia.

21

A Melissa le parecía que sus piernas eran de gelatina, como si luchara por mantener el equilibrio en un barco que surcaba un proceloso mar. Había transcurrido un día y medio sin Riley y sin esperanzas de encontrarla y ahora la policía perdía el tiempo preguntando por Carl Harmon.

Apoyó las manos en el respaldo del sofá para sujetarse.

—El primer marido de mi madre asesinó a sus dos hijos, Peter y Lisa. Le dieron por muerto, pero cuando ella empezó una nueva vida en el Cabo, él la siguió hasta allí, nos secuestró e intentó matarnos también. Fue horrible, pero no tiene nada que ver con Riley. El hombre que vino a por Mike y a por mí murió al precipitarse desde el balcón de una buhardilla a las rocas del mar. Apenas le quedaba un hilo de vida cuando lo sacaron del agua. Lo confesó todo antes de morir, pero no sobrevivió, así que no puede estar involucrado en esto. Pueden llamar a la policía de Adams Port para confirmarlo.

La detective Hall asintió de forma comprensiva.

—Es mucho a lo que enfrentarse para una niña de tres años.

—A veces cuesta creer que ocurriera de verdad.

Marino estaba de espaldas a ella mientras ojeaba con renovado interés las fotografías familiares que Melissa había colocado sobre la repisa de la chimenea.

—Dado que tiene un pódcast y publicó unas memorias, sorprende que no haya sacado más partido al hecho de que usted misma fue víctima de un delito cuando era niña.

—Mi pódcast trata de casos sin resolver u otras injusticias. Mi secuestro se resolvió y el autor tuvo lo que se merecía. Y mi libro no es ese tipo de memorias. Para ser sincera, prefiero no hablar en absoluto de ese incidente. ¿Qué tiene que ver todo esto con Riley?

—Solo nos aseguramos de que no se nos escapa nada —dijo Hall—. Parece mucha coincidencia que usted fuera secuestrada de niña y que ahora su hijastra haya desaparecido a la misma edad y en circunstancias similares.

—¿Han recibido mis mensajes sobre la mujer del parque? Me tomé un café helado cerca del parque. Debió de drogarme. Es la única explicación de por qué estaba tan cansada. Mike y yo hemos pasado todo el día peinando el vecindario. Quizá podríamos hacer un retrato robot. Había otra mujer en el parque que nos vio hablando. Si pudiéramos encontrarla, ella también podría ayudar.

—Si una mujer le hubiera echado algo en el café, ¿no se habría dado cuenta? —preguntó Marino con escepticismo.

—Dejé el vaso en el banco cuando la vi hablando con Riley.

—Nos dijo que las dos intercambiaron unas palabras en ese momento y que luego ella se alejó en la dirección contraria —adujo Marino—. Entonces, repito, ¿cómo se las arregló para echarle algo en el vaso?

—Debía de tener a alguien que la ayudara mientras ella me distraía. Hay una zona boscosa justo detrás de ese banco. —Estaba atando cabos tan rápido como podía hablar—. Alguien pudo salir de detrás de un árbol y desaparecer en un abrir y cerrar de ojos.

—Así que ahora habla de una conspiración de al menos dos personas —dijo Hall—. Es usted una abogada con un exitoso pódcast de crímenes reales. ¿Tiene sentido que dos personas secuestren a la inocente Riley solo para castigarla por algún perjuicio que desconocemos?

No, no lo tenía. Así fue como Katie le quitó de la cabeza las sospechas de que Jennifer Duncan podría estar involucrada.

—Por eso les he estado llamando —repuso Melissa—. Cada vez que mencionaba a la mujer del parque, todos pensábamos que yo era el verdadero objetivo de un hecho tan abominable y que llevarse a Riley era la forma que tenía el secuestrador de hacerme daño. Pero ¿y si en realidad la mujer del parque quería a Riley? Ella sabía que podía ponerme nerviosa al decir aquello, ya sea porque vio los comentarios de TruthTeller o porque los escribió ella misma. Me drogó para que yo me sintiera culpable al ver que Riley había desaparecido... y quizá para que ustedes vinieran aquí a hacerme todas estas preguntas irrelevantes en lugar de buscarla.

—Dice «ella esto» y «ella lo otro» como si supiera quién es realmente la mujer del parque —dijo Hall.

—Creo que lo sé, pero Charlie tiene que oírlo primero de mí. Es importante. Y entonces tendrá la información que necesitamos para saber si tengo razón. —Las palabras salían tan deprisa que se trabó con algunas, lo que hizo que acabara arrastrándolas.

—Bueno, Charlie no está aquí —replicó Hall—. Si cree que sabe quién tiene a su hijastra, debe decírnoslo. ¿Acaso no le importa encontrar a Riley?

Encontrar a Riley era lo único que le importaba en esos momentos.

—Ustedes creen que lo que le pasó a Riley tiene algo que ver con mi familia. Pero tal vez se trate de la familia de Riley, que no se reduce solo a Charlie y mí. Saben que la madre de Riley murió al caer desde lo alto a una cascada, ¿verdad? He estado intentando recordar cada conversación que Charlie y yo hemos tenido acerca de la muerte de Linda. Siempre han sido breves. Seguía tan traumatizado que no le presioné para que me diera detalles, pero ahora me doy de bofetadas por no haberlo hecho. No recuerdo que alguna vez mencionara si trasladaron su cuerpo al noroeste del Pacífico, ni siquiera si esparcieron sus cenizas. ¿Saben cuánta gente se suicida saltando desde las cataratas del Niágara? La fuerza del agua es tal que a menudo nunca se encuentran los restos. Necesito hablar con Charlie. Basándome en todo lo que me dijo, creo que es posible que nunca recuperaran el cuerpo de Linda. Podría seguir viva.

—Los detectives no dijeron nada. Melissa reconoció la mirada entre Hall y Marino como otra comunicación silenciosa en su lenguaje secreto, el equivalente a poner los ojos en blanco a la vez. No pudo soportarlo más—. Les estoy dando un montón de argumentos y ustedes me tratan como si estuviera loca, fuera estúpida o ambas cosas —dijo—. ¿Quieren saber algo sobre la horrible experiencia que sufrí de niña? Todo un cuerpo de policía de la costa oeste permitió que Carl Harmon inculpara a mi madre por matar a sus hijos, y como consecuencia, a mi hermano y a mí nos secuestraron y abusaron de nosotros. Tienen que escucharme. Charlie me dijo que Linda estaba agobiada por la maternidad. Puede que sufriera una grave depresión posparto. Fue ella quien pidió ir a Noruega. Quería ir de excursión a la cascada más alta de la región. Pudo fingir su propia muerte. Tal vez ahora se haya arrepentido y haya vuelto a por Riley. O puede que se enterara de que su marido se había vuelto a casar. Y tal vez eso la sacó de quicio.

La detective Hall trató de rodearle el hombro con un brazo de forma tranquilizadora, pero Melissa se estremeció al contacto.

—Estamos de su lado, Melissa. ¿Cree que la primera esposa de Charlie fingió su muerte solo para aparecer otra vez en un nuevo lugar y secuestrar a Riley? Y, por otra parte, el primer marido de su madre fingió su muerte y luego los secuestró a usted y a Mike. ¿Ve a lo que nos referíamos con «demasiadas coincidencias»? Piénselo. ¿Cómo es posible que Linda supiera que sobreviviría a la caída? ¿Y qué probabilidades había de que Charlie se casara con una mujer que fue secuestrada por un hombre que también fingió su muerte? Una coincidencia tras otra y tras otra.

Melissa cerró los ojos con fuerza.

—¿Pueden, por favor, ayudarme a encontrar a mi marido?

Su teléfono móvil le sonó en el bolsillo. «Por fin», pensó. Charlie tendría alguna explicación para no haberla llamado en todo el día y ella podría hacerle todas esas preguntas. Pero cuando miró la pantalla, no vio el nombre de su marido. Era Patrick. Al menos había cambiado su nombre de contacto, Futuro Marido, después de que el mes pasado él la llamara de forma inexplicable. Rechazó la llamada.

—¿No era Charlie? —preguntó Hall.

Melissa negó con la cabeza, esperando que no siguieran preguntando. Era evidente que no tenían muy buen concepto de ella. Una llamada de su exprometido no ayudaría en nada.

—Si hablamos con Charlie, él puede decirnos si se llegó a localizar el cuerpo de Linda. ¿No les parece importante?

Por sus expresiones se dio cuenta de que pensaban que se estaba inventando una teoría fantástica para desviar su atención de ella. Se preguntó si se irían sin decirle nada más hasta que Hall habló.

—¿Tenía pesadillas sobre Carl Harmon? —preguntó Hall sin rodeos. Era el tipo de pregunta que un detective solo haría si ya supiera la respuesta—. Tenemos entendido que sus allegados pensaban que debía volver a terapia, pero usted se negó. Ese tipo de presión emocional reprimida puede explotar. También hemos oído que no pensaba tener hijos hasta que conoció a Charlie.

—No es cierto que no quisiera tener hijos. ¿Quién ha dicho eso y por qué importa?

—Se casó con el padre de Riley, pero no adoptó a su hijita —repuso Hall.

—Yo quería hacerlo. Incluso llamé a un abogado para organizarlo, pero Charlie y yo acordamos esperar un año o dos, ya que nos casamos muy rápido.

—Quizá demasiado rápido —dijo Hall—. Quizá la situación la superó. Todos saben que no lastimaría a esa dulce niña a propósito. La gente enloquece. Lo hemos visto antes. Puede resultar imposible vivir con esos remordimientos.

—Díganos dónde podemos encontrar su cuerpo —dijo Marino con firmeza—. Charlie se merece al menos un final, Melissa.

—Espere. ¿Creen..., creen que yo maté a Riley? —Estaba viviendo una pesadilla mucho peor que las que había estado teniendo con Carl Harmon. La ansiedad y la turbación hicieron que su respiración se tornara agitada y entrecortada—. No, no tuve ningún ataque de locura. Eso es lo que le pasó a Linda. ¿Es que no lo ven? Ella abandonó a Riley y debe ser quien la tiene ahora. Solo hay que hablar con Charlie. Y necesitamos una foto de ella para ver si es la mujer del parque. —Sus desesperadas súplicas solo la hacían parecer más delirante.

—¿Cuánto tiempo lleva investigando el caso de Evan Moore? —preguntó Marino.

Sintió una especie de sacudida en la espalda al oír el nombre del niño desaparecido de su última serie del pódcast. ¿Qué tenía que ver con Riley un niño secuestrado hacía ocho años en Seattle, Washington?

—No lo sé. Supongo que seis meses. ¿Por qué me preguntan eso?

—Porque es otra coincidencia más —adujo Hall. Llegados a ese punto, quedaba claro que estaban intentando desestabilizarla—. La principal sospechosa de la desaparición de Evan sigue siendo su madrastra. Algunos de sus amigos contaron que, aunque estaba locamente enamorada del padre de Evan, ella nunca quiso tener hijos y que resultó ser mucho más trabajo de lo que jamás imaginó. Sin Evan de por medio, pensó que podría vivir feliz para siempre, solo su marido y ella. ¿Hay alguna razón concreta por la que le interesara ese caso?

—Que ese pobre chico lleva años desaparecido y es casi seguro que esa mujer lo mató y salió impune.

Hall asintió.

—Esa mujer le dijo a la policía que se había echado una siesta después de ir al supermercado y al gimnasio. El problema es que su móvil se conectó a una torre en la isla Camano, a una hora al norte de la ciudad. Creo que su amigo Mac incluso mencionó en su pódcast que quizá nunca hubiera sido sospechosa si hubiera dejado el teléfono en casa.

—¿Cree que ese caso me inspiró de algún modo para hacerle daño a Riley? Lo están tergiversando todo. Supe de ese caso por una de mis amigas. Su nombre es Laurie Moran. Ella produce una serie de crímenes reales llamada *Bajo sospecha*. Puede que hayan oído hablar de ella. Está casada con un juez federal llamado Alex Buckley. Así nos conocimos Laurie y yo, después de que ella empezara a salir con Alex cuando él aún era abogado defensor. Laurie iba a tratar el caso, pero la madrastra se negó a aparecer en pantalla, que es el objetivo del programa. Cuando se enteró de que estaba empezando mi pódcast, me sugirió el caso.

—Y ahora Riley está desaparecida, igual que Evan.

—Salvo que ella lleva desaparecida un día, no ocho años. Y no sé cómo convencerles, pero están perdiendo un tiempo precioso con todo esto.

Podía sentir la sangre ardiente palpitar en las venas del cuello mientras le preguntaban una vez más lo que había hecho el día anterior; almuerzo en el Sip 'N Soda, una parada en Starbucks, la zona de juegos del parque y luego de vuelta a la casa.

—¿Ninguna otra parada? —preguntó Marino—. ¿Ninguna visita turística?

Melissa conocía esa táctica. Estaban buscando que diera una versión definitiva de su paradero. Lo que no sabía era por qué lo estaban haciendo.

—Es evidente que no me creen. ¿Van a decirme por qué?

Hall sacó un teléfono móvil del bolsillo trasero, pero no lo utilizó en ese momento.

—Esta mañana nos ha llamado el capitán del ferry de Shelter Island. ¿Ha estado alguna vez en Shelter Island?

—No. Solo he estado en los Hamptons unas pocas veces. Ni siquiera estoy muy segura de dónde está.

—Bueno, estas imágenes sugieren lo contrario. —Hall levantó la pantalla de su teléfono. Mostraba un vídeo en blanco y negro de coches que salían lentamente de una carretera de hormigón hacia una especie de muelle—. Y justo... aquí. —Hall paró el vídeo y amplió la imagen—. ¿Ve eso? Es un Volvo XC60, gris. Como el suyo. ¿Y ve esto? —Amplió de nuevo—. La imagen no es buena, pero se pueden distinguir las formas básicas de los números de la matrícula. Parece que podría poner ATN9050, ¿verdad? Esa es su matrícula.

—No fui a Shelter Island.

—Espere, que hay más. —Hall utilizó las yemas de los dedos para enfocar otro punto de la imagen en pausa. La calidad de la foto era mala, pero la conductora al volante del todoterreno parecía ser una mujer. Tenía el pelo claro y rizado, como Melissa—. ¿Ve sus gafas de sol? —Hall se acercó a la isla de la cocina y giró las gafas de sol de Melissa hacia el salón—. Me fijé en ellas cuando estuvimos aquí ayer. Bonitas. Veo que son de Chanel.

—Esto es una locura. Sí, puede que esa mujer lleve gafas de sol, pero no hay forma de saber si son las mismas que las mías. Y sé que la del vídeo no soy yo y sé que no le he hecho daño a Riley..., y mucho menos la he matado, lo que es algo atroz. Yo estaba aquí, en la casa. Ya oyó lo que dijo mi hermano, que dormía de forma tan profunda que pensó que estaba en coma. Y hemos de tener fe en que Riley sigue viva si hay alguna posibilidad de encontrarla.

Cualquier esperanza que tuviera de convencer a la policía se desvaneció cuando la detective Hall volvió a tocar su teléfono para reproducir el vídeo, esta vez sin centrarse en la conductora del coche.

—Y qué me dice de esto. —Volvió a pausar el vídeo. Melissa miró la pantalla del teléfono y sintió que se le revolvía el estómago. La mujer no estaba sola en el todoterreno. Podía distinguir lo que parecía una niña en el lado del pasajero en la parte de atrás del vehículo, el mismo lado que utilizaba para la silla de Riley. A pesar de la mala calidad de la imagen, su memoria rellenó los píxeles que faltaban con las pequeñas coletas y las regordetas mejillas.

—¡Dios mío, es Riley! —exclamó. No había duda en su mente. Era la primera vez desde que empezó aquella pesadilla que de verdad pensaba que podrían encontrarla—. Así es exactamente como se sienta en el asiento del coche. Canta por lo bajo y se inventa canciones según lo que va viendo por la ventanilla. —Se sentía tan cerca de Riley en ese instante, como si pudiera alargar el brazo y tocarla. Melissa casi podía oír la voz de su hijastra por encima de su hombro derecho en el coche, inventando letras sin sentido para pasar el rato. Se le encogía el corazón de pensarlo. ¿Cómo podían creer que le haría daño a esa dulce niña?

—Vale, entonces estamos de acuerdo en que Riley está en el asiento trasero de este coche cuando embarca en el ferry hacia Shelter Island, aunque usted insiste en que estaba aquí, en la casa. —Hall toqueteó su teléfono varias veces más y luego lo sostuvo de nuevo en alto para que Melissa pudiera ver—. Este parece ser el mismo Volvo en el viaje de vuelta a South Fork, cuarenta minutos más tarde.

Melissa pudo ver que era un Volvo SUV. Otra vez un vídeo de horrible calidad. La misma conductora, que podría o no tener el pelo rizado y cobrizo y unas gafas de sol como las suyas. La detective Hall volvió a ponerlo en pausa y utilizó el pulgar y el índice para ampliar la imagen.

El asiento del coche estaba vacío. La niña que se parecía a Riley, que inventaba divertidas cancioncillas, no estaba.

22

Melissa se secó las lágrimas que se le estaban formando en los ojos.

—Esa no soy yo. Lo juro por mi vida. —El sonido de su propia voz le resultaba lejano, como si la conmoción y el miedo le taponaran los oídos. Necesitaba que la policía la creyera y tenía que encontrar a Charlie—. El vídeo ni siquiera se ve lo bastante nítido como para distinguir la matrícula. Esa mujer podría ser cualquiera con el pelo algo rizado y gafas de sol, en un día soleado, por cierto.

—Y sin embargo, con solo mirar a la niña en el asiento del coche, ha dicho de inmediato que era Riley —replicó Hall—. Es curioso, ¿verdad? Si de verdad se conoce la naturaleza de una persona, se la puede reconocer incluso en las fotos más borrosas.

—Bueno, ustedes no conocen mi naturaleza. Yo sí, y la mujer que conduce el coche no soy yo.

—No asuma que somos los únicos que hemos visto estos vídeos —adujo Hall con rotundidad.

Melissa se llevó una mano al estómago al sentir el fuerte impacto de las palabras de Hall. Charlie. Tenían que estar hablando de Charlie. Por eso no contestaba a sus llamadas.

—Los equipos de búsqueda están repartidos por Shelter Island ahora mismo —dijo Marino—. La búsqueda en la bahía de Peconic y en otras bahías llevará mucho más tiempo. ¿Sabe qué aspecto tiene un cuerpo después de descomponerse en el agua? Al parecer una tormenta de verano barrerá el nordeste esta noche. Las noticias han hablado de avisos de vendaval y de lluvias torrenciales. Si hace mal tiempo, puede que tengamos que suspender la búsqueda hasta que mejore. Podría ayudar a la niña si nos dice dónde podemos encontrarla. Por lo que cuenta, solo habría hecho esto si hubiera tenido un brote psicótico grave. Es abogada. Sabe lo que eso significa en el estado de Nueva York. Se enfrentará a homicidio involuntario como mucho, tal vez hasta segundo grado. Incluso podría conseguir la inimputabilidad por enajenación mental.

—¡Pero yo no estoy sufriendo un brote psicótico! —gritó—. Tiene que ser esa mujer del parque. Ella sabía que yo estaría fuera de combate por lo que sea que me echó en el café. Tienen que hacerme la prueba ahora mismo, mientras la droga siga aún en mi organismo.

—Usted misma nos dijo que estaba segura de que las puertas de la casa estaban cerradas cuando estaba aquí con Riley.

—También les dije que no estoy del todo segura acerca de las ventanas. No tuvimos motivos para comprobarlas. Y si lo hice yo, ¿por qué iba a cerrar la puerta principal? Habría hecho que pareciera que cualquiera podría haber entrado. Por favor, les ruego que le pregunten a Charlie si está cien por cien seguro de que Linda murió en Noruega. Mi instinto me dice que nunca encontraron su cuerpo.

—No está en posición de dirigir nuestra investigación —replicó Marino.

El teléfono que tenía en la mano sonó. En la pantalla vio la alerta de un mensaje de voz de Patrick Higgins, seguido de su mensaje de texto:

«Acabo de ver las noticias. Por favor, llámame».

Se preguntó si Marino habría visto el nombre en la pantalla. También se preguntó si sabrían el papel que había desempeñado Patrick en su vida. A menos que encontrara la forma de convencerlos de que era inocente, tenía que asumir que no tardarían en revisar todos los mensajes de su teléfono. Tecleó una respuesta rápida a Patrick.

«Supongo que intentas ayudar, pero, por favor, deja de llamarme. Hace casi dos años que no hablamos».

Su teléfono volvió a sonar con otra llamada de él casi inmediatamente después de que ella pulsara enviar.

—¿Seguro que no tiene que contestar? —preguntó Marino—. Parece que alguien está deseando hablar con usted.

—Seguro que es ese programa de noticias —dijo ella, rechazando de nuevo la llamada—. Es obvio que los amigos están preocupados. Solo dejo el teléfono encendido por si llama Charlie.

Tecleó en la pantalla con furia.

«Para ya. En serio».

Otro mensaje apareció de manera simultánea.

«Llámame. Es importante».

Sentía los ojos de Marino clavados en ella, cada vez más curioso por el intercambio de mensajes que estaba teniendo lugar en su teléfono. Se dispuso a apagarlo, pero no podía arriesgarse a perder una llamada de Charlie. En su lugar, pulsó la foto que aparecía sobre el nombre de Patrick en la pantalla; con el rostro moreno y sonriente bajo el ala de una gorra de béisbol de la Universidad de Cornell en el único viaje que habían hecho ambos para visitar a Mike en San Martín. Le dio a bloquear y se guardó el teléfono en el bolsillo trasero.

—Miren, no encuentro ese vaso de café por ninguna parte. Supongo que quien se llevó mi coche disfrazado de mí también se deshizo del vaso. Pero es casi seguro que lo que echaron sigue en mi organismo. Tienen que hacerme un análisis de sangre antes de que sea demasiado tarde.

—Le repito que no es usted quien manda —dijo Marino—. Y no tenemos autorización para hacerle pruebas de drogas.

—No se necesita autorización si yo me ofrezco voluntaria. Y su negativa a hacer las cosas tan fáciles que estoy sugiriendo será una prueba que podré utilizar más adelante para demostrar que nunca tuvieron el más mínimo interés en averiguar la verdad. Argumentaré que estaban cegados por sus prejuicios contra mí debido a la naturaleza de mi trabajo profesional.

—Vale, ¿ha terminado de despotricar? —preguntó Marino.

—No despotrico, solo expongo los hechos. Una última cosa; si no me hacen la prueba, iré a urgencias y me la haré yo misma.

Marino esbozó una leve sonrisa.

—A propósito de eso, ¿dónde está su Volvo? —preguntó—. No lo hemos visto fuera.

—Mi hermano ha ido a recoger a nuestra madre al JFK. Llegarán en cualquier momento.

Vio que intercambiaban otra mirada. Hall asintió despacio y Marino sacó un documento doblado del bolsillo trasero y se lo tendió a Melissa.

—Es una orden de registro para su coche. Y si firma un consentimiento, traeré a un técnico para que le haga el test de drogas.

Cuando Melissa oyó el familiar sonido de su coche en el camino de entrada, ya había una grúa aparcada en la acera frente a la casa y un agente de policía del condado de Suffolk con formación en extracciones le estaba extrayendo sangre del brazo derecho. En cuanto terminó la prueba, corrió hacia la puerta principal. Su madre y su hermano estaban en el porche. Oyó que un trueno retumbaba a lo lejos.

«Por favor, que la tormenta no llegue aquí», pensó. Había estado consultando los partes meteorológicos entre llamada y llamada a Charlie y a Mac. Se suponía que la lluvia más intensa y las ráfagas de viento pasarían por Nueva York y luego se desplazarían hacia el norte, pero Long Island no estaba del todo fuera de la zona de peligro. En ese momento, los helicópteros, los pequeños hidroaviones y los grupos de búsqueda terrestre seguían trabajando, pero si se emitían avisos de vendaval en la zona, se suspendería la búsqueda aérea y los voluntarios en tierra buscarían refugio. No podía soportar la idea de que Riley estuviera sola durante una tormenta.

—¿Qué pasa aquí? —preguntó su madre al ver al agente de policía enguantado al lado de Melissa.

Melissa apenas daba crédito a las palabras que salieron de su boca.

—Mamá, creen que he matado a Riley.

23

Melissa no estaba segura de si su madre llevaba abrazándola cinco segundos o cinco minutos. En los últimos años, Melissa se había dado cuenta de lo pequeña que se había vuelto su madre con la edad, pero en aquel momento, Nancy Eldredge parecía tan fuerte como un roble.

Justo la mañana anterior estaba emocionada con la expectativa de recibir a su madre en su nueva casa, orgullosa de que ella y Mike hubieran trabajado en equipo para hacer que la vivienda pareciera un hogar. Se dejó envolver por la seguridad del abrazo de su madre, pues sabía que, cuando la soltara, tendría que volver a la horrible realidad.

Al final volvió a ella cuando el policía que le había sacado sangre tosió para llamar su atención. Había recogido su equipo y tenía que pasar junto a ellas para salir de la casa.

Por la ventana delantera vio que la grúa se llevaba su todoterreno. Sabía por la orden que le habían entregado que incautarían su coche en la comisaría para realizar un registro forense completo. Pensó en la lista de objetos que se especificaban en la orden de registro; huellas dactilares latentes, pelo y sangre, incluso en el interior del maletero. La sola idea le horrorizaba.

—¿Cómo es posible que esa gente sospeche que has hecho daño a Riley? —La voz de su madre, que solía ser suave, bullía de ira.

Mike frunció el ceño y miró a su madre con gran preocupación.

—Siento haberte disgustado, mamá —dijo Melissa—. No debería haber sido tan dramática. Estoy segura de que no soy sospechosa. La policía solo está siendo minuciosa, explorando todas las posibilidades.

Mike ya estaba en la cocina, calentando una tetera en el fogón y buscando en el armario la infusión que habían comprado hacía solo cuarenta y ocho horas.

—Melissa tiene razón —repuso—. Anoche, esos detectives prácticamente me estuvieron pisando los talones hasta que averiguaron que pasé la tarde visitando empresas náuticas con dos lugareños. —Trató de desviar la preocupación de su madre con una leve risita, pero fue inútil.

—Los dos me estáis tratando como a una especie de vejestorio inválido y, con franqueza, es insultante. Jamás me perdonaré haberos dejado solos en el patio aquel día, ni siquiera durante unos minutos, y sé muy bien el daño que sufristeis a consecuencia de ello. Pero creo que olvidáis por lo que yo pasé. ¿Sabéis que me zambullí en el lago helado y os busqué bajo el agua como una loca? Al no encontraros, me convencí de que os habíais ahogado y de que nunca os encontraría. Vuestro padre me encontró en la arena helada, con la ropa empapada. Apretaba tu guante rojo contra mi mejilla, Melissa. Al principio, la policía me apoyó. Fue comprensiva. Incluso compasiva. Pero cuando se enteraron de mi verdadera identidad, de que yo era la famosa Nancy Harmon, todo cambió. Estaban convencidos de que, cuando descubrí que mi secreto iba a salir a la luz, tuve un brote psicótico e hice con vosotros dos lo mismo que supuestamente hice con Peter y con Lisa.

«Brote psicótico», el mismo término que había utilizado Marino.

Melissa nunca había oído a su madre hablar con tanta franqueza de lo que vivió cuando los secuestraron.

—Lo siento mucho —dijo—. Ambos sabemos que esto debe de ser muy traumático para ti.

—¡Basta! —espetó su madre—. Eres una mujer brillante, Melissa. Todos los profesores decían que eras un verdadero genio. Pero no me estás entendiendo. Yo, mejor que nadie, sé muy bien lo que estaba pasando en esta casa cuando llegamos. Lo noté de inmediato por la forma en que los detectives nos miraron cuando abriste la puerta. ¿Se molestaron siquiera en consolarme por el hecho de que mi nieta haya desaparecido? No. Salieron de aquí por patas porque sin duda también me ven como una frágil ancianita y no querían que supiera la verdad. Así que deja de intentar proteger a tu madre.

—Muy bien —dijo ella.

Mike volvió con una taza y un platillo, con la bolsita de té aún en remojo.

—¿Puedo darte esto o ahora eres demasiado malota para beberte una infusión?

Su madre aceptó la taza poniendo los ojos en blanco, con expresión divertida.

—Y ahora sentaos y contádmelo todo.

Durante la media hora siguiente, Melissa se obligó a dejar las emociones a un lado y a narrar los hechos escuetos como si fuera una abogada resumiendo un caso para un colega. No se dio cuenta de por qué ella era la sospechosa natural, predecible e incluso inevitable hasta que escuchó las pruebas con sus propias palabras.

¿Cómo lo habían expresado los detectives? «Una coincidencia tras otra y tras otra». Melissa fue la última persona que vio a Riley, fue la persona a la que habían confiado su cuidado aquel día y las puertas de la casa estaban cerradas cuando Mike llegó a casa y descubrió que Riley había desaparecido. De repente, su vida había pasado de ser la de una mujer trabajadora soltera a una mujer que hacía malabarismos para compaginar su carrera con su vida social, su marido y su hija pequeña. Se había pasado meses investigando un caso sin resolver en el que la policía sospechaba que una mujer infeliz había asesinado a su hijastro para poder gozar de libertad sin las limitaciones de tener que cuidar de alguien. En un episodio grabado de su pódcast había dicho que estaba de acuerdo en que la madrastra no se habría convertido en sospechosa si hubiera sido lo bastante lista como para dejarse el móvil en casa cuando, como sospechaba la policía, condujo hasta una isla cercana para deshacerse del cadáver.

Y además estaba la prueba que sin duda explicaba tanto la orden de registro de su coche como las numerosas llamadas telefónicas sin respuesta a su propio marido; la cinta de vídeo en la que una mujer llevaba a una niña a una isla cercana en un todoterreno idéntico al suyo y luego regresaba sola a South Fork.

En algún momento de su monólogo, había perdido la imparcialidad y la objetividad que se le exigía a todo abogado. Se llevó las manos a la cara y se presionó las sienes como si en realidad pudiera controlar la dirección de sus pensamientos. ¿Por qué no se había dado cuenta antes? Sabía por su propio trabajo que personas a las que ni siquiera les habían puesto una multa de tráfico podían cometer actos horribles bajo una intensa presión psicológica. Muchas de ellas estaban tan conmocionadas por su propia conducta que su subconsciente reprimía los delitos por completo, alegando haber experimentado amnesia o una laguna de memoria.

¿Cuántas veces le había advertido Mike que no podía seguir ignorando el daño que les habían hecho? Le había advertido de que el trauma encontraría la forma de emerger. Aquellas terribles pesadillas eran la manera que tenía su subconsciente de decirle que la falsa normalidad que con tanto cuidado había construido a lo largo de los años estaba empezando a desmoronarse. Recordó la cara de preocupación de Charlie..., no, ahora se daba cuenta de que en realidad era de lástima, cuando la había encontrado en mitad de la noche, envuelta en una toalla, contemplando el agua caer a borbotones en la bañera vacía.

Y apenas dos días antes había vagado por la playa antes de que amaneciera, llamando entre lloros a su madre como una niña pequeña, sin recordar cómo había llegado allí.

¿Qué más había bloqueado?

Por fin se dio cuenta de adónde llevaban aquellos fragmentos de pensamientos.

—¿Y si...? —Apartó las manos de su cara, pero no se atrevió a mirar a su familia. Los brazos empezaron a temblarle de forma involuntaria, como si sus huesos estuvieran tratando de decirle la verdad sobre lo que había sucedido en esa casa el día anterior—. Dios mío, ¿y si... en realidad tienen razón? Todo esto es por mi culpa. Me he esforzado mucho para que el pasado desapareciera, como si nunca hubiera ocurrido. Todo eso de que la felicidad es una elección... ¡Qué arrogante y qué estúpida he sido! Pero es tal y como tú dijiste, Mike. Al final, ese trauma encontrará la forma de expresarse. ¿Y si..., y si...? ¡Pobrecita Riley! ¡Dios mío, no! ¡Por favor, que no sea posible!

Su madre dejó la taza con decisión sobre la mesa y luego cambió de posición en el sofá para agarrar las manos de Melissa, que estaba a su lado.

—Mírame, Melissa.

Melissa mantuvo la mirada en su regazo mientras sacudía la cabeza.

—Puede que si voy a Shelter Island, algo me resulte familiar —dijo con un hilo de voz que apenas reconoció—. Quizá me acuerde. Solo tengo que recordar. Si yo he hecho esto, tengo que decirles...

La voz de su madre se tornó aún más firme.

—Por favor, hija mía, esa hija hermosa, compasiva, generosa, brillante y muy testaruda que tengo. Necesito que me mires ahora mismo. —Melissa hizo lo que le pedía—. Yo he estado en tu pellejo. Ni tu hermano ni tú queríais que supiera la verdad sobre lo que está pasando porque desenterraría todo ese dolor que sufrí, que sufrimos, hace cuarenta años. Bueno, pues teníais razón, y por eso mismo tienes que escucharme.

Todo lo que acabas de decir lo escuché de mi propia voz. Cuando estaba en California..., antes de que nacieras, antes de conocer a tu padre, cuando estaba detenida para que me juzgaran después de que Peter y Lisa fueran asesinados..., solía rezar todas las mañanas y todas las noches en mi celda. «Paz..., dame paz. Déjame aprender a aceptar». Sabía que era imposible que hubiera hecho daño a mis hijos. Ellos eran parte de mí. Sentí que había muerto cuando ellos murieron. Y, sin embargo, rezaba a Dios para que me ayudara a aceptar que se habían ido y a aceptar también mi castigo, porque me culpaba a mí misma. ¿Te he dicho alguna vez que he escuchado las grabaciones con el doctor Miles?

El doctor Lendon Miles era un reputado psiquiatra que había estado profundamente enamorado de la madre de Nancy antes de que esta muriera en lo que al principio la policía creyó que había sido un trágico accidente de coche poco después de conocer al nuevo prometido de Nancy. Tras el secuestro de Mike y de Melissa, el doctor Miles estaba decidido a ayudar a la familia de la mujer a la que nunca había dejado de amar. Cuando su madre afirmó no recordar los acontecimientos que rodearon el secuestro de sus hijos, la interrogó bajo los efectos de una inyección de amital sódico para aliviarla de lo que sospechaba era una forma de amnesia fruto de una experiencia devastadora a nivel psicológico.

—Accedí a que Lendon me pusiera la inyección porque estaba desesperada —prosiguió su madre—. Habría hecho cualquier cosa para ayudar a encontraros. Pero una vez que el fármaco hizo efecto, me sumí en un razonable estado de calma, al menos comparado con el estado de shock en el que había pasado el resto del día. ¿Tiene algún sentido? Fue como un despertar repentino.

—¿Estás sugiriendo que busque un psiquiatra para que me ayude a recordar lo que pasó ayer?

—No, porque no creo que reprimieras nada en absoluto. Cuando se me pasó el efecto de la inyección que me puso

Lendon, sentí una nueva seguridad. Tu padre dijo que nunca me había oído hablar con tanta contundencia. Confiaba plenamente en poder ayudar a la policía a traeros de vuelta a casa. Después de autocompadecerme durante horas, me levanté del sofá y me quité el albornoz. No habría tenido fuerzas para arrancarte de los brazos de Carl mientras caía desde aquel balcón si no hubiera tomado la decisión de creer en mí misma. Esa vocecita de la duda que has dejado que te susurre al oído: «¿Y si hice algo terrible...?». Esa voz no surge porque hayas hecho algo malo, Melissa. Es porque quieres a esa niña como si fuera tuya.

Melissa había estado tratando de identificar la espiral de emociones por la que había estado pasando durante los dos últimos días. Miedo. Ira. Impotencia. Pero había un sentimiento que se mantenía constante y abrumador; la culpa. En lo más profundo de su ser sabía que ella era la responsable de la desaparición de Riley y de cualquier otro maltrato que sufriera.

—Me siento paralizada por la aplastante presión de la culpa. ¿Y si mi subconsciente me está diciendo que en realidad hice algo malo mientras estaba inconsciente?

—Algo no funcionaría bien en tu cabeza si no te sintieras culpable —repuso su madre—. Creo que te sientes igual que yo cuando dejé a Peter y a Lisa en el coche mientras corría al mercado y al volver descubrí que habían desaparecido. Y luego, cuando tu padre y yo decidimos tener hijos, juré que jamás correría el menor riesgo con vosotros. Pero eso es imposible, ¿no lo ves? Aquel horrible día os quité los ojos de encima por un instante cuando jugabais en el jardín. Una parte de mí nunca se lo perdonará, pero he aprendido que no merecía ir a la cárcel por eso. Carl Harmon sí, y al final pagó el precio más alto. Bueno, ya sabes que puedes contarme cualquier cosa y que yo seguiré queriéndote y apoyándote de manera incondicional. ¿De veras crees que hay alguna posibilidad de que le hayas hecho daño a Riley de algún modo?

Melissa apretó los labios y sintió que la sangre se agolpaba en su cara. Sacudió la cabeza, agradecida por lo que en aquel momento sintió que era una verdad incuestionable y fundamental.

—Ninguna —aseveró—. Es del todo imposible.

—De acuerdo, entonces. Considera eso como el equivalente al suero de la verdad del doctor Miles, la claridad que necesitabas. Y ahora tenemos que ponernos a trabajar para encontrar a Riley.

Melissa hizo otras tres llamadas consecutivas a Charlie. Su mensaje de voz anunciaba que el buzón estaba lleno.

Luego llamó de nuevo a Mac y se sorprendió cuando él contestó.

—Hola.

«¿Nada más? —Quiso gritar—. ¡¿HOLA?!».

En lugar de eso, le dio las gracias por contestar.

—No sé cuánto te han contado, pero necesito hablar con Charlie. ¿Dónde estáis?

—En este momento, estoy en la entrada de la casa de tu madre. ¿Puedo entrar?

24

Grant Macintosh sintió que aminoraba el paso a medida que se aproximaba a la casa. La llamada de la noche anterior le había pillado totalmente desprevenido. Su novia, Sarah, había planeado lo que ella llamaba el «domingo urbano perfecto», empezando con un brunch en el Meatpacking District antes de visitar el nuevo parque flotante en el río Hudson, seguido de un paseo por el High Line para jugar al golf en el campo de prácticas de los muelles de Chelsea. Mientras entraban en el Museo Metropolitano, en el Upper East Side, Sarah se regodeaba de haber alcanzado los veinte mil pasos en su Apple Watch por segunda vez en su historia personal. Cuando por fin se sentaron a cenar en su mesa favorita de Neary's, Mac solo quería un solomillo de primera y un poco de vino tinto, seguido de una buena noche de sueño.

Y entonces le llamó Melissa.

Quizá si hubiera seguido el consejo de Sarah y hubiera dejado que saltara el buzón de voz, no se habría enterado hasta hoy de que Riley había desaparecido. Esa noticia ya era bastante impactante, pero Melissa no se detuvo ahí. La policía estaba tratando a Charlie y a su familia como sospechosos, había seguido a su hermano hasta un parque y estaba haciendo preguntas sobre el primer matrimonio de Charlie. Cuando Melissa empezó a explicarle que los exsuegros de Charlie sospechaban que la muerte de su primera esposa no había sido un accidente, supo adónde llevaba la llamada. Charlie necesitaba un abogado.

También sabía que no tenía elección. Jamás había oído tan angustiada a Melissa desde que la conocía, y de eso hacía años. Su hijastra había desaparecido y la policía estaba perdiendo un tiempo precioso investigando asuntos que no tenían nada que ver con la desaparición de Riley. Por supuesto que tenía que ayudar. Los amigos estaban para eso.

Ahora, solo un día después, deseaba tener una máquina del tiempo para poder volver atrás y tomar otra decisión. Podría haberle dicho a Melissa que estaba demasiado ocupado o que Charlie necesitaba un abogado que no tuviera una relación personal con ellos. Pero le habría parecido cruel. Por otra parte, el día anterior no había sabido lo que sabía ahora.

Lo que estaba a punto de hacerle a Melissa iba a ser mucho peor.

Llamó al timbre con inquietud.

Mac se arrepintió aún más cuando Melissa abrió de par en par la puerta de la casa para recibirle. Las mejillas de su amiga, casi siempre sonrosadas, estaban pálidas y tenía los ojos hinchados y enrojecidos. Abrió los brazos para darle uno de sus habituales abrazos de oso, pero él se las arregló para hacerse a un lado y entrar en la casa, cerrando la puerta tras de sí. Se sintió aliviado al ver que las cortinas de la casa estaban corridas. La policía o la prensa podían estar vigilando la vivienda y hasta el menor signo de favor se podía malinterpretar como que estaba en connivencia con la madrastra de Riley.

Aun así, no se atrevió a apartarla cuando ella le dio un rápido abrazo en el salón.

—Muchas gracias por venir —dijo—. Llevo todo el día como loca, preguntándome adónde fuisteis Charlie y tú después de la comisaría y por qué nadie me devolvía las llamadas.

Y luego vinieron los detectives Hall y Marino y básicamente me acusaron de llevar a Riley a Shelter Island y matarla. Mac, soy incapaz de describir lo que sentí..., fue... inconcebible. Por favor, dime que Charlie no cree de verdad que yo podría hacerle algo así a nuestra hija.

«Nuestra hija». Las palabras sonaron muy sinceras al salir de sus labios. Un día antes, Mac habría jurado que lo eran. Pero ¿de veras podía estar seguro? Cuando era presentador invitado en su pódcast, se apresuraba a expresar sus reacciones instintivas a los detalles más minuciosos de un crimen real, pero ahora que estaba involucrado como abogado y el sospechoso era alguien a quien conocía, se lo cuestionaba todo.

Esperaba que la reunión de esa mañana con Charlie y los detectives fuera un mero trámite. Charlie estaba ayer en un vuelo internacional, una coartada muy sólida. Era un padre cariñoso que adoraba a su hija. La tensión con sus exsuegros era un problema, pero Mac confiaba en poder convencer a la policía de que era normal que una pareja que había perdido a su única hija en un trágico accidente estuviera resentida con el yerno que había decidido mudarse al otro extremo del país con su nieta.

Pero cuando Mac habló con Charlie en privado antes de entrar en la comisaría, él insistió en que si los detectives querían llamar a los padres de Linda, tendrían que buscar ellos mismos la información de contacto. Si algo había aprendido Mac como fiscal era que a las fuerzas del orden siempre les interesaba más la información que no se les procuraba. Si un sospechoso consentía que registraran todo su coche menos la guantera, podías estar seguro de que ahí había algo.

Mac estaba preparado para explicar a los detectives las preocupaciones de Charlie, pero entonces empezó el interrogatorio. ¿Era cierto que había conocido a su mujer solo diez meses antes de casarse? ¿Quería ella tener hijos antes de conocerle? ¿Parecía demasiado obsesionada con el caso de Judith Moore, la mujer de la que se sospechaba desde hacía tiempo que había matado a su hijastro y escondido su cadáver en una isla cercana? ¿Cuánto sabía él del trauma de su infancia y de cómo la había afectado?

Y después pusieron el vídeo del ferry de Shelter Island.

Mac tuvo ganas de levantarse y golpear la mesa como si estuviera pronunciando el alegato final más categórico de su carrera. Melissa Eldredge era una de las mejores personas que había conocido. Era absurdo creerla capaz de cometer un crimen, y mucho menos uno tan atroz como el asesinato de un niño. Pero habría sido el amigo de Melissa el que hablaba y, gracias a ella misma, Mac era ahora el abogado de su marido.

—¿Mac? —dijo ahora Melissa, mirándole expectante—. ¿Qué está pasando?

Por eso no había querido ir allí. Sin embargo, tenía la obligación profesional de proteger a su cliente y no a su amiga. Sabía lo que pensarían si Charlie parecía preocuparse más por proteger a su flamante esposa que por la seguridad de su propia hija. Y dadas las palabras que Rachel, la hermana de Charlie, había dedicado a Melissa después de ver el vídeo del transbordador, pensó que cualquier contacto futuro entre las dos mujeres sería más propio de un mal programa de telerrealidad que de la vida real.

—Has dicho que los detectives estuvieron aquí —dijo al fin—. ¿Qué te han dicho? —«El vídeo. ¿Te enseñaron el vídeo? Por favor, Melissa, explícame lo del vídeo».

—Tenían un vídeo de mala calidad del muelle del ferry. Supongo que se lo enseñaron a Charlie y que por eso no me devuelve las llamadas. ¿Lo has visto? Esa conductora podría ser cualquiera, Mac. Vamos. Tienes que explicárselo.

Él ladeó la cabeza y le sostuvo la mirada. Melissa no era ninguna estúpida.

La última vez que la vio, ella le había invitado a quedarse en su apartamento después de la grabación del pódcast para tomar una copa. Él le mintió y le dijo que había quedado con su hermana. La verdad era que iba a tomar algo con la vieja pandilla de la oficina del fiscal. Había una razón por la que Katie y él eran los únicos antiguos compañeros de trabajo con los que Melissa seguía en contacto. Lo cierto era que la gente sentía envidia. Mientras todos los demás se ocupaban de robos comunes y casos de drogas, a Melissa le tocó ser el tercer abogado en un juicio por asesinato, y encima muy mediático; el de Jennifer Duncan, la exmodelo acusada de matar a su acaudalado marido. Durante todo el juicio, se le evitó el trabajo pesado habitual para que pudiera ser la mano derecha de dos veteranos fiscales de homicidios.

Esa envidia inicial era propia de la rivalidad normal entre compañeros de la misma oficina. A todo abogado que fuera a durar en el bufete se le acababa asignando un caso de asesinato. Katie desempeñó un papel menos prominente en ese mismo caso, ocupándose de las primeras investigaciones del público en general o de los amigos o familiares de la víctima. Dos meses más tarde, Mac fue el tercer letrado en el siguiente gran juicio por asesinato de la oficina.

Pero hacía dos años, a Melissa le tocó el premio gordo al conseguir que revocaran la condena obtenida en el primer juicio por homicidio en el que había trabajado. Titulares llamativos, informativos de televisión, programas de entrevistas diurnos. Ya no era una simple abogada. Era una celebridad. Mac y Katie bromeaban diciendo que si tenía que pasarle a alguien que no fueran ellos, se alegraban de que fuera a Melissa. Sus antiguos colegas no lo aceptaron de tan buen grado.

Si pudieran verla ahora, no sentirían ninguna envidia.

Exhaló una bocanada de aire mientras se preparaba para lo que tenía que decir.

—Sabes que te quiero, ¿verdad? Nos hemos apoyado desde el primer día en la oficina del fiscal.

—Por supuesto. Tú, Katie y yo. Los Tres Mosqueteros. Somos una familia.

Todos tenían motivos personales que los había llevado a la oficina de la fiscalía. Cuando Mac era niño, un fiscal del condado que trabajaba como voluntario en el programa Big Brothers Big Sisters había sido prácticamente su padre sustituto. Katie tenía una prima que quedó incapacitada de por vida por culpa de un conductor ebrio en un atropello con fuga que nunca se resolvió. Y aunque Melissa nunca hablaba en detalle de lo que les ocurrió a su familia y a ella cuando era pequeña, en una ocasión les dijo que creía que eso la había llevado al derecho penal.

—Eres la mejor abogada que conozco, Melissa. Tu libro sobre tu propia carrera explica que el sistema solo funciona cuando no nos desviamos de la ética de nuestros papeles asignados. Y, desde el punto de vista ético, soy el abogado de Charlie, no el tuyo. Me llamaste por una razón y ahora tengo que hacer el trabajo para el que me elegiste.

—¿Y eso significa que no puedes decirle que llame a su mujer para que le explique que yo no he sido?

—Mira, sé que esto es horrible para ti. Pero, para ser franco, que la policía sospeche de ti en vez de Charlie es lo mejor para mi cliente. Y si él parece demasiado amable contigo ahora, ¿cómo se verá eso? Él tiene una coartada sólida como una roca. Tú no.

El dolor en sus ojos significaba que entendía la razón. Charlie no podía haber matado a Riley él mismo. Pero sin duda era posible que su nueva esposa y él hubieran planeado el crimen para librarse de una niña que ninguno de los dos quería. La única manera de que Charlie no fuera sospechoso era distanciarse de Melissa.

—Pero tiene que saber que yo no lo he hecho, Mac. Y tú también tienes que saberlo. Tenemos que poner a la policía sobre la pista correcta para que puedan encontrar a Riley.

—La están buscando, Melissa. ¿No oyes esos helicópteros? Tanto si estabas tú al volante de ese todoterreno como si era otra persona...

—¿En serio?

—Sabes lo que quiero decir. La cuestión es que están buscando por todo Long Island. —El teléfono de Mac sonó en su bolsillo. Se fijó en la hora de la pantalla. Ya había estado allí más tiempo del que debía—. Oye, es Charlie.

A Melissa se le iluminaron los ojos de repente.

—Por favor, déjame hablar con él. Te lo suplico.

Odiaba verla tan vulnerable. Solía ser la persona que siempre tenía la respuesta correcta, la Mujer Maravilla que podía solucionar cualquier problema. Ahora, no tenía ningún control.

Cogió la llamada y le dijo a Charlie que esperara.

25

«Por fin podría tener una oportunidad», pensó Melissa. Charlie había llamado al teléfono de Mac, que estaba a solo unos centímetros de distancia. Si pudiera hablar con él, comprendería que era inocente. Claro que lo entendería. Estaba segura de ello. Encontrarían a Riley sin importar cuánto tiempo les llevara. Superarían juntos esa pesadilla.

Alargó la mano para coger el teléfono y sintió que se le encogía el corazón cuando Mac se lo impidió.

—Escucha, Melissa. Charlie ha insistido en hablar contigo en contra de mi consejo. Te estoy diciendo más de lo que debería, pero ahora mismo no puedo permitir que los registros telefónicos muestren que habéis hablado de forma directa, así que he accedido a una llamada a través de mi móvil. Esa ha sido la solución intermedia.

Ella asintió con la cabeza y él le pasó el teléfono.

—Charlie, gracias a Dios. La del vídeo no soy yo. Tiene que ser la mujer del parque. He hecho que la policía analice mi sangre. Demostrará que me drogaron. Me apostaría la vida.

—Mac me matará si se entera de que he dicho esto, pero te creo, Melissa.

Las palabras fueron como una bocanada de aire fresco cuando hacía solo un momento sentía que se estaba asfixiando.

—No te imaginas cuánto me alivia oír eso.

—Dios mío, pues claro que te creo. Y si alguien es lo bastante fuerte para pasar por esto, eres tú.

—¿Qué quieres decir? ¿Pasar por qué?

—¿Mac no te lo ha contado? La policía..., creemos que sospechan de ti, no de mí.

—Por eso te he estado llamando. Tenemos que demostrar que...

—No, Melissa. No. —Podía oír el dolor en su voz, pero no hablaba desde la debilidad. Se dio cuenta de que había tomado una decisión y que era definitiva. Esa era la razón de la llamada—. Te quiero. Te quiero más que a nada ni a nadie, salvo a Riley. Ella tiene que ser mi prioridad ahora mismo y sé que estarás de acuerdo con eso.

—Por supuesto. Yo siento lo mismo.

—Y lo único que en este momento me impide arrojarme delante de un camión a toda velocidad es la esperanza de que voy a recuperarla. Riley está ahí fuera, sana y salva, esperando a que la encuentre. Tengo que seguir creyendo eso y tengo que recuperarla, ¿vale? —Melissa empezó a darle la razón de nuevo, pero él la interrumpió—. Si eso sucede..., cuando eso suceda..., sé lo que pasará después. Los padres de Linda intentarán quitármela otra vez. Dirán que no estoy capacitado para cuidar de ella. Y aunque en lo más profundo de mi ser sé que tú no tienes la culpa, lo tergiversarán todo y dirán que puse a mi hija en peligro al dejarla contigo mientras viajaba a otro país por trabajo. Te quiero, Melissa, pero si me quieres la mitad que yo a ti, comprenderás la situación en la que me encuentro. Mac insiste en que no te vea hasta que esto se resuelva.

La parte lógica de su cerebro le dictó que, si fuera ella su abogada, probablemente le habría dado a Charlie el mismo consejo, pero también estaba casi fuera de sí por culpa de la frustración que le generaban tantas preguntas sin respuesta.

—¿Recibiste mis mensajes sobre Linda?

Apenas podía oír a Charlie debido a las voces que se oían

de fondo en la comisaría. Murmuró algo sobre que estaba casi listo antes de retomar su conversación.

—He estado muy liado como para poder escuchar todos los mensajes de voz. No entendía por qué preguntabas por ella.

—¿Llegaron a recuperar el cuerpo de Linda? Es posible que en realidad no muriera en aquella catarata. Puede que se enterara de que te casaste y que cambiara de opinión sobre Riley. Ella podría ser la mujer del parque.

—Melissa, Linda está muerta. ¿Cómo iba a mudarme a la otra punta del país y a casarme si no estuviera absolutamente seguro?

—Entonces ¿la encontraron después de que cayera?

Oyó una voz de mujer de fondo. Era Rachel. Las únicas palabras que pudo distinguir fueron «Charlie» y «casi listo».

—Lo siento, tengo que irme, Melissa.

—No, no, solo un segundo más. No cuelgues.

Más voces de fondo.

—Te quiero —dijo él con rapidez—. Pase lo que pase, no lo olvides, por favor.

—Charlie, espera. ¿Qué quieres decir? Eso suena demasiado...

Estaba a punto de decir «permanente» antes de que él la interrumpiera.

—Tengo que irme. Mac ha organizado una cosa. Él te lo puede explicar. Es por Riley. Todo irá bien una vez que hayamos recuperado a Riley. Lo siento mucho.

La mirada compasiva de Mac cuando le devolvió el teléfono hizo que se sintiera insignificante, como si le tuvieran lástima.

—Ha dicho que le habías organizado algo.

—Una rueda de prensa. Por si sirve de algo, es justo lo que tú harías. —Mac se acercó a la mesita, cogió el mando a distancia y encendió la televisión para ver News 12 Long Island.

Las palabras en la parte inferior de la pantalla anunciaban que el padre de la niña desaparecida, Riley Miller, estaba a punto de dirigirse a los medios.

—Yo debería estar ahí —repuso—. Y tú también.

—Rachel está con él. Hall y Marino también. No pueden verle con un abogado defensor. Teniendo en cuenta la situación con la policía, esta es la imagen que tiene que dar en este momento.

Ah, ya. Así que la nueva esposa, a la que conoció hacía solo un año, era un problema de «imagen».

—¿Para eso has venido? —preguntó—. ¿Para concederme mi única llamada antes de que me arrojen a los leones?

Mac evitó su mirada antes de hablar.

—Charlie necesita su maleta. No va a volver hasta que encuentren a Riley. Lo siento. De verdad que lo siento.

—¿Podrías preguntarle si encontraron el cuerpo de Linda después de la caída, por favor? Es lo menos que puedes hacer por mí.

Mac tuvo la desfachatez de darle un apretón en el hombro antes de subir al piso de arriba sin pedir permiso.

26

Nancy supo que esa casa era la adecuada para ella desde la primera vez que la vio. Fue una de las tres que visitó cuando viajó a Southampton. Taylor Summers, la agente a la que Ray le había traspasado su agencia cuando se jubiló hacía seis años, le había recomendado encarecidamente aquella inmobiliaria local. Le encantaba el diseño de planta abierta y los grandes ventanales que permitían que la luz del sol inundara todas las habitaciones. Tuvo la misma corazonada que la primera vez que Ray la llevó a la casa del Cabo, la que luego alquilaría para ella hasta que acabó convirtiéndose en su hogar familiar. Simplemente supo que se quedaría.

Lo que selló su decisión de hacer una oferta por esa casa de campo fueron las vistas que tenía donde se encontraba ahora, junto a la barandilla sobre la escalera. Desde el gran ventanal del rellano se podía ver la bahía al final de la calle. Podría comenzar cada mañana viendo el mar. Pero en esos momentos agradecía el eco que llegaba desde el salón hasta el segundo piso, desde donde escuchaba a hurtadillas, con su hijo a su lado.

—¿Te lo puedes creer? —susurró—. Está impidiendo que Melissa hable con su propio marido, cuando fue ella quien lo contrató como abogado. Creía que Mac me caía bien, pero esto es ridículo.

Melissa había pedido hablar con Mac a solas, pero esta era la casa de Nancy. Si seguía hablándole así a su hija, le diría que se fuera si era necesario. Había conseguido que su hija pareciera confiada y optimista, hasta que llegó Mac. No quería volver a encontrarse a su brillante hija rota y vulnerable.

En lugar de responder, su hijo la hizo callar.

—Espera, que no oigo.

—Tengo setenta y dos años. ¿Cómo puedes tener peor oído que yo?

—Por haber escuchado esa diabólica música rock durante tantos años. Pero en serio, mamá. Chis. —Siempre había conservado su mordaz sentido del humor.

Oyó el timbre de un móvil desde el salón. «Charlie», pensó. Tal vez Charlie estaba llamando a Melissa a pesar del despiadado consejo de su abogado. O quizá era la policía para decirle que habían encontrado a Riley. Recordó que, cuando desaparecieron sus hijos, cada vez que sonaba el teléfono o llamaban a la puerta sentía que podía ser el final de la pesadilla o la confirmación de sus peores temores.

El timbre cesó y no tardó en ser reemplazado por el sonido de la voz de Mac. «Oye, es Charlie».

Mike y ella escucharon con atención mientras Mac explicaba por qué Charlie llamaba al teléfono de Mac en lugar de al de Melissa. Mike se encogió de hombros. El razonamiento tenía sentido desde la perspectiva de un abogado.

Pero entonces oyó la desesperación en la voz de su hija cuando Melissa cogió el teléfono para hablar con su propio marido. «Charlie, gracias a Dios. La del vídeo no soy yo... ¿Qué quieres decir? ¿Pasar por qué?...».

Nancy sabía lo que se sentía al ser sospechosa. Vaya si lo sabía. Aún podía sentir la ardiente hostilidad del jefe de la policía de Adams Port, Jed Coffin, cuando entró en su casa. Fue igual que la primera vez, después de lo de Peter y Lisa. Dado su pasado, pensó que tenía el caso resuelto antes de haber hecho una sola pregunta. Había visto el artículo del periódico que revelaba que Nancy Eldredge, esposa y madre de la zona, era en realidad la tristemente célebre Nancy Harmon, sospechosa durante mucho tiempo de ahogar a sus hijos en California y salir impune. Segura de que la nueva vida que había construido en el Cabo estaba a punto de desmoronarse a causa de esa revelación, debió de volverse «loca», en palabras de Coffin, y les hizo a Michael y a Missy lo mismo que les había hecho a sus dos primeros hijos.

A pesar del shock, percibió a un nivel visceral que Ray la estaba defendiendo. El jefe Coffin había pedido hablar con él en privado, como si ella no importara. En cambio, Ray hizo esperar al jefe mientras le ponía las manos en los hombros hasta que dejó de temblar. Apoyó su mejilla en la de ella para calmarla y tranquilizarla antes de llevarla a la sala contigua. Su mero talante, alto, inquebrantable y seguro de sí mismo, dejaba claro que a pesar de la autoridad de Coffin, le debía a su familia un mínimo de respeto. Ray no vaciló jamás, ni siquiera cuando Coffin le leyó a Nancy sus derechos y los medios de comunicación de Boston aparcaron frente a su casa, acribillándola a preguntas que con toda claridad daban por sentada la culpabilidad de Nancy.

Por las palabras y el tono de Melissa, pudo darse cuenta de que Charlie no era como Ray en ese momento, cuando su mujer lo necesitaba.

—Charlie, espera. ¿Qué quieres decir? Eso suena demasiado...

Melissa se detuvo en mitad de la frase. «Demasiado... ¿qué?», se preguntó Nancy. ¿Frío? ¿Indiferente? ¿Egoísta?

Transcurrieron unos segundos eternos en silencio antes de que Melissa volviera a hablar.

—Ha dicho que le habías organizado algo. —El tono de su hija había cambiado. Se estaba dirigiendo a Mac otra vez—. ¿Para concederme mi única llamada antes de que me arrojen a los leones?

Se dio cuenta de que Mike estaba apretando los dientes y

tenía los puños cerrados. Siempre había sido muy protector con su hermana pequeña.

—Charlie necesita su maleta —dijo Mac—. No va a volver hasta que encuentren a Riley. Lo siento. De verdad que lo siento.

Oyeron pasos que se acercaban en su dirección y Mike se irguió, con cara de estar dispuesto a impedirle el paso a Mac por la fuerza.

—No, déjalo —dijo Nancy con firmeza—. Si Charlie quiere llevarse sus cosas, que se vaya con viento fresco.

Cuando Mac llegó a la escalera, Nancy ya estaba en la habitación de invitados. Encima de la cómoda había una bolsa abierta con ropa de hombre que aún no habían deshecho. Cerró la cremallera y la dejó en el pasillo.

Mac la miró con incomodidad desde el rellano.

—Lo siento. No espero que lo entiendas, Nancy.

—Bien. Entonces no tengo que preocuparme por no cumplir tus expectativas.

Mike salió del baño de invitados y estampó un estuche de afeitar de cuero contra el pecho de Mac, con más fuerza de la necesaria.

—Tío, deberías irte.

Justo después de que oyeran cerrarse la puerta principal, el volumen de la televisión del piso de abajo pasó de un murmullo a ser ensordecedor en un abrir y cerrar de ojos. Era la voz de una mujer, con el tono profesional de una informadora experimentada.

«Estamos aquí, en Southampton, Long Island, esperando un informe actualizado del padre de Riley Miller, la niña desaparecida».

27

«Estamos aquí, en Southampton, Long Island, esperando un informe actualizado del padre de Riley Miller, la niña desaparecida».

Melissa estaba de pie, con el mando a distancia en la mano, cuando su madre y su hermano se reunieron con ella en el salón. Con una sola mirada se dio cuenta de que habían escuchado cada palabra de su conversación con Mac. Se permitió un momento de satisfacción al imaginar la conversación posterior que debió de tener lugar en el piso de arriba antes de que Mac saliera corriendo de la casa con la maleta de Charlie.

A pesar del dolor de la traición de Mac, sus palabras resonaron mientras ella miraba la pantalla de televisión. Los micrófonos rodeaban un atril provisional colocado en el aparcamiento de la comisaría para la esperada rueda de prensa. «Por si sirve de algo, es justo lo que tú harías».

No se equivocaba. Cada año desaparecían más de seiscientas mil personas. A muchas nunca las encontraban y solo unos pocos nombres llegaban a oídos del público. Tanto ella como Mac sabían que el caso de una persona desaparecida no podía convertirse en una búsqueda nacional sin la obligada rueda de prensa en la que los desconsolados familiares suplicaban que sus seres queridos regresaran sanos y salvos.

Mientras el corresponsal de News 12 narraba la misma información fundamental que habían estado difundiendo durante todo el día, Melissa reconoció a Hall entre el grupo de personas que se arremolinaban detrás del atril. La detective susurró algo a otro agente, que adoptó una expresión confusa antes de desaparecer de la pantalla.

La cámara pasó a la corresponsal en escena.

«Margot, la policía nos informa de que esto podría retrasarse. Devolvemos la conexión mientras la búsqueda de Riley Miller continúa en el este de Long Island».

—¿Qué crees que ha pasado? —preguntó Mike.

—No lo sé —dijo ella, silenciando el televisor—. Mac ha organizado una rueda de prensa con la policía para Charlie y su hermana. A lo mejor hay nuevas pruebas. O puede que hayan encontrado a Riley. —«Por favor, que la hayan encontrado sana y salva», rogó.

Volvió a llamar a Charlie. Le saltó el buzón de voz y se preguntó si habría apagado el teléfono antes de la rueda de prensa o si habría llegado al punto de bloquear las llamadas entrantes. Una llamada a Mac también quedó sin respuesta, así que mandó un mensaje de texto: «Charlie tiene que salir delante de las cámaras. Puede decir lo que quiera de mí, pero tienen que seguir con la búsqueda. Esa tormenta también sigue siendo una posible amenaza».

A continuación buscó el número de Rachel y llamó. Después de tres tonos, estaba a punto de dejar un mensaje, pero para su sorpresa, su cuñada contestó.

—Hola. —Su voz era grave y Melissa podía oír murmullos de fondo.

—Dios mío, Rachel. Gracias por contestar.

—Mira, voy a ser sincera. De verdad que no sé qué pensar de ti en este momento, Melissa.

—Lo único que me importa es encontrar a tu sobrina. ¿Qué pasa con la rueda de prensa? ¿Ha ocurrido algo? ¿Han encontrado a Riley?

Se preparó para recibir la peor noticia posible.

—No. Por supuesto que te lo diremos si eso ocurre..., cuando ocurra, si Dios quiere. —Hizo una pausa, como si dudara si debía decir algo más—. Es Charlie. Ha tenido un ataque de pánico cuando nos disponíamos a salir. Estoy tratando de tranquilizarlo para que salga, pero está fatal en este momento. Primero la muerte de Linda. Ahora Riley ha desaparecido. Me preocupa que esto sea demasiado para él. Se está cerrando en banda. Está peor que cuando volvió de Noruega.

—Déjame hablar con él...

—Espera. Mac está aquí ahora. Déjame ver...

No pudo entender la conversación que tenía lugar al otro lado de la línea telefónica, pero la voz de Max sustituyó enseguida a la de Rachel.

—En serio, Melissa. No vengas aquí. Si te ven los periodistas, querrán saber por qué no has estado aquí antes y por qué no estás al lado de Charlie cuando por fin consiga que salga. No ayudarás a nadie. Por favor, deja que yo me ocupe.

—Pero Mac...

—Tengo que irme.

—No olvides preguntarle a Charlie sobre Lin...

La llamada se cortó.

—¿Ese imbécil te ha colgado? —preguntó Mike. Era evidente que había deducido lo suficiente al escuchar su parte de la conversación—. Pensaba que ese tío era tu amigo.

«Y yo también», pensó Melissa. Miró la pantalla apagada y se sintió vacía mientras se preguntaba si había perdido tanto a su marido como a su amigo.

28

Sola en la habitación de invitados, Melissa hizo otra búsqueda en su portátil. «Linda Madre Oregón Cascada Noruega». Era una variación de todos sus otros intentos.

Una vez más, nada útil.

Ahora se daba cuenta de lo poco que sabía de la primera esposa de Charlie, ni siquiera su apellido. Estaba segura de que no era Miller, porque cuando Melissa habló con Charlie de conservar su apellido de soltera, Charlie accedió de buena gana y mencionó que Linda había hecho lo mismo. Charlie debía de haberle dicho el nombre completo de Linda en algún momento, pero su memoria seguía en blanco.

Sabía que Charlie y Linda se conocieron en su primer año en la Universidad de Washington. Buscó «Charlie Miller anuncio boda Linda Washington». De nuevo, nada.

Accedió a la página web del departamento de relaciones con los antiguos alumnos de la universidad. Aún era horario de oficina en la costa oeste. Una voz femenina, joven y amable, contestó al tercer tono.

—Oficina de antiguos alumnos. Soy Kelsey.

Melissa estuvo a punto de inventarse una elaborada historia para encubrir las preguntas que quería hacer, pero decidió que nada sería más convincente que la verdad.

—Espera, ¿eres Melissa Eldredge, la de *El club de la justi-*

cia? —respondió la mujer al otro lado del aparato, después de que ella hubiera dicho solo cuatro frases.

—Anda, ¿lo conoces?

—¡Uy, sí! Mi compañera de cuarto y yo estamos totalmente obsesionadas con la desaparición de Evan Moore. Sucedió cuando estábamos en secundaria. Anoche estuvimos escuchando tu pódcast. ¿Así que estás trabajando en el caso de otra niña desaparecida? ¿Cuánto tiempo lleva desaparecida? ¿Has dicho que su nombre es Riley Miller?

Melissa aún no había llegado a la parte en la que la niña desaparecida era su propia hijastra ni en la que el exalumno sobre el que llamaba era su propio marido, pero se dio cuenta de que Kelsey ya estaba dispuesta a ayudar. Le explicó que el secuestro se había producido el día anterior y que estaba intentando encontrar información sobre la madre biológica de la niña.

—Solo sé que se llamaba Linda y que se casó con un compañero de clase llamado Charles Miller. Ah, y su ciudad natal era Portland, Oregón. —También le facilitó el año de su graduación.

—Jo, pues ahí no tengo ni idea de cómo podría ayudarte. Este es solo un trabajo de estudiante. ¿Y si llamas a la oficina de registro?

—¿Tienen archivos de los anuncios de exalumnos? —preguntó.

La universidad en la que había estudiado Melissa enviaba una revista trimestral y ella siempre iba directamente al año de promoción para buscar algún nombre que reconociera.

—Quizá informaron de la noticia de su boda.

—Claro, eso sí puedo hacerlo. —Melissa podía oír el teclado al otro lado de la línea—. Hum, sigo sin ver nada.

—¿Y las donaciones? —sugirió Melissa—. Tu oficina debe llevar un registro de eso.

—Vaya que sí —dijo Kelsey con una risita—. Me encanta esto. Es como si estuviera ayudándote aquí en modo sabueso. Bueno, así que voy a buscar por..., Charles..., Miller. Oye, ha funcionado. ¡Lo tengo! Su primera donación fue el año después de graduarse. Solo cincuenta dólares, pero la mayoría de los nuevos alumnos no dan nada. Y luego parece que fue un donante regular cada año y fue aumentando las cantidades con el tiempo...

—Linda y él se casaron tres años después de graduarse. Ella también debería figurar ahí.

—No, no veo ninguna Linda. Las donaciones van a nombre de Charles Miller. Pero... Uy, esto es raro.

—¿El qué?

—Bueno, enviaba doscientos dólares anuales, pero las donaciones cesaron de repente hace doce años. Nada desde entonces.

Charlie nunca había mencionado una razón por la que hubiera dejado de contribuir a su *alma mater*. Era posible que Linda hubiera empezado a enviar los donativos en su lugar, pero no había forma de saberlo sin su apellido. Y según la experiencia de Melissa, las donaciones a una universidad de exalumnos casados siempre se acreditaban a ambos nombres. En cualquier caso, se encontraba en un callejón sin salida.

—Kelsey, muchísimas gracias por intentar ayudar. Si hay alguna forma de que puedas seguir investigando esto en el campus, podría ser muy importante para salvar a esta niña. Tal vez alguno de los profesores o de los administradores de más edad los recuerde. Charlie Miller estudió Ciencias Ambientales, por si te sirve de ayuda.

—Seguiré investigando —dijo Kelsey después de que intercambiaran los números de teléfono—. Te lo prometo.

Sin más opciones, Melissa continuó buscando noticias sobre la muerte de Linda.

Charlie Linda Miller Noruega Caída Mortal
Mujer Estadounidense Charlie Linda Cascada Murió
Charlie Linda Madre Estadounidense Murió Selfi
Oregón mujer muere cascada Europa Linda

Seguía sin salir nada.

Melissa levantó la vista del ordenador al sentir que su madre la estaba mirando desde la puerta del dormitorio, en el pasillo.

—No quería interrumpirte —dijo Nancy—. Al verte ahí me he acordado de que siempre estabas en otro mundo mientras hacías los deberes, sentada tan campante en el suelo o en la cama, con las piernas cruzadas, igual que ahora.

Melissa se permitió una pequeña sonrisa. A la hora de la verdad, seguía prefiriendo trabajar en esa postura a estar sentada en una mesa.

—Papá siempre me decía que me fastidiaría la espalda. Y años después, fui yo quien os presionó a los dos para que os apuntarais a pilates. —Hacía un año que había fallecido su padre y ella seguía intentando acostumbrarse a su ausencia.

—¿Puedo preguntar qué haces aquí delante del ordenador? —Los ojos de su madre estaban llenos de preocupación—. No es posible que estés intentando trabajar.

—Me siento tan impotente por Riley —dijo—. No consigo librarme de este presentimiento sobre la caída de Linda en Noruega. Estoy buscando los detalles de su accidente para asegurarme de que murió de verdad, pero sigo con las manos vacías.

Para Melissa, en la terapia de duelo Charlie pasó enseguida de ser el tipo que se sienta cerca de la cafetera a su leal confidente. A pesar de que él había perdido a su mujer y ella estaba aceptando la muerte de uno de sus padres, hallaron una profunda conexión mientras ambos aprendían a superar el duelo.

—Esto es muy frustrante. Ni siquiera sé qué lugar exacto de Noruega estaban visitando cuando Linda cayó.

El móvil de Melissa, que estaba a su lado sobre el edredón, emitió un zumbido al recibir un nuevo mensaje de texto. Era de Mac. «Le he preguntado a Charlie por Linda».

Observó la pantalla mientras una serie de puntos le indicaban que seguía escribiendo. Luego los puntos desaparecieron. Esperó.

«Mac..., venga. ¿Qué ha dicho?», escribió Melissa.

Otra vez los puntos. «A Linda la incineraron en Noruega».

Melissa empezó a redactar una respuesta de inmediato. ¿Vio su cuerpo? ¿Era posible que Linda hubiera contado con la ayuda de funcionarios locales para fingir su muerte?

Apareció otro mensaje de Mac. «Antes de que hagas más preguntas, ya las he hecho yo. Charlie tuvo que identificar su cuerpo después de que la sacaran del agua. Esparció las cenizas con los padres de Linda en el océano Pacífico frente a Cannon Beach antes de que todo se fuera al traste con los suegros. Así que quienquiera que se llevara a Riley, desde luego no fue Linda».

Sus hombros se hundieron cinco centímetros con la noticia. Estaba segura de que iba por buen camino.

«¿Va a dar la rueda de prensa?», preguntó Melissa.

«Conseguí la información que querías. Ahora tengo que irme».

—¿Hay noticias? —preguntó esperanzada su madre cuando Melissa dejó el teléfono.

Ella cerró el portátil y lo apartó.

—Bueno, parece ser que ya puedo dejar mis interminables búsquedas en Google. Era Mac. Charlie vio el cuerpo de Linda con sus propios ojos después de la caída. Adiós a esa teoría. —Se dio cuenta de lo mucho que había deseado tener razón. Si la propia madre de Riley hubiera sido la que se la hubiera llevado, habría sido para reunirse con ella. Riley al menos estaría a salvo.

—Ven abajo. Tu hermano está preparando la cena. Como mínimo necesitas comer.

—¿Comías tú mientras Mike y yo estábamos desaparecidos?

Su madre frunció los labios y aceptó la contestación.

—Es verdad.

—¿Puedes avisarme si se celebra la rueda de prensa? A la hermana de Charlie le preocupa que no pueda soportar la presión.

Su madre sacudió la cabeza con frustración.

—Por supuesto. —Se limitó a decir.

Al quedarse sola en su habitación, Melissa volvió a abrir el ordenador e hizo otra búsqueda. «Melissa Eldredge hijastra desaparecida». Pulsó intro, aun sabiendo que era un error hacerlo. El primer resultado era de NetSleuth, un foro sobre crímenes reales que Melissa frecuentaba de forma regular en busca de posibles casos sin resolver para su pódcast. No le sorprendió ver que muchos de los usuarios de NetSleuth la conocían a ella y *El club de la justicia*. Aunque la mayoría de los comentarios expresaban su solidaridad con Melissa y la esperanza de que encontraran pronto a Riley, una minoría muy ruidosa parecía convencida de que a Melissa se la debería considerar la principal sospechosa.

Iba por la tercera página de comentarios cuando su teléfono emitió un zumbido al recibir un nuevo mensaje de texto. «Jennifer Duncan».

Hubo un tiempo en que ese nombre aparecía en su pantalla varias veces al día, pero había pasado más de un año desde su última comunicación.

«Lo siento mucho, Melissa. No tenía ni idea de tu relación con esa pobre niña desaparecida hasta que me ha llamado una amiga hace un momento. No sabía que te habías casado ni que ahora tenías una hijastra. Te habría deseado todo lo mejor. Recordarás lo mucho que siempre quise tener un hijo. No puedo imaginar lo que tu marido y tú debéis de estar pasando. Sé que no terminamos bien, pero te sigo estando muy agradecida por todo lo que hiciste por mí. Por favor, avísame si puedo apoyarte de alguna manera, aunque sea escuchándote. Pasaré en Sag Harbor casi todo el verano. Te tengo presente en mis oraciones, Jen».

Melissa abrió Instagram en su portátil y buscó la cuenta de Jennifer Duncan. En la foto más reciente, publicada a primera hora de la tarde, aparecía en un barco, sonriendo con unas gafas de sol de estilo aviador y su larga melena de color rubio miel al viento. «El sol puede brillar incluso los lunes. #SagHarbor #VidaEnBarco #VidaEnLaPlaya #LaBuenaVida #PonteProtectorSolar».

¿Jennifer estaba cerca de Sag Harbor?

Releyó el mensaje al menos tres veces y las palabras se volvían más ambiguas con cada lectura. A primera vista, se trataba de un mensaje compasivo y de apoyo de una antigua amiga y clienta en un momento de crisis. O si de verdad Jennifer despreciaba a Melissa (tal vez lo suficiente para ser la mano detrás de los comentarios de TruthTeller), el mensaje podría interpretarse como un sutil intento de echar sal en la herida. Lo de «no sabía» podría ser un recordatorio pasivo-agresivo de que habían cortado toda comunicación. «Te tengo presente en mis oraciones». ¿Lo decía con sincero pesar o con el sarcástico tonillo tuitero con el que se decía aquello de «te tenemos presente en nuestro pensamiento y en nuestras oraciones» a personas desfavorecidas cuando estaba claro que estaban pasando por alguna desgracia?

Y luego, lo más inquietante de todo, aquello de «recordarás lo mucho que siempre quise tener un hijo».

Melissa envió un mensaje de respuesta antes de que pudiera cambiar de opinión. «Ahora mismo me vendría bien una amiga. Y necesito salir de casa, pero tampoco quiero que la gente se me quede mirando». Se levantó de la cama de golpe, se calzó las sandalias y bajó las escaleras antes de que Jennifer contestara. Fue a coger la llave del coche de la isla de la cocina, pero recordó que lo tenía la policía.

Un nuevo mensaje apareció en su pantalla. «Lo entiendo perfectamente. ¿Por qué no vienes a mi casa?».

Melissa hizo clic en la dirección que aparecía a continuación.

—Mike, necesito las llaves del camión de mudanzas. —Ya tendrían que haber devuelto el camión de alquiler, pero aún lo necesitaban.

—Claro, creo que están en mi habitación. —Bajó el fuego

en el que estaba cocinando y se dirigió a las escaleras de la casa.

Su madre se levantó de su butaca en el rincón del salón.

—¿Vas a ir a la comisaría? Deja que te acompañe. Tal vez Charlie me escuche. Puedo contarle lo que sentí cuando toda esa gente sospechaba que yo había hecho algo tan horrible. Tal vez entre en razón.

Melissa meneó la cabeza.

—No, en realidad Mac tiene razón. Si voy allí, podría convertirse en un absoluto espectáculo. Necesito tomar el aire.

—No puedes tomar el aire en un camión de mudanzas —le advirtió su madre—. ¿Por qué no vamos todos juntos a dar una vuelta a la manzana?

—Después de salir en las noticias, no quiero que la gente me mire.

—Pues sentémonos arriba, en la terraza que hay junto a mi dormitorio —sugirió su madre—. Es privada y seguro que corre una agradable brisa procedente de la bahía.

Mike se aclaró la garganta cuando entró de nuevo en el salón.

—Sé lo que es necesitar estar solo —dijo—. Estará bien, mamá.

Nada iba a impedirle a Melissa averiguar dónde había estado Jennifer todo el fin de semana.

29

Según el GPS de su móvil, tardaría diecinueve minutos en coche hasta la casa de Jennifer.

Melissa odiaba mentir, sobre todo a su familia, pero Mike y su madre habrían intentado detenerla si les hubiera dicho adónde iba y, sobre todo, por qué.

Sospechaba que Jennifer podría ser la persona detrás de los mensajes de TruthTeller, pero había descartado una posible conexión con la desaparición de Riley. Todo eso cambió con una frase en el texto de Jennifer: «Recordarás lo mucho que siempre quise tener un hijo».

En un principio, Melissa empezó a dudar de los motivos de Jennifer para disparar a su marido cuando se empecinó en heredar la totalidad de su patrimonio una vez revocada la condena. Pero el dinero solo fue uno de los posibles motivos que los fiscales exploraron durante el primer juicio. La investigación sobre el matrimonio reveló que Jennifer se había sometido a dos tratamientos fallidos de fecundación *in vitro* con su marido. Sin embargo, la autopsia del cuerpo de Doug Hanover determinó, sin ningún género de dudas, que se había sometido a una vasectomía y su historial médico establecía que el procedimiento se había realizado poco después de graduarse en la escuela de negocios, dos décadas antes de conocer a Jennifer.

En su conjunto, las pruebas sugerían que Hanover no solo engañó a Jennifer sobre su capacidad y voluntad de tener más hijos, sino que también le permitió someterse a un proceso físico y emocional que estaba abocado a terminar en fracaso. Sin embargo, la acusación no pudo demostrar si Jennifer había sabido la verdad sobre la vasectomía de su marido ya antes de la autopsia. Las pruebas también retrataban a Hanover como un hombre cruel y egoísta. Melissa no se sorprendió cuando los dos fiscales que llevaban el caso tomaron la decisión de no utilizar las pruebas y esa fue la última vez que pensó mucho en ello..., hasta ahora.

Una vez que giró en Water Mill hacia Scuttle Hole Road, supo que era todo recto hasta pasar el club de golf y la bodega de esa carretera. Condujo con una mano mientras con la otra buscaba el número de Katie en su teléfono.

Katie contestó casi de inmediato.

—Oh, menos mal que has llamado. No quería interrumpir cuando debes de estar preparándote para la rueda de prensa, pero ¿qué está pasando? Al comienzo de las noticias parecía que fuera a empezar en cualquier momento, pero ahora están informando de otros asuntos.

—Es Charlie. Está teniendo una especie de ataque de pánico. Su hermana cree que se está desmoronando a causa de lo traumático de esta situación, además de la muerte de Linda.

—¿Qué quieres decir con un ataque de pánico? Tiene que salir en antena. ¿Puedes llamar a Neil y ver si puede hacer algo por él? Tal vez pedirle que le recete algo, solo para calmarle los nervios. ¿O podéis dar la rueda de prensa juntas Rachel y tú y que él se quede ahí de pie? ¿Qué piensa Mac?

El aluvión de preguntas de Katie hizo que Melissa se diera cuenta de lo mucho que deseaba estar con Charlie, ver con sus propios ojos por lo que estaba pasando. Estaba segura de que podría ayudarle a superarlo, del mismo modo que su madre había conseguido que ella saliera del pozo en que la había sumido su propia culpa para poder volver a centrarse en la búsqueda de Riley.

—En realidad no lo sé —dijo. Sintió la vergüenza que ardía en sus mejillas mientras explicaba que estaba claro que la policía creía que estaba mintiendo sobre lo ocurrido el día anterior y que Charlie se estaba distanciando de ella por consejo de Mac.

—¿Me tomas el pelo? Lo siento mucho, Melissa. Fui yo quien te dijo que le consiguieras un abogado.

—Para, no es culpa tuya. Te llamo por otra razón. —Le habló del mensaje que había recibido de Jennifer Duncan y de su posible significado.

—Un momento. ¿Jennifer está en Long Island? ¿Se lo has dicho a la policía?

—No, parecería un intento desesperado de desviar su atención de mí. Vi la forma en que me miraron. De verdad piensan que lo he hecho yo. Ya ni siquiera tengo mi coche, así que estoy conduciendo este estúpido camión de mudanzas. Voy a casa de Jennifer ahora mismo.

—¿Sola?

—Es la única manera de que esto funcione. Le he dicho que necesitaba una amiga con quien hablar.

—Yo soy la amiga con la que hablas en tus momentos de necesidad, no una mujer que podría ser una asesina y una secuestradora —dijo Katie.

—Veo que no has perdido el sentido del humor.

—En serio, esto parece demasiado peligroso, Melissa. Como mínimo, sabemos que es capaz de apretar un gatillo si se dan las circunstancias adecuadas.

—Si quería matarme, ya podría haberlo hecho sin problemas. Si es ella la que se llevó a Riley es porque en realidad quiere criarla como si fuera su hija. Deseaba con todas sus fuerzas tener hijos y Doug le arrebató eso. Podría inventarse algún tipo de historia sobre una adopción privada y contratar abogados para respaldarlo. Incluso podría mudarse a otro país y desaparecer. Ponerse en contacto conmigo podría ser una táctica para evitar ser sospechosa, como los asesinos que asisten a los funerales de sus víctimas. O puede que me odie tanto como para querer verme agonizar. En cualquier caso, mientras no le diga que sospecho de ella, no tiene motivos para hacerme daño.

El silencio al otro lado de la línea indicaba la continua desaprobación de Katie.

—Y, sin embargo, me has llamado a mí en concreto para decirme que ibas a casa de esa mujer. Ves la ironía, ¿verdad? Sabes que esto es peligroso.

—Solo por si acaso algo va mal. Si no sabes de mí en una hora, llama a la policía.

—Esto no me gusta.

—No tienes elección. —Le dio la dirección. Ya casi había llegado.

30

Nancy observó por una rendija de la cortina corrida del salón hasta que las luces traseras del camión de alquiler desaparecieron al doblar la esquina.

—No debería estar sola —dijo—. Debería haberla detenido.

De la cocina llegó un aroma a ajo y a tomate cuando Mike levantó la tapa de la olla para remover lo que estaba preparando. No tenía ni idea de que su hijo supiera cocinar.

—Melissa es muy fuerte, mamá. Por fin ha reconocido que tiene pesadillas sobre lo que nos pasó cuando éramos niños. Recuerda más de lo que había dejado entrever. Y ahora lo de Riley. Es mucho que manejar. Dale un poco de espacio.

—¿Cómo que tiene pesadillas? Cuando noté lo cansada que estaba, me dijo que tenía insomnio. Supuse que era la presión de su trabajo, además del traslado de Charlie y de Riley al apartamento.

Mike meneó la cabeza.

—Es más que eso. ¿Recuerdas que el viernes estaba en la playa por la mañana temprano, supuestamente despidiéndose de las vistas? Deambuló por ahí sonámbula. Riley me dijo que estaba llamando a su «mami» y que decía que no quería meterse en la bañera. Ha estado reviviendo todo lo que pasamos en sus sueños.

Gracias a los interrogatorios policiales tras el rescate de los niños, Nancy supo que Carl había abusado de ellos en la bañera, entre otros lugares. Durante los primeros años de su matrimonio, Carl solía insistir en bañar a Nancy en la bañera. La tocaba y la examinaba. Ella era demasiado joven e inexperta para darse cuenta de que no era algo normal. Aquella había sido una de las muchas formas en que él había ejercido poder sobre ella.

Le dolía saber que su hija, tan hermosa y brillante, estaba sufriendo y que se veía arrastrada a aquel terrorífico trauma del pasado mientras dormía. Nancy tuvo pesadillas durante años. ¿Cuántas noches se había despertado sobresaltada en la cama, viendo a Peter y a Lisa tal y como los habían encontrado, con algas húmedas y trozos de plástico en la cara y en el pelo? Sus cuerpos hinchados, sin vida. Las pesadillas siempre empezaban de la misma manera; estaba en una comisaría de policía, la interrogaban y luego la llevaban por un largo pasillo hasta el depósito de cadáveres y la obligaban a identificar a sus hijos.

Y al despertar, como tantas noches, se levantaba de la cama, iba a ver a Missy y Michael y los arropaba. Solo entonces podía volver a meterse en la cama, procurando no hacer ningún ruido para no despertar a Ray y alertarle de la oscuridad de la que nunca podría escapar. Pero, incluso dormido, él siempre percibió cuándo estaba preocupada y la estrechaba entre sus brazos. Su tibieza y su olor la tranquilizaban y volvía a conciliar el sueño.

Nancy no supo lo unida que podía estar una pareja casada hasta que se casó con Ray. Carl había sido muy frío. A pesar de sus ansias de casarse enseguida con ella siendo tan joven, dejó de tocarla después de que nacieran los niños. En su lugar intentó «tratar» sus supuestas enfermedades con medicamentos. Solo después de que el doctor Miles la interrogara bajo los efectos del amital sódico pudo al fin recordar sus peores temores sobre Carl. Descubrió que fue Carl el que hizo que se sintiera tan cansada y fuera sumisa con aquellos fármacos..., y las razones por las que lo hacía. Mantener a Nancy drogada, para que estuviera débil y resultara inofensiva, había sido una de las muchas formas en que Carl la había aislado mientras él era libre de pasar tiempo a solas con Peter y con Lisa.

Al recuperar los recuerdos reprimidos, también pudo recordar que Carl había preparado el fatal accidente de coche que mató a su madre. Aún era una adolescente, pero no tenía amigos desde que Carl irrumpió en su vida. La quería solo para él y por eso encontró la forma de arrebatarle a su madre.

—¿Sabía Charlie lo de las pesadillas? —preguntó—. ¿Qué ha estado haciendo para ayudarla a superar esto? ¿Habló con Katie al respecto? No debería haber tenido que cargar con el peso de algo así ella sola.

—Conociendo a Melissa, pensaría que podría hacerlo desaparecer ella sola. Y me parece que ahora mismo está muy claro que Charlie apenas hace nada por ayudar a nadie que no sea a él mismo. Es como si se hubiera apoderado de la vida de Melissa en cuanto la conoció. Salió con Patrick durante años, ¿y de repente se casa con este tío en cuestión de meses? Lo siento, pero no puedo evitar sospechar que la desaparición de Riley tiene algo que ver con su padre. Por lo que sabemos de él, podría deberle un millón de dólares a algún usurero.

Mientras Mike cocinaba, Nancy fue a su dormitorio y se puso a colocar la ropa que sus hijos le habían traído en el camión de la mudanza para intentar mantener la mente ocupada. La primera vez que entró en esa casa estaba muy segura de que pasaría ahí la siguiente etapa de su vida. Pero ahora su familia se enfrentaba de nuevo al peligro, antes incluso de que ella hubiera llegado. Se sintió en parte tentada a empezar a empaquetarlo todo de nuevo. En lugar de eso, se tumbó en la mullida superficie de su nueva cama al darse cuenta de lo cansada que estaba. Intentó cerrar los ojos para descansar un instante, pero fue incapaz de dejar de darle vueltas a los comentarios de Mike sobre Charlie y su influencia en la vida de Melissa durante el último año.

Después de que Patrick rompiera de repente su relación, Melissa se encerró en sí misma y se centró solo en su trabajo y en algunos amigos de confianza. A Nancy le preocupaba mucho que su hija no volviera a estar dispuesta a entregarle su corazón a otra persona. Pero entonces conoció a Charlie. Ambos necesitaban a alguien en quien apoyarse y él tenía una dulce niña que necesitaba una madre. Nancy se alegraba tanto de que Melissa quisiera amar de nuevo que no se había dado cuenta de que la nueva relación de su hija había monopolizado sus prioridades.

Jamás había oído a su hija tan desesperada como cuando le había suplicado a Charlie que hablara con ella. Si Ray se hubiera distanciado así de ella, aunque hubiera sido solo por un instante, cuando secuestraron a Mike y a Melissa, no habría sobrevivido. No era una especulación. Estaba segura de ello.

Mike avisó de que la cena estaba lista. Estaba a punto de bajar cuando sonó un débil pitido procedente de su bolso. Cogió del bolsillo exterior de su bolso el smartphone que los chicos le habían regalado las pasadas Navidades. Tenía un nuevo mensaje de texto. Tardó un momento en ubicar el nombre. «Querida Nancy, siento mucho ponerme en contacto contigo en circunstancias tan terribles. Necesito hablar con Melissa, pero parece empeñada en no hablar conmigo. A riesgo de ponerte en una situación incómoda, ¿podrías decirme dónde puedo encontrarla? Es urgente».

Su exitosa, segura y cariñosa hija se había visto reducida hoy a cuestionarse su propia cordura, preguntándose si era posible que le hubiera hecho daño a una niña a la que quería como si fuera suya. Ahora necesitaba apoyo, un apoyo que no recibía de su propio marido.

Antes de que pudiera replantearse su decisión, llamó a Patrick.

31

El GPS de Melissa anunció que había llegado a su destino. La gravilla crujió bajo los neumáticos al recorrer el camino de entrada en forma de U. Sin duda Jennifer oiría la llegada de un camión de alquiler a su casa. Ya no había vuelta atrás. Se dirigió a la puerta principal, donde la recibió la luz del porche. Escribió un mensaje de texto a Katie: «Voy a entrar».

Estaba a punto de tocar la aldaba de latón cuando la puerta se abrió de golpe. Jennifer la estrechó en un fuerte abrazo y Melissa reconoció de inmediato el aroma familiar de su omnipresente perfume; no era una fragancia dulce, sino alegre, floral y fresca. ¿Habría captado el olor si Jennifer hubiera estado merodeando ayer por la arboleda detrás del banco del parque?

Mientras Jennifer la conducía del vestíbulo al salón y luego al estudio, en la parte trasera de la casa, Melissa buscó cualquier señal de que Riley pudiera haber estado allí. Un vaso con boquilla, un juguete de peluche o una galleta Cheerios o Goldfish que siempre se las arreglaba para dejar dondequiera que iba. Pero nada.

Jennifer señaló un par de mullidos sillones blancos. Melissa se acomodó en uno mientras Jennifer servía té helado de una jarra.

—No sabía que tuvieras casa aquí —empezó Melissa

mientras aceptaba un vaso. Esperó a que Jennifer bebiera un sorbo de su té antes de hacer lo mismo.

—No tengo, al menos todavía. Esta casa es alquilada. Esta semana iré de nuevo a buscar con mi agente, pero esto de la casa es lo último de lo que necesitas oír hablar ahora mismo. ¿Cómo lo llevas? ¿Cómo está tu marido?

—Hacemos lo que podemos para mantener la calma. —Melissa estaba buscando una manera de preguntarle a Jennifer dónde había estado la tarde del día anterior sin hacerlo de forma directa—. ¿Cuánto hace que tienes esta casa? Es preciosa.

—La he alquilado para todo el verano, pero he estado en la ciudad las dos últimas semanas. He vuelto esta misma mañana. Me alegro de que hayas aceptado mi invitación. No debería haber hecho falta algo tan horrible para ponerlo todo en perspectiva, pero odio que hayamos perdido el contacto. Sé que fui dura contigo cuando no quisiste ser mi abogada para el tema de la herencia. Fue culpa mía, pero si te sirve de algo, estaba convencida de que no conseguiría nada sin ti. Así de importante has sido en mi vida, Melissa. Y me duele verte pasar por esto. Lo siento muchísimo.

La disculpa sonaba sincera, pero Melissa estaba más interesada en lo que Jennifer había dicho sobre su llegada a la casa de la playa.

—¿Has venido hoy? ¿No querías aprovechar el fin de semana?

—Lo habría hecho, pero anoche no quise perderme la recaudación de fondos para el Proyecto Condena Injusta. Salí de la ciudad al amanecer para llegar a la fiesta en el barco de un amigo. Insiste en celebrarlas los lunes para tener el mar para él solo. Si tuviera un clon, podría estar en dos sitios a la vez.

—Claro, la recaudación de fondos... —dijo Melissa, y su voz se fue apagando.

—De hecho esperaba verte allí —repuso Jennifer—. Encontrar una manera de ofrecerte una rama de olivo después de todo lo que pasó entre nosotras. Y ahora aquí estamos, juntas de nuevo, pero en circunstancias horribles.

—No pude asistir porque mi hermano y yo estábamos ayudando a mi madre a mudarse. —Estaba desesperada por saber si Jennifer decía la verdad sobre su paradero el día anterior—. Lo siento, pero ¿puedes indicarme dónde está el baño?

Cuando se quedó sola, Melissa sacó el teléfono del bolsillo trasero. Abrió Instagram y buscó «Proyecto Condena Injusta, Nueva York». Las fotos más recientes eran de la cena benéfica de la noche anterior. En la cuarta imagen se veía a Jennifer vestida con un traje azul marino, de pie ante el atril, mientras en una pantalla a su espalda se proyectaba una imagen de ella esposada y con el uniforme de presidiaria. Era la prueba definitiva de que Jennifer no estaba en Long Island cuando se llevaron a Riley.

Cuando Melissa volvió al salón, Jennifer le brindó una sonrisa compasiva.

—Me encantaría saber más sobre tu marido y tu hijastra. Ojalá hubiera estado cerca para verte enamorarte de nuevo.

Melissa se dio cuenta de que a ella también le habría gustado que Jennifer hubiera estado allí. Con los años, habían llegado a tener una relación mucho más cercana que la que un abogado tenía con un cliente. Una noche, después de beber demasiado vino en la cena, Melissa le confesó a Jennifer que no creía que pudiera abrirse nunca a otra relación después del dolor de perder a Patrick. Jennifer y ella eran amigas de verdad y de repente dejaron de serlo. La había echado de menos.

—Conocí a Charlie en una terapia de duelo. Empecé a ir hace un año, después de la muerte de mi padre.

Jennifer se llevó una mano al pecho.

—Ay, lo siento mucho, Melissa. No lo sabía. Me he perdido muchísimas cosas.

Melissa agitó la mano para restarle importancia.

—Nos ayudábamos mutuamente a sanar y supe que era la persona con la que quería hablar todos los días del resto de mi vida. Luego conocí a su hija y me enamoré por completo de los dos. —Bebió otro sorbo de té helado para evitar que se le quebrara la voz—. ¿Soy mala por querer que me hables literalmente de cualquier otra cosa ahora mismo? Creo que mi cerebro necesita un descanso o se va a fundir por completo.

—Vale, hablemos de lo que quieras.

—Bueno…, alguien en internet no deja de amenazarme con descubrir que soy una mentirosa y una hipócrita. Al final he bloqueado a quienquiera que sea. Sé que las redes sociales forman parte de mi trabajo, pero a veces creo que tengo la piel demasiado fina para seguir ahí.

—He visto un par de esos mensajes —dijo Jennifer—. Ahí tienes otro de esos momentos en que debería haberte tendido la mano como amiga. Yo mejor que nadie sé lo que es que te vilipendien. Afecta a tu mente y a tu autoestima. Aunque la información sea errónea, empiezas a interiorizar un sentimiento de vergüenza y de bochorno.

Melissa estaba pensando en los paralelismos con lo que su madre había dicho esa misma noche cuando su teléfono sonó en su bolsillo. Era un mensaje de Katie. «¿Sigues viva? Sigo sin poder creer que hayas ido allí tú sola».

Cuando terminó de escribir su respuesta («Todo bien por aquí»), sintió los ojos de Jennifer en la pantalla y levantó la vista. Estaba claro que ambas sabían que Jennifer había leído el mensaje.

—Lo siento —dijo Jennifer, rompiendo el incómodo silencio—. De verdad que no quería fisgar. Solo ha sido una reacción automática. Esperaba que fueran noticias sobre tu hijastra.

Melissa le dio a enviar.

—No. Solo es Katie.

—¿Hay alguna razón por la que no quería que vinieras aquí?

—Vale, ahora me toca a mí confesar. Respecto a esas publicaciones en las redes sociales que he estado recibiendo…

Después de todo lo que pasó entre nosotras, a veces me he preguntado si habrías sido tú.

Jennifer abrió los ojos como platos muy despacio y Melissa se preparó para otro arrebato de ira como el que había soportado la última vez que hablaron. En lugar de eso, Jennifer soltó una repentina carcajada.

—Ay, por Dios, lo siento mucho. Perdona que me haya reído... se me ha escapado. Pero no, no soy tu trol de internet. Y en cualquier caso, no habrías venido aquí esta noche tú sola para preguntarme por unos comentarios anónimos. ¿No será que pensabas que podría estar involucrada en la desaparición de tu hijastra? ¿Por eso me has preguntado cuánto tiempo llevo aquí?

—Jennifer, no sé ni qué decir. No tienes ni idea de la montaña rusa emocional que ha sido esto. He tenido cientos de teorías diferentes. Para que veas, me he pasado todo el día convencida de que la primera esposa de mi marido podría haber fingido su propia muerte en la otra punta del mundo solo para aparecer de nuevo ayer y secuestrar a Riley. En estos momentos mi cabeza no rige como es debido.

—Por favor, no tienes que disculparte por lo que estás pasando. —Se abanicó los ojos con ambas manos, todavía recuperándose de su ataque de risa—. Bueno, estaba nerviosa por volver a verte después de lo mal que me porté la última vez que nos vimos. Desde luego no esperaba llegar a esto.

—Menudo apuro siento ahora mismo... —adujo Melissa.

—Entonces ¿podemos darlo por zanjado y perdonarnos? Sigo muy avergonzada por la forma en que te traté después de todo lo que hiciste por mí. Seguro que te di la impresión de que era un monstruo sediento de dinero. Estaba tan enfadada por los años que me habían quitado que ni siquiera te dije por qué estaba tan empeñada con el caso de la herencia de Doug.

—Vi en las noticias que al final ganaste. Supongo que hay que felicitarte.

—Sus finanzas estaban tan ligadas a bienes raíces que es probable que pasen años antes de que se reparta el dinero, pero sienta bien que otro tribunal te dé la razón. ¿Iba en serio lo de que necesitabas una distracción? Porque me gustaría tener la oportunidad de explicarte mi versión de la historia, si estás dispuesta a escuchar. —Melissa asintió, pues se dio cuenta de que sí quería escucharla—. Prepárate, porque parece algo salido de tu pódcast. Voy a serte franca; los hijos de Doug tienen suerte de no estar en la cárcel.

32

Jennifer hizo una pausa para servirse un poco de whisky de un carrito de bebidas que había en un rincón del estudio. Melissa declinó la oferta.

—Doug me contó toda la historia poco después de conocernos. Rebecca y Brian, sus hijos, dejaron de hablarle poco después de que se separara de su madre. Él sabía que había estropeado su relación con ellos por su propia conducta, pero cuando empezó a ganar dinero, hizo todo lo que pudo por sus hijos a nivel económico, sin esperar nada a cambio. Ellos se lo gastaban todo y siempre volvían a por más. Él seguía extendiendo cheques porque creía que se lo debía. Y, entonces, un buen día le dijeron que estaban dispuestos a dejarle volver a sus vidas. Empezaron con un par de cenas juntos y luego propusieron un viaje familiar a Maui. Doug dijo que estaba encantado y que por fin tenía esperanzas de poder arreglar las cosas con sus hijos. Hicieron una excursión en un barco que habían alquilado y Doug se quedó dormido. Dijo que solo se despertó a medias y que pensó que el sol y el mareo habían hecho que perdiera la consciencia. Pero entonces oyó a su hija decir algo sobre si ya era la hora. Luego su hijo dijo que debían buscar un lugar con arrecifes menos profundos. Supuso que estaban hablando de ir a hacer esnórquel, para ver los peces que habitan en los arrecifes, pero cuando se incorporó, al parecer le miraron como si hubiera resucitado. Enseguida empezaron a preguntarle qué tal se encontraba y a bromear con que había bebido demasiado, aunque él estaba seguro de que solo había tomado un vaso de vino porque no quería arriesgarse a hacer nada que estropeara su viaje.

Melissa se daba cuenta de hacia dónde iba la historia.

—¿Como si no esperaran que despertara? —preguntó.

Jennifer apuntó a Melissa con un dedo para confirmar su sospecha.

—Aún recuerdo a Doug describiendo la sensación de pánico que le invadió cuando estaba en el mar, solo con ellos dos y con la absoluta certeza de que sus propios hijos iban a matarle en un falso accidente en el mar. Él les siguió el juego y les dijo que había aprendido una valiosa lección sobre que no se debía combinar vino y barcos. Cuando volvieron al hotel, pidió la cena al servicio de habitaciones, alegando que estaba agotado por el viaje en barco. Le preocupaba mucho que volvieran a intentarlo. Al día siguiente, fingió una emergencia laboral para poder quedarse encerrado en su habitación hasta que regresaran a casa a la mañana siguiente. No podía probar lo que planeaban, pero sabía que no iba a arriesgarse a que tuvieran una segunda oportunidad de matarlo. El día después de regresar a Nueva York, llamó a un abogado para que excluyera a sus hijos del testamento y les envió un último cheque de doscientos cincuenta mil dólares a cada uno junto con la explicación de que los había desheredado. Dijo que ambos afirmaron estar confusos y dolidos, pero que, en todo caso, su reacción solo confirmó su creencia de que eran peligrosos.

—Así que no fuiste tú quien le convenció para cambiar el testamento —repuso Melissa.

Jennifer meneó la cabeza.

—No, todo esto ocurrió mucho antes de que le conociera. Reescribió su testamento después de casarnos, pero hacía años que había excluido a su ex y a sus hijos. Había legado ciertas cantidades para el ama de llaves, su barbero y algunos amigos y empleados de toda la vida, pero el resto habría ido a parar a una fundación benéfica.

—Espero que sepas que no te estaba juzgando cuando dije que no podía ser tu abogada en el caso por la herencia. No es mi campo. Podría haber perdido el caso si hubiera tratado de llevarlo.

—En aquel momento me pareció que uno de los pocos amigos que tenía en mi vida me abandonaba y me sentí dolida. Pero ahora lo entiendo. Estabas siendo una buena abogada, lo que también era ser una buena amiga.

Melissa se dio cuenta de que Mac se encontraba en la misma situación. Sentía que la estaba abandonando, pero él intentaba ser el mejor abogado posible para Charlie, que era lo que Melissa le había pedido que hiciera.

Jennifer siguió hablando del testamento de su marido.

—La batalla por la herencia nunca fue por el dinero. Ya sabes que podría ganar millones con un contrato para un libro si alguna vez lo necesitara. La realidad es que los hijos de Doug son unos sociópatas que conspiraron para matar a su propio padre y estoy convencida de que la razón de que su madre no quisiera testificar sobre los malos tratos de Doug fue que quería que yo me pudriera en la cárcel mientras sus hijos se quedaban con su dinero. Y una vez que consiga el dinero de la herencia, pienso repartir generosos regalos a las personas que Doug amaba, las que figuraban en su testamento anterior a nuestro matrimonio. Sé que suena raro, pero incluso después de todo lo que pasó, nunca he querido que la gente que quería a Doug le recordara de forma poco amable.

No era la primera vez que Melissa notaba la tristeza en la voz de Jennifer cuando hablaba de su difunto marido.

—Todavía lo amas, ¿verdad?

Jennifer se encogió de hombros.

—Depende de qué Doug estemos hablando. ¿El que me hacía café todas las mañanas por muy ocupado que estuviera, el que me llamaba su ángel? ¿El que se levantó en un piano bar y cantó *We've Only Just Begun* en nuestro quinto aniversario, a pesar de que cantaba fatal? —Sonrió al recordarlo—. Sí, todavía le echo de menos. Era el amor de mi vida. ¿El hombre del que me escondí en el armario de la lavandería? No, ya no estoy enamorada de él.

Melissa estaba más que familiarizada con el incidente. Para ayudar a Jennifer a fundamentar el alegato de defensa propia en su caso de condena injusta, habían argumentado que debido a un patrón de abuso, Jennifer era capaz de predecir cuándo Doug iba a comportarse de forma violenta con ella antes incluso de que le levantara el puño. Uno de los muchos episodios que describió fue un día en el que pudo deducir que un importante negocio inmobiliario se estaba torciendo al oírle hablar por teléfono. En un intento de adelantarse a lo inevitable, se metió en un armario de la lavandería para esconderse de él. Los moratones que le dejó cuando la encontró allí le impidieron salir de casa durante los tres días siguientes.

Y aunque Jennifer había visto lo peor en su marido, en realidad nunca quiso hacerle daño. La última noche de la vida de Doug, Jennifer solo había cogido su pistola para asustarle, con la esperanza de que fuera la llamada de atención que necesitaba para buscar ayuda. Pero entonces él se lanzó a por ella como un loco. Había pruebas irrefutables de que ella había intentado desesperadamente reanimarle después de recibir el disparo.

Melissa pensó en sus padres. Cuando se conocieron, su madre vivía con un nombre falso, ocultándose del hecho de que la mayor parte del país creía que había asesinado a sus propios hijos y había quedado impune. A pesar de ello, su padre se había enamorado, había formado una nueva familia con ella y se habría llevado el secreto de su mujer a la tumba. Cuando Mike y Melissa desaparecieron y se descubrió la verdadera identidad de su madre, ella fue la sospechosa más evidente. Pero su padre no dudó ni una sola vez de su inocencia. Por el contrario, se arriesgó a sufrir la ira de toda la comunidad al defenderla de forma apasionada y protegerla de forma leal.

Pero ¿y Charlie? Un vídeo de mala calidad de una mujer en un ferry y ya estaba tratando a Melissa como a una extraña... o algo peor.

Oyó el eco lejano de la voz de su hermano, cuestionando por qué Charlie estaba tan impaciente por casarse después de perder a su mujer y preguntándole hasta qué punto lo conocía en realidad. Conoció a Charlie cuando aún estaba destrozada y con el corazón roto después de que Patrick pusiera fin a su relación de forma tan repentina. Fue la única vez en su vida en la que el lema de elegir ser feliz le había fallado estrepitosamente. Se había dicho que jamás se permitiría de nuevo ser tan vulnerable, pero entonces apareció Charlie. Quizá su eterna necesidad de ser feliz la había convencido de que Charlie era la solución.

Charlie afirmaba que la mantenía a distancia porque Riley era lo único que importaba ahora mismo y, sin embargo, aún no se había puesto delante de las cámaras, lo que podría ayudar a que la búsqueda de Riley trascendiera las noticias locales. Ninguna de las decisiones que estaba tomando tenía sentido.

Se había pasado todo el día obsesionada con saber más sobre la madre de Riley. Pero Riley tenía también un padre.

—Cariño, ¿estás bien? —Jennifer la miraba con compasión—. Te has quedado con la mirada perdida durante un segundo. Conozco esa sensación. De repente se te enciende la bombilla y te resulta imposible creer que de verdad esté pasando. Si alguien sabe que tu peor pesadilla puede hacerse realidad, soy yo.

—Sí, justo eso —dijo Melissa. ¿Era posible? Como había dicho Jennifer, las peores pesadillas pueden hacerse realidad—. Sabes, estoy agotada. Debería volver a casa. Pero gracias. Necesitaba esto. De verdad. Te he echado de menos.

Jennifer la abrazó por última vez después de acompañarla a la puerta.

Melissa llamó a Katie en cuanto se metió en el camión.

—¿Has visto las noticias? ¿Ya ha dado Charlie la rueda de prensa?

—He estado pendiente todo el rato. Siguen diciendo que están a la espera, pero aún nada. ¿Qué te ha dicho Jennifer...?

—Es una larga historia, pero está claro que no fue ella. Ayer estaba en la ciudad.

—Pero ¿cómo sabes que...?

—He visto fotos de ella en un evento. Estoy segura. Katie, necesito un favor muy grande. ¿Puedes ir a mi apartamento?

—Por supuesto. Cualquier cosa que necesites. Ahora mismo estoy en Jersey entregando un gran pedido de *cupcakes*, pero iré derecha a tu casa cuando termine.

Melissa no recordaba que Katie hubiera mencionado antes lo de la entrega, pero había pasado los dos últimos días medio aturdida.

—¿En qué parte de Jersey?

—Un lugar llamado Saddle River. Me faltan un par de kilómetros para llegar.

Saddle River estaba a casi cincuenta kilómetros de la ciudad. Entre la entrega y el viaje de vuelta, Katie tardaría casi dos horas en llegar al apartamento de Melissa.

—Puedo llamar a Neil y Amanda —dijo Melissa.

—¿Qué está pasando? —preguntó Katie con preocupación—. Pareces alarmada.

—Se trata de Charlie. Empiezo a preguntarme si me ha estado diciendo la verdad.

33

Jayden Kennedy iba medio dormido en el vagón, pero el sonido del tren al frenar en las vías le espabiló. Era su parada, la estación de Wassaic. Un vistazo a su teléfono le dijo que el tren había conseguido llegar dos minutos antes, a pesar del aguacero que había caído con la tormenta. Incluso una breve espera fuera le dejaría empapado. Mientras hacía cola para salir detrás de una joven pareja cargada con bolsas de compra de Nueva York, echó un vistazo entre ellos y vio el pequeño aparcamiento que había más allá del andén.

Reconoció el pequeño Mini de Julie aparcado en línea en el lugar de espera más cercano. El resplandor de un dispositivo electrónico apenas se vislumbraba tras el parabrisas. Julie ya estaba allí. Desde el día en que la conoció, nunca le había fallado. Sospechaba que mientras vivieran, nunca lo haría. Su teléfono vibró dentro del bolsillo de la chaqueta del traje nuevo que había conseguido comprar y hacer que se lo ajustaran esa mañana. Era Julie. «¡Has llegado! Estoy justo enfrente. Bienvenido a casa. Vamos a celebrarlo».

La celebración esperaría hasta que se cambiara de ropa, pues tenía el bajo de los pantalones empapado. Colgó los pantalones en la barra de la cortina de la ducha del cuarto de baño de

Julie. Aunque el traje se estropeara sin remedio, el viaje a la ciudad había merecido la pena. El posible nuevo cliente le había ofrecido un contrato en el acto, antes de que les llevaran la cuenta. No se trataba solo de una formación puntual para el personal, que era su trabajo habitual. Sería asesor permanente en estrategia global para un fondo multimillonario comprometido con la inversión socialmente responsable. Acabaría ganando más de lo que nunca había percibido en Wall Street, lo que bien valía un traje nuevo.

Encontró a Julie en su cocina, que en realidad era muy pequeña. Ella vació el agua fría de una copa de martini y la llenó con el contenido de una coctelera metálica helada. Añadió un palillo con aceitunas que ya tenía listo. Un martini de ginebra perfecto para acompañar al que ella ya se había preparado. Levantó la copa para hacer un brindis.

—Estoy muy orgullosa de ti —dijo—. Crees en tus convicciones y en ti mismo. Y está dando sus frutos. Enhorabuena.

Jayden bebió un sorbo y enseguida se le quitó la sensación de humedad de la tormenta.

—Qué bien huele aquí.

—*Coq au vin* —anunció—. Normalmente solo lo hago en invierno, pero esta noche pedía comida casera. Me temo que aún tiene que estar a fuego lento un rato.

—Sería un placer esperar aquí contigo y con este cóctel para siempre.

Le estaba contando con más detalle la reunión de ese día cuando su teléfono emitió un fuerte pitido. Reconoció que era una alarma del sistema domótico de su casa.

—Oh, esto no es bueno.

—¿Qué pasa? No se trata de tu nuevo cliente, ¿verdad?

—No, es mi casa. Hay una alerta de exceso de humedad en el sótano. Debe de haber una fuga lo bastante importante para activar la alarma y no tiene pinta de que vaya a dejar de llover pronto.

Se calzó un par de zapatillas deportivas.

—¿Adónde vas? —preguntó Julie.

—A echar un vistazo a la casa. —No iba a arriesgarse a que su casa sufriera daños materiales importantes por adaptarse a las rarezas de una empresa emergente de alquiler vacacional—. No le causaré ninguna molestia a la inquilina. Puedo acceder al sótano por la ventana de salida de emergencia. Ni siquiera se enterará, pero por si acaso le enviaré un mensaje de texto a través de la aplicación Domiluxe para avisarle de que voy de camino.

—Voy contigo —dijo, apagando el fogón.

—Pero esto va a arruinar tu deliciosa cena.

—No pasa nada. Y me has dicho que estabas dispuesto a esperar toda la eternidad, ¿recuerdas? Si resulta que molestas a la inquilina, y de verdad se trata de una mujer que está allí escribiendo sola, sería mejor que yo estuviera contigo.

La inquilina aún no había respondido a su mensaje en Domiluxe cuando llegaron a la casa. Esperaba encontrarla vacía, pero el coche blanco en la entrada y las luces encendidas en el primer piso decían otra cosa. Cuando vieron la silueta de una persona pasar por delante de la ventana del salón, en el lado derecho, tuvo la certeza de que estaba en casa.

—Al menos las cortinas están echadas —dijo Julie—. ¿Dónde está la entrada al sótano?

—En la parte de atrás. Puedo pasar corriendo por el lado izquierdo mientras ella está en el salón.

Se puso la capucha del impermeable y se aventuró bajo la torrencial lluvia. Hasta que no abrió la ventana del sótano no se dio cuenta de que Julie estaba justo detrás de él, de pie a ras de suelo, chorreando agua sobre su hombro mientras miraba por encima. Jayden sacudió la cabeza con desaprobación antes de entrar, haciéndole sitio para que ella también se metiera dentro. Levantó el móvil para ayudar a iluminar el camino.

—¿Y si nos oye? —preguntó Julie.

—El sótano entero es de hormigón y nos daremos prisa —susurró.

Gracias a la linterna del teléfono, no tardó en encontrar el origen de la fuga; una pequeña ventana del sótano que se había abierto durante la tormenta. Cerró bien la ventana y a continuación utilizó la fregona y los trapos que guardaba en un armario al pie de la escalera del sótano para recoger la mayor parte del agua acumulada. De momento tendría que bastar.

Estaban a punto de salir cuando oyeron pasos arriba. La inquilina había ido del salón a la cocina. Una vez fuera, señaló a la derecha e indicó que rodearan de nuevo la fachada de la casa por el lado contrario.

Al pasar corriendo junto a las ventanas traseras de la parte posterior de la casa, se dio cuenta de que las cortinas estaban descorridas. Su televisión estaba encendida en la pared del fondo. «Nunca volveré a alquilar mi casa», pensó mientras corría bajo el aguacero, soñando con una muda de ropa seca y tal vez otro martini.

En la seguridad de la carretera principal de regreso a casa de Julie, por fin se permitió quitarse la capucha del impermeable.

—Misión de espionaje cumplida —dijo con una sonrisa.

—¿Es una locura que piense que ha sido muy divertido? ¿Te has fijado en lo que salía en la tele?

—Pues no. Solo quería salir de allí.

—Eran dibujos animados —repuso, con la voz llena de excitación.

—Así que puede que al final Helen se haya traído a sus hijos.

Julie abrió los ojos como platos. Estaba claro que había preparado una réplica.

—Salvo que «Helen» —hizo el gesto de las comillas para darle mayor énfasis— te dijo que tenía dos adolescentes.

En efecto, así era. Lo había olvidado.

—A lo mejor le gustan los dibujos animados para relajarse —apuntó Jayden.

—La gente no alquila una casa de vacaciones utilizando criptomonedas y mensajes imposibles de rastrear para ver programas infantiles. —Se dio cuenta de que Julie estaba sumida en sus pensamientos, tratando de idear una explicación alternativa—. Seguro que es alguien con una doble vida. Oí una historia sobre un tío que no tenía ni una ni dos, sino tres esposas. Era piloto y tenía familias en tres códigos postales distintos. Apuesto a que tu inquilina es un hombre con múltiples familias y que su hijo secreto estaba viendo *Peppa Pig* antes de irse a la cama.

—*Peppa Pig* —repitió Jayden. El nombre del personaje de dibujos animados le sonaba por alguna razón, pero no sabía cuál podía ser—. No entiendo por qué alguien querría hacer malabares con una vida llena de mentiras. —Tampoco podía imaginarse queriendo pasar su vida con más de una pareja. En el breve margen de tiempo que tuvo entre la reunión de ese día y la hora a la que salía el próximo tren a casa, había parado en Tiffany y había elegido un anillo de compromiso.

Cuando acabara esta pesadilla de alquiler, encontraría la manera perfecta de pedírselo.

Su teléfono recibió un nuevo mensaje. Era de Helen a través de la aplicación Domiluxe.

«¡¡¡NI SE LE OCURRA VENIR AQUÍ!!!».

—¡Te lo dije! —repuso Julie, con un brillo cómplice en los ojos—. Una familia secreta.

No tardó en llegar un segundo mensaje. «He echado un vistazo al sótano y no he visto ninguna fuga. Debe de ser una falsa alarma. Le ruego que no viole los términos del contrato de alquiler».

Por la mañana intentaría convencer a su amigo de la universidad que puso en marcha Domiluxe de que su modelo de negocio era una idea pésima.

34

Al mismo tiempo, en Southampton, Nueva York, una mujer llamada Wendy Keller alternaba entre News 12, el canal del tiempo y una aplicación meteorológica en el móvil para obtener las últimas noticias sobre la tormenta. Había consenso en que lo peor se dirigía al norte de la ciudad. Hasta el momento ni siquiera estaba lloviendo en Long Island, pero le preocupaban las banderas rojas que mostraban alertas por fuertes vientos en la pantalla. Vientos de hasta ochenta kilómetros por hora. No era meteoróloga, pero eso no pintaba nada bien.

Un simpático locutor de News 12 estaba aconsejando a la gente al oeste de Amagansett que aseguraran los objetos de fuera de la casa que el viento pudiera arrojar a fin de evitar daños materiales o incluso físicos. Miró por las puertas correderas de cristal hacia el patio trasero. La parrilla. Una mesa con la superficie de cristal y cuatro sillas. Dos macetas de cerámica. Ojalá hubiera dejado que Tom se lo llevara todo cuando se marchó. Cualquiera de esos objetos podía ser un problema si se estrellaba contra las puertas o las ventanas de cristal.

Ese era el tipo de cosas de las que solía ocuparse Tom. Los sacos de arena y los cables de alta resistencia que sugerían en la televisión... Él habría ido el día de antes a la ferretería para prepararse. En cambio, Wendy no solía ver las noticias, y cuando lo hacía, pensaba que lo exageraban todo para conseguir más audiencia.

Decidió que más valía prevenir que curar; arrastró la mesa y las sillas dentro de la casa y las apiló en un rincón junto a las puertas correderas de cristal. Llevó la parrilla al otro extremo del jardín, donde no podía hacer daño a nadie si el viento la movía. En cuanto a las grandes macetas, también intentó cambiarlas de sitio, pero fue en vano. Si el viento conseguía desplazar a aquellos mastodontes, tendrían problemas mucho más graves de los que predecían las noticias.

Terminada su tarea de la noche, sintió que el ordenador la llamaba. Seis meses antes, en una noche tan ventosa como aquella, habría preparado una opípara cena, le habría leído a Anna antes de acostarse y luego se habría acurrucado con Tom en el sofá para leer o quizá ver una película juntos. Entonces eran felices. O, al menos, ella lo era.

Ahora todo había cambiado. Necesitaba desahogarse y para eso estaba el ordenador. Se acomodó en el sofá y abrió el portátil. En la pantalla del navegador ya estaba abierto Poppit, un foro que permitía a los usuarios publicar lo que quisieran sin necesidad de registrarse. Era completamente anónimo. Clicó en el enlace para entrar en la única comunidad que tenía guardada: el Club de las Primeras Esposas.

Una amiga del trabajo le había hablado a Wendy del grupo de internet cuando un día le confesó que si había vuelto a trabajar en el concesionario no era porque ser madre y ama de casa no fuera lo suyo, sino porque Tom la había abandonado y no tenía suficiente dinero para mantener dos casas. La mitad de lo que ella ganaba era para la guardería de Anna y no podía hacer nada al respecto hasta que empezara el primer curso en septiembre.

Clicó en la ventanilla para escribir un nuevo mensaje, utilizando su alias habitual, Mamá de Anna. «¿Cuánto tardaré en sentirme normal estando sola? Justo cuando creo que lo tengo controlado, de repente surge alguna cosa y me destroza de nuevo. Esta noche ha sido una alerta de fuertes vientos en las noticias. Mi reacción inmediata ha sido la de preguntarle a mi ex qué hacer. Así que ahora tengo los muebles del patio sucios en un rincón del salón y me duele la espalda por intentar mover unos macetones que al parecer podrían arrasar un pueblo entero. Pero sobre todo es otro recordatorio de que se ha ido y nunca volverá».

Era reconfortante desahogarse hablando de esos sentimientos negativos, pero aún más adictiva era la respuesta inmediata de los demás miembros del grupo.

«A la larga, no solo habría traído a tu vida muebles sucios. Las cosas mejorarán».

«Esto no es para siempre, Mamá de Anna. Aguanta. Volverás a ser feliz. Te lo prometo. Mantén la cabeza alta por tu pequeña».

«Lo siento, Mamá de Anna. Sé lo estresada que estabas por lo de este fin de semana. Si no me falla la memoria, Anna estará en casa mañana y tú seguirás siendo su mamá, sin importar quién más vaya y venga».

Y ahí estaba el verdadero problema de Wendy. No era el tiempo. Ni la terraza de atrás. El problema era que Tom había anunciado que ese fin de semana iba a presentarle a su hija a «la otra». Se negaba a decir su nombre. La otra mujer. La razón por la que ahora Wendy vivía la mitad de sus noches sola y pasaba horas hablando con desconocidas anónimas que estaban en su misma situación. Había intentado convencerle de que era demasiado pronto para que Anna la conociera. Solo tenía cinco años. Eso la confundiría. Tom le respondió que Wendy no tenía «ni voz ni voto en la decisión» y que solo se lo había dicho a fin de tener una crianza compartida constructiva.

No sabía cómo habría superado los últimos meses sin el apoyo del Club de las Primeras Esposas. La mayoría de las usuarias entraban solo de forma esporádica, pero Wendy era una de las cerca de treinta usuarias habituales que posteaban a diario, normalmente varias veces. Aún no conocía a estas mujeres, pero a esas alturas sentía que eran casi como de la familia.

La mayoría de los mensajes eran breves quejas seguidas de las consiguientes palabras de consuelo y de ánimo, pero las Primeras Esposas también eran conocidas por ayudarse unas a otras de formas más concretas.

Justo el día anterior, Wendy había aceptado hacer un poco de trabajo sucio.

Sintió una punzada de culpabilidad (¿o era vergüenza?) al recordar la expresión asustada y sorprendida de la mujer después de que Wendy se encarara con ella. Había ido demasiado lejos. Wendy nunca habría accedido a hacerlo si no estuviera tan molesta por su propia situación con Tom.

De ahí en adelante, se limitaría a enviar mensajes.

En la televisión, News 12 había pasado de los avisos por viento a una alerta sobre una niña desaparecida y la búsqueda que seguía en marcha bajo la amenaza del inminente temporal. «¿Lo ves? Esto es igual que las noticias. Un desastre tras otro», pensó Wendy. Si tuviese que adivinar, seguro que la niña se había extraviado mientras jugaba afuera y sus padres habían reaccionado de forma exagerada.

Apartó la vista de la pantalla del ordenador el tiempo suficiente para mirar la televisión. El texto en movimiento anunciaba: SIGUEN BUSCANDO A LA NIÑA DESAPARECIDA DEL CONDADO DE SUFFOLK. La información destacada llenó la pantalla. Se llamaba Riley Miller. Era posible que llevara un peluche de Peppa Pig. La habían visto por última vez el día anterior, con un pijama azul de *Frozen*.

«Ayer». Así que no se trataba solo de una niña que se había extraviado. Wendy no quería ni imaginar que algo tan aterrador le ocurriera a Anna. Tenía que recordarse más a menudo que había cosas peores que perder a un marido.

La información destacada fue sustituida por la fotografía de un rostro sonriente con forma de corazón que miraba a la cámara. Tenía el pelo rubio y unos labios rosados. Qué niña tan mona.

Wendy se disponía a escribir otro mensaje en el foro cuando sus ojos se dirigieron de nuevo, casi de forma involuntaria, a la pantalla del televisor, pero la foto de la niña desaparecida había sido sustituida por imágenes de un incendio en un almacén de Islip.

Buscó «niña desaparecida en Long Island» en su navegador y pulsó la tecla de intro.

—Ay, no —dijo en voz alta, sola en su salón—. No, no, no, no...

Era la niña del parque del día anterior. ¿En qué lío se había metido?

35

Un niño de siete años llamado Ricky Keeney sostenía un diez de tréboles en la pantalla durante una videollamada por Face-Time con un sonrisa de oreja a oreja.

—Tío Neil, tía Amanda, ¿es esta la carta que os he enseñado antes?

En el salón de su casa de Nueva York, Neil y Amanda Keeney aplaudieron de forma enérgica mientras fingían sorpresa.

—¿Cómo narices has hecho eso? —preguntó Amanda. Por supuesto, habían fingido no darse cuenta cuando las manos de Ricky desaparecieron de la vista de la cámara del portátil de su madre.

—Un mago nunca revela sus secretos —declaró Ricky con orgullo.

De los cuatro hermanos Keeney, Kit era la única que se había quedado en Hyannis Port, donde se criaron. Dierdre era profesora en la Universidad Brown en Providence, y Jimmy, que ahora se hacía llamar James, era profesor en Boston. Ricky era hijo de Dierdre, y habían ido en familia al Cabo durante el fin de semana para que Ricky visitara a sus abuelos y a sus primos.

Ricky estaba preguntando si podía hacer otro truco de cartas cuando la madre de Neil le pidió si podía enseñárselo al abuelo en la sala de estar mientras ella hablaba con el tío Neil y la tía Amanda en privado. Salió corriendo, feliz de aceptar la sugerencia. Ricky se llamaba así por el padre de Neil, Patrick, y adoraba a su abuelo y tocayo.

Aunque la madre de Neil estaba ahora sola en la mesa de la cocina, mantuvo la voz baja.

—Acabo de hablar por teléfono con Nancy Eldredge. ¿Estáis al tanto de lo que está pasando allí? No tenía ni idea hasta ahora. Ayer estuvimos juntas en la ostrería con tus hermanas y los niños. No sé cómo va a lidiar Nancy con todo esto. A veces, creo que esa pobre mujer está maldita.

Amanda miró a Neil para que respondiera.

—Melissa nos llamó justo después de que ocurriera —dijo—. La policía acudió a la casa de inmediato. Han puesto en marcha un amplio dispositivo de búsqueda en Long Island.

—En todos esos programas que veo dicen que las primeras cuarenta y ocho horas de una investigación son las más importantes —repuso, temerosa—. ¿No es así, Amanda?

—Eso no siempre es cierto, pero sí, es evidente que el tiempo es un factor esencial —convino.

—Y Riley apenas tiene tres años. No puede llevar sola tanto tiempo. Y Nancy me dijo que Charlie básicamente ha abandonado a Missy y no cuenta nada de lo que está haciendo la policía. ¿No puedes hacer algo para ayudarla? —Incluso en la pantalla del ordenador, estaba claro que miraba a su nuera, la agente de policía.

El malestar que había ido creciendo entre él y Amanda a lo largo del día era ahora palpable. Por respeto a los deseos de su mujer, Neil se había abstenido de involucrarse demasiado en lo que estaba ocurriendo en Southampton, pues sabía que podría poner a Amanda en una situación incómoda si la policía creía que su mujer, policía de Nueva York, y él estaban interfiriendo en su investigación. Había justificado la decisión porque no había mucho que pudieran hacer para ayudar, y además toda la familia de Melissa iban a una y se apoyaban unos a otros.

—¿Qué quieres decir con que Charlie la ha abandonado? —preguntó.

—Supongo que Missy contrató a uno de sus prestigiosos amigos abogados, pero ahora solo representa a Charlie y este lo envió a casa de Nancy para que recogiera sus cosas. Nancy está muy preocupada el estado mental de Missy en este momento. Y creo que toda la situación está sacando a la luz algunos recuerdos muy difíciles para Nancy. ¿Cómo se dice ahora...? ¿Un factor desencadenante? Creo que Nancy está reviviendo su trauma. Y es probable que Missy también. Oh, pobre familia.

—No sabía lo de Charlie. Deja que llame a Melissa para ver si hay algo que podamos hacer.

—Me voy a San Francisco ahora mismo.

La madre de Neil era feligresa habitual de la iglesia de San Francisco Javier, a una manzana de la casa familiar. Según Neil, estaba convencida de que solo la oración había hecho posible el rescate de Missy y de Mike hacía cuarenta años. Antes de terminar la llamada por FaceTime, les dijo a los dos que los quería.

Estaba a punto de buscar el número de Melissa en su teléfono cuando recibió una llamada y su nombre apareció en la pantalla. Tal vez las oraciones de su madre ya estaban surtiendo efecto.

—Melissa, estábamos a punto de llamarte. —A su lado, Amanda asintió en señal de apoyo. Neil ya no detectaba su reticencia. Tocó la pantalla para poner el altavoz.

—Necesito un favor —dijo Melissa—. ¿Podéis ir a mi apartamento?

36

El detective Guy Marino recordaba una época en la que soñaba con ser cantante, cómico o cocinero famoso. Cuando ninguna de esas fantasías se hizo realidad, consiguió trabajo como guardaespaldas de un popular grupo juvenil de chicos. Ahora, una década y media después, era detective de policía en Long Island.

Muy lejos quedaron los días en los que veía en primera persona importantes campañas de relaciones públicas, pero sabía que había algo raro en Charlie Miller. Su prestigioso abogado penalista había organizado una multitudinaria rueda de prensa, pero en lugar de eso, Miller estaba escondido en la sala de café de la comisaría, en compañía de su hermana y su abogado.

Su compañera, Heather Hall, estaba al teléfono, pero en cuanto terminara, iba a proponerle que el jefe de policía celebrara la rueda de prensa sin la familia. Los periodistas ya se habían quejado por estar congregados afuera con la tormenta que se avecinaba. No esperarían mucho más.

Cuando Hall terminó la llamada, estaba pálida y tenía una expresión ausente.

—¿Estás bien? —preguntó.

—Era el sargento que trabaja con los equipos de búsqueda en Shelter Island. Han encontrado una camiseta de niña en la playa. Es del pijama de la princesa Elsa. Es de ella, Guy. Es de Riley.

Por cómo había reaccionado ella a la información, se dio cuenta de que no era una noticia optimista.

—¿En qué parte de la playa?

—La corriente la arrastró a la costa desde el estrecho. No cabe duda de que salió del agua. —No habría razón para que un sospechoso arrojara la ropa de la niña al estrecho. Era más probable que, si habían lastrado el cuerpo, una prenda holgada como una camiseta flotara y la marea la arrastrara—. Tengo que ser sincera, Guy. No sé si puedo lidiar con esto. Cada vez que pienso en esa pobre niña, solo deseo irme a casa a abrazar a mi Milo.

—Oye, ambos sabemos que eres más fuerte que yo, así que si tú no puedes con esto, no hay esperanza para mí. ¿Vale? Y todavía podríamos encontrarla. Aún no voy a rendirme.

—Pero tenemos que decírselo al padre.

—Una vez que lo hagamos, será imposible que recupere la compostura para ponerse ante las cámaras.

—De todas formas, el jefe querrá cancelar la rueda de prensa —adujo—. Encontrar el pijama cambia las cosas. Mejor que no anunciemos eso todavía, así que vamos primero a hablar con el jefe —propuso, pensando en voz alta—. Después se lo decimos al padre. Y podemos preguntarle por los fármacos antes de dar la noticia.

El análisis toxicológico inicial del análisis de sangre de Melissa Eldredge había llegado. La única sustancia que habían hallado era el ingrediente activo de un somnífero de venta con receta del que ninguno de los dos detectives había oído hablar hasta ese día.

Después de reunirse con su jefe, Guy dio un par de golpecitos en la puerta antes de entrar en la sala de descanso. Por la expresión del abogado, se dio cuenta de que se estaba impacientando con su cliente.

—Todavía no estamos preparados —dijo Mac—. Tal vez debería seguir adelante sin nosotros...

—Claro, ya lo hablaremos, pero mientras tanto, nos vendría bien su ayuda con una cosa —repuso Guy—. Ayer me dijo que su mujer tenía problemas para dormir. ¿Por casualidad estaba tomando algo para eso?

—Sí, tenía una receta. —La marca coincidía con la sustancia en la sangre de Eldredge. Podría haber tenido cantidades detectables en su organismo por consumo previo o podría haber tomado una pastilla después de volver a casa desde Shelter Island, ya fuera para calmarse después de lo que le hizo a Riley o para que su hermano la encontrara dormida. En cualquier caso, lo único que habían hallado en su organismo era un fármaco que podían relacionar directamente con ella.

Hall le dirigió una mirada que indicaba que había llegado el momento de contarle a Charlie lo del pijama de Riley. Para su sorpresa, fue ella quien le dio la noticia.

Charlie los miró sin comprender, esforzándose por asimilar la información, pero su hermana se tapó la boca en el acto, presa del horror, y reprimió un sollozo. Cuando Charlie se percató de la reacción de Rachel, se le demudó el rostro. A Guy le preocupaba que pudiera enfermar.

—Así que la del vídeo del ferry era mi hija —dijo Charlie con la mirada perdida—. Y debía de ser Melissa la que conducía el coche.

Rachel le cogió la mano a su hermano por encima de la mesa.

—Lo siento mucho, Charlie.

Mac levantó ambas palmas.

—No saquemos conclusiones precipitadas, ¿vale? ¿Cuál es el siguiente paso, detectives?

—No se preocupe por la rueda de prensa de esta noche —dijo Hall—. Vamos a hacer que los buzos empiecen a buscar en el estrecho, pero eso va a tener que esperar hasta que haya luz por la mañana. ¿Tiene un lugar donde quedarse esta noche? Deduzco que no volverá a casa de su suegra.

Charlie apoyó la cabeza en las manos.

—No sé. Supongo que buscaré un hotel. Ya se nos ocurrirá algo.

Llamaron a la puerta y apareció el sargento de guardia.

—Hall, Marino, hay una persona que quiere hablar con vosotros. —Una rápida mirada a su alrededor con los ojos muy abiertos indicaba que el asunto era urgente.

Guy asintió.

—¿Por qué no intentan descansar y nos reunimos por la mañana? —sugirió Hall.

—Trate de no perder la esperanza —dijo Guy—. Nosotros no lo hemos hecho. Se lo prometo.

Después de acompañar a los Miller y a su abogado hasta la puerta trasera de la comisaría para evitar las cámaras que esperaban en el aparcamiento, Hall le preguntó a Guy si iba en serio lo que había dicho sobre que creía que Riley Miller podía seguir viva.

—Sargento, ¿quién es esta persona que nos busca? —repuso él, sin contestar a la pregunta de Hall.

—Solo tengo un nombre; Wendy Keller —dijo el sargento de guardia, echando un vistazo a un bloc de notas—. Y dice que habló con Riley Miller justo antes de que desapareciera.

Encontraron a la mujer esperando en una sala de interrogatorios cercana. Dejó de morderse la uña del pulgar izquierdo cuando entraron. Guy supuso que tenía más o menos su edad, por lo que rondaría los cuarenta años.

—Al parecer tiene usted información sobre Riley Miller —dijo Guy.

—Así es. Pero me cuesta encontrarle sentido a todo esto. Me aterra el lío en el que puedo haberme metido. —Le temblaba la voz y las manos mientras hablaba.

—Bien, empiece por tomar asiento —dijo Hall, retirando una silla de la mesa para darle mayor énfasis—. Respire hondo. Está aquí de forma voluntaria. Cualquier información que pueda aportar es importante. ¿Le ha dicho al sargento de guardia que cree que habló ayer con Riley Miller? —La mujer exhaló de forma audible y asintió—. ¿Por qué no empieza por ahí?

—Pero antes tengo que explicar otra cosa o no tendrá sentido —dijo Wendy—. Participo en un foro de internet. Ay, qué vergüenza me da todo esto. Me siento ridícula.

—Ha desaparecido una niña —repuso Hall con firmeza. Wendy asintió.

—Y por eso estoy aquí, pero sigue siendo difícil. El foro en cuestión se llama el Club de las Primeras Esposas. Es totalmente anónimo, pero somos mujeres a las que, para ser franca, nuestros maridos nos abandonaron sin contemplaciones. Es básicamente un grupo de apoyo donde podemos despotricar y quizá intentar consolarnos unas a otras.

—No creo que tenga nada de vergonzoso —dijo Guy con suavidad, esperando que eso la animara a compartir la verdad sin rodeos.

—Vale, pero a veces los miembros del foro hacen algo más que enviar mensajes. Por ejemplo, si la nueva novia de tu exmarido te bloquea en Instagram, puede que otro miembro del foro vaya a su perfil y te haga capturas de pantalla.

—Bastante inofensivo —dijo Guy.

—Pero en ocasiones es más que eso. Hace dos semanas, una usuaria que había estado leyendo mensajes, pero no publicando, reveló que sospechaba, aunque no estaba segura, que el supuesto viaje de negocios de su marido a Washington D. C. era en realidad una relación con una antigua novia del instituto. Una compañera del Club de las Primeras Esposas que vivía en Arlington se ofreció voluntaria para ir al hotel donde se alojaba. ¿Se hacen una idea?

Ambos asintieron de forma comprensiva, pero Guy vio que Hall empezaba a perder la paciencia.

—¿Y dónde entra Riley? —preguntó Hall.

—El lunes pasado, una usuaria que se hacía llamar Despechada dijo que su ex iba a llevarse a su hija de tres años y a su nueva esposa de vacaciones a los Hamptons, a pesar de que ella se oponía. Buscaba a alguien en la zona que estuviera dispuesta a vigilarlos para asegurarse de que la mujer se portaba bien con su hija. Le envié un mensaje directo diciendo que estaba dispuesta a ayudar. Pero cuando empezamos a intercambiar mensajes, la conversación subió de tono y me pidió que me encarara con ella. Fue muy cruel. Todavía no puedo creer que lo hiciera.

Guy seguía sin entender adónde iba esa historia.

—¿De qué forma se encaró con ella? —preguntó.

—La conversación empezó de forma inocente. Le dije que su hija era muy guapa y que se parecía a ella. Parecía bastante simpática y dijo algo así como que eso era muy amable, pero que la niña era en realidad su hijastra. Y ahí fue cuando la ataqué. Estuve a punto de acobardarme, pero luego justifiqué mis actos porque la mujer había roto un hogar feliz con una niña de por medio. Así que le solté lo que Despechada me había dicho, que no estaba cuidando bien de la niña porque solo era su hijastra. Y luego le dije «lo sé todo sobre ti» y la llamé farsante e hipócrita. Pareció quedarse muy alterada. Salí corriendo del parque, avergonzada.

—Espere, ¿esto fue en el parque de Pond Lane? ¿En el parque infantil? —preguntó Guy.

—Sí. Y estoy casi cien por cien segura de que era la niña que ahora están buscando.

—Así que la mujer del parque existe de verdad —dijo Hall cuando volvieron a quedarse solos. Se frotó los ojos. Nunca había visto a su compañera tan agotada—. Dios, ¿es posible que Melissa estuviera diciendo la verdad? ¿Alguien le contó un cuento a esta triste mujer para que distrajera a Melissa en el parque y luego le echó somníferos en el café?

—¿Te refieres a esa marca de somníferos poco habitual, que da la casualidad de que Melissa tiene en su mesita de noche? No. No es posible. Mi teoría es que esta persona que se hace llamar Despechada no es otra que Melissa Eldredge. Lo más probable es que sea ella la que publica todas esas amenazas en sus redes sociales. Son solo maniobras de distracción. Nos hace buscar a la señora del parque, nos presiona para que le hagamos un test de drogas. Todo podría formar parte de su propia tapadera.

—Eso es muy elaborado.

—Bueno, como señalaste desde el principio, esa mujer es abogada defensora. Literalmente dirige un pódcast en el que explica cómo se puede mejorar el crimen que uno ha cometido. Piénsalo; cada vez que hablábamos con ella, nos señalaba a la mujer del parque. A fin de cuentas, la tenemos en vídeo entrando y saliendo de Shelter Island.

—Además de la camiseta del pijama —dijo Hall con desánimo.

—Así que vamos a esperar a que la científica registre de nuevo su coche. Y los buzos empiezan a buscar en el estrecho mañana. Vete a casa y abraza a tu hombrecito, a tu Milo.

37

Melissa miró el reloj en la parte superior de la pantalla de su portátil. Los veinte minutos transcurridos desde que Neil y Amanda habían salido hacia su apartamento se le hacían eternos. Estaba de nuevo con su portátil en la habitación de invitados de su madre, intentando averiguar más cosas sobre los clientes de Charlie. No pudo encontrar ninguna mención de su trabajo en internet, pero eso no resultaba extraño. Era un autónomo que obtenía la mayor parte de su trabajo de asesoría gracias a las recomendaciones de dos de sus antiguos colegas en una de las mayores empresas de geología de la costa oeste, donde trabajó justo después de terminar la universidad. Si pudiera recordar el nombre de la empresa, tal vez ellos la orientaran en la dirección correcta.

Descolgó de inmediato el teléfono cuando recibió una llamada de Neil.

—Hola, ¿has podido entrar sin problemas? —Había llamado a Louie, el portero de guardia, para avisarle de que iban a ir unos amigos y que necesitaría la copia de la llave de su apartamento que tenían en la recepción.

—Sí, ya estamos aquí —dijo—. He puesto el altavoz para que Amanda pueda oírte. ¿Qué es exactamente lo que estamos buscando?

—No lo sé. Cualquier cosa. Solo sé que algo no va bien.

Tal vez esté metido en algo peligroso. Alguien podría haber cogido a Riley para presionarle. Puede que le deba dinero a la gente equivocada. O que se haya enredado en algo turbio por culpa de su trabajo. Alguien podría estar chantajeándolo o amenazándolo.

Si Charlie creía que habían secuestrado a Riley para influir en su comportamiento, podría haber optado por distanciarse de Melissa para protegerla. También explicaría por qué era reacio a dar una rueda de prensa.

—Entonces ¿empezamos por su mesa? —preguntó Amanda.

—Instalamos un espacio de trabajo para él en un rincón del estudio —dijo Melissa. Se dio cuenta de que los Keeney no habían ido al apartamento desde que Charlie se había mudado. Pensándolo bien, no había visto a muchos de sus amigos desde que había conocido a Charlie.

—Su trabajo más reciente fue en Antigua, asesorando en la construcción de un nuevo complejo turístico. He intentado encontrarlo en internet, pero el único anuncio que he visto era de un proyecto de hace tres años que ya se ha terminado. Buscad algo sobre eso.

Escuchaba el ruido de los cajones al abrirse.

—¿Esta es la mesa? —preguntó Neil—. ¿Blanca con la superficie de cristal?

—Sí, es la de Charlie.

—Aquí no hay nada —dijo Neil.

—¿Nada sobre Antigua?

—No, quiero decir que no hay nada de nada.

—Los cajones están vacíos —añadió Amanda—. Vacíos del todo.

—Dios mío. ¿Se ha mudado? ¿Puedes echar un vistazo a nuestro dormitorio?

Esperó mientras los oía caminar por su apartamento y después ruidos de fondo.

—Hay ropa de hombre en el armario del dormitorio principal —dijo Amanda.

—Y en la cómoda también, aunque no mucha —añadió Neil—. Sin duda hay espacio extra en los cajones.

—Aún no ha traído todas sus pertenencias —repuso Melissa—. Todavía tiene la mayoría de las cosas de su casa de Oregón en el almacén. Seguid buscando, a ver si encontráis algo que pueda ser relevante. Voy a llamar al portero. Si esto tiene algo que ver con su trabajo, alguien podría haber entrado en nuestro apartamento y haberse llevado todas las cosas de su escritorio.

Louie contestó al segundo tono, sin molestarse en saludar de forma educada.

—Señora Eldredge, acabo de enterarme por uno de los residentes. ¿Es cierto que Riley ha desaparecido?

—Lo es —respondió, tratando aún de asimilar la realidad de la situación—. Pero tengo una pregunta extraña, Louie. ¿Ha venido alguien más a nuestro apartamento en los últimos días? Charlie y yo hemos estado fuera de la ciudad. —El edificio contaba con un registro informático en el que quedaba constancia cada vez que se usaba la llave.

—No, la única autorización de acceso que veo recientemente es la que usted ha otorgado a sus dos amigos. Todavía están arriba.

—¿Sabe de alguna otra visita que mi marido haya podido tener en el apartamento? —Se dio cuenta de que era probable que Louie se preguntara por qué no podía hacerle esas preguntas a Charlie, así que le explicó que él estaba en la comisaría mirando fotografías de posibles sospechosos—. Estamos intentando hacer una lista de cualquier posible sospechoso que pudiera haberse llevado a Riley, lo que podría incluir a cualquiera que entrara en el apartamento, tal vez un obrero o alguien que viniera a reunirse con Charlie.

—Nadie que yo conozca —dijo—. Bueno, su hermana, por supuesto.

—Sí, es la tía de Riley, Rachel. Vive en Brooklyn, pero ha venido un par de veces a llevarse a Riley de visita.

—¿Un par de veces? —preguntó, subiendo el tono de voz.

Melissa contó de cabeza el número de visitas. Rachel recogió a Riley cuando se quedó con ella durante su luna de miel y la llevó de nuevo. Y luego estaba la celebración de cumpleaños atrasada, seguida del día que hizo de canguro el mes anterior mientras Mac y ella terminaban los episodios de Evan Moore para su pódcast.

—Supongo que cuatro para ser exactos —dijo—. ¿Por qué lo pregunta, Louie?

—Hum, puede que esté confundido. No me corresponde a mí decirlo. Mi mujer me suele tomar el pelo; dice que últimamente se me está nublando el cerebro.

—Por favor, es muy importante, Louie.

—Bueno, por lo que he visto, la señorita Rachel siempre está en su apartamento. Tiene su propia llave y la saludamos cada vez que viene. Ahora que lo pienso, tal vez es solo cuando usted no está en casa. ¿No sabe nada de esto?

38

El hermano de Melissa se paseaba de un lado a otro detrás del sofá del salón con los puños apretados.

—Sabía que tenía que haber puesto más empeño para hacerte entrar en razón —dijo—. Estaba convencido de que no me escucharías y de que te empecinarías aún más en seguir adelante con la boda. Cuando lo encuentre, voy a sacarle algunas respuestas, cueste lo que cueste.

Siempre supo que Mike tenía un temperamento que se cuidaba de mantener a raya. No lo había visto tan enfadado desde que le contó que su pareja en segundo fingió que se le había calado el motor del coche de camino a casa después del baile. Cuando ella se lo encontró en el instituto el lunes siguiente, tenía un ojo morado y le pidió disculpas.

—No saquemos conclusiones precipitadas —dijo su madre, levantando las palmas de las manos—. No es un pecado tener la mesa vacía en una casa a la que acaba de mudarse. Dijiste que Charlie trabaja principalmente desde su oficina y la mayoría de sus pertenencias personales están todavía en el almacén.

—Pero es evidente que estaba ocultando el hecho de que su hermana pasaba tanto tiempo en el apartamento..., que por cierto es de Melissa —añadió Mike—. ¿Qué más esconde este tío?

—No era ningún secreto que Rachel pensaba que iban demasiado rápido. ¡Pero si no quiso ni ir a la boda! De todas formas, sigue siendo la hermana de Charlie. No le das la espalda a tu familia por un desacuerdo. —Era obvio que Nancy se refería tanto a Mike y Melissa como a Charlie y su hermana—. Cuando Riley perdió a su madre, Rachel fue la única que ayudó a Charlie hasta que llegó Melissa. Eso sí, no me pongo de su parte. En cuanto me enamoré de tu padre, nunca le oculté un secreto. Pero puede que él intentara mantener a Rachel como una presencia constante en la vida de Riley sin provocar un enfrentamiento entre su mujer y su hermana. Con sinceridad, aunque debería habértelo dicho, no entiendo por qué os molesta tanto que su único otro familiar venga al apartamento cuando lo único que ha hecho es intentar ayudar con su sobrina.

Mientras su madre y su hermano debatían el grado relativo de la traición de Charlie, Melissa repasó en silencio todo lo que sabía sobre su marido. La distancia que había puesto entre ellos. El tono gélido de su voz durante su última conversación. La primera vez que le puso la mano en la parte baja de la espalda mientras la acompañaba al coche después de la terapia. La forma en que se inclinó hacia ella y le susurró: «Estás increíble» cuando estaban a punto de intercambiar los votos en su boda.

Intentaba por todos los medios encontrar una explicación racional a todo lo que sabía de él, a cada momento que habían pasado juntos, pero una pregunta fundamental y espeluznante se repetía una y otra vez; si él la amaba, ¿cómo podía dejar que sufriera de ese modo, presa de la confusión? Sentía que la parte racional de su cerebro intentaba conectar informaciones dispares, pero algo le bloqueaba la mente.

Se estremeció al oír el timbre de la puerta. Tal vez fuera Charlie, que volvía a casa para ofrecerle todas las respuestas que le debía.

Se quedó sin respiración durante un breve instante al reconocer el rostro al otro lado de la puerta. Incluso a través de la empañada mirilla, sus ojos color avellana lograron conectar con los de ella de inmediato. Tenía el rostro más delgado y estaba más moreno que la última vez que lo había visto, cuando rompió su compromiso de manera repentina, pero sin duda era él.

Abrió la puerta solo una rendija.

—No puedes estar aquí, Patrick. Por favor, te dije por teléfono que no me llamaras más. ¿Me das la patada y ahora apareces así, cuando ha desaparecido una niña? —Había un Tesla blanco en la entrada. Antes de que rompieran él soñaba con comprarse uno. Tal vez el coche le había hecho más feliz que ella—. ¿Cómo has sabido dónde encontrarme?

Le vio echar un rápido vistazo al interior de la casa antes de apoyar un brazo en la puerta principal. Una mirada a la cara de su madre confirmó las sospechas de Melissa.

—No pienso irme —dijo—. Estoy convencido de que esto es importante.

—¿Esto? Esto no tiene nada que ver contigo.

—Tengo que hablar contigo sobre tu marido.

39

¿Cuántas veces había imaginado lo que le diría si alguna vez se cruzaban en una fiesta o en uno de los restaurantes favoritos que habían frecuentado a lo largo de los años? «¿Has pisoteado algún corazón últimamente?». O tal vez le preguntaría a cuántas mujeres más se había declarado en los últimos tiempos. O, lo mejor de todo, tomaría la iniciativa y se mostraría amable y contenta en su presencia y él se daría cuenta del error que había cometido al renunciar a la vida que podría haber tenido con ella.

Pero ahora Patrick estaba aquí, en el salón de su madre, y nada de eso importaba ya. Estaba sentada en la silla junto a la de su madre y Patrick tenía toda su atención.

—Vale, esto es incómodo y no me deja en muy buen lugar, pero no voy a perder el tiempo dando rodeos. Después de que rompiéramos, no era capaz de olvidarme de ti. Me despertaba preguntándome dónde estabas, qué hacías y si te encontrabas bien.

Mike empezó a levantarse del sofá y el bufido que soltó resumía los propios sentimientos de Melissa.

—Espera —dijo Patrick—. Te prometo que no he venido para intentar que nos reconciliemos por todo lo alto. Lo que quiero decir es que intenté seguirte la pista a pesar de que ya no estábamos juntos. He escuchado todos los episodios de *El club de la justicia* y..., en fin..., puede que haya entrado en tus redes sociales a diario.

—Acosador —soltó Mike, a caballo entre un murmullo y una tos.

—Pues sí —admitió Patrick, encogiéndose de hombros—. Vi tu post con los rulos en el pelo. Por cierto, estabas preciosa. Feliz. Y el pie de foto decía algo sobre dar el salto. Supuse que si era lo que sospechaba, Katie estaría allí, y entonces vi que había publicado una foto de una tarta de bodas en una bodega cerca de la casa del Cabo. Sumé dos más dos, pero tenía que estar seguro. Llamé al secretario del ayuntamiento de allí y lo confirmé. Y entonces me entró curiosidad por tu nuevo marido, pero resulta que hay un montón de Charles Miller en internet. Ay, Dios, qué incómodo es esto. Acabé llamando a la finca donde te casaste y conseguí que la organizadora del evento me diera la información de la tarjeta de visita que Charlie le había dado.

—¿Me estás tomando el pelo? —No daba crédito a lo que estaba oyendo.

—Como he dicho, me da mucha vergüenza contarte todo esto, pero, por eso mismo, puedes hacerte una idea de hasta qué punto creo que debes saber lo que voy a decirte.

—Entonces ¿qué has averiguado? —preguntó Mike.

—Que no hay nada que averiguar —dijo Patrick—. ¿La página web de su empresa? El nombre del dominio se compró hace solo un año, aunque su perfil empresarial en internet dice que tiene su propia empresa desde hace seis. Y el contrato de alquiler de su oficina se firmó solo una semana después.

Patrick era un programador experimentado que estaba especializado en crear aplicaciones web para empresas del sector privado. No le sorprendió que pudiera rastrear la historia de la página web de Charlie.

—¿Has investigado el alquiler de su oficina? —preguntó.

—Sé que parezco un chiflado, pero he trabajado para esa empresa de gestión inmobiliaria. Solo pregunté porque la información de su página web no cuadraba. Ese espacio de oficinas es un cuchitril en un destartalado edificio sin ascensor en Hell's Kitchen. ¿Has estado alguna vez allí, Melissa?

La única vez que estuvo cerca y quiso quedar para comer en Chez Napoléon, Charlie la estaba esperando en la esquina más cercana a su edificio, a pesar de que ella tenía pensado subir a ver las oficinas de su empresa. Le explicó que se moría de hambre y que quería comer cuanto antes. Después, le dijo que tenía que volver él solo a la oficina porque tenía una conferencia telefónica y culpó de la falta de tiempo al crepe flambeado que habían compartido de postre.

Al sentir los ojos de su familia clavados en ella, pidió hablar a solas con Patrick. Una vez en la intimidad del comedor, ni siquiera esperó a sentarse.

—No tenías derecho a entrometerte así en mi vida, sobre todo después de que la desbarataras. ¿Querías que me quedara sola para siempre, suspirando por ti? Estaba destrozada, Patrick. Totalmente desolada. Y luego, cuando mi padre murió, ¿lo único que hiciste fue enviar flores? Ni siquiera llamaste. Estaba destrozada. Y entonces conocí a Charlie. Decidí ser feliz.

—Y por eso me he guardado mis preocupaciones. Cogí el teléfono muchas veces para llamarte y al final cambiaba de opinión en el último segundo. Me convencí de que tenía que haber alguna explicación y que solo buscaba una excusa para volver a tu vida.

—En cuanto a toda esta investigación, no tienes ni idea de lo que estás hablando. Charlie es viudo. Tuvo que mudarse al otro lado del país después de la muerte de su esposa y criar a una niña él solo. Dejó casi todo su trabajo. Así que no me sorprende lo más mínimo la fecha en que alquiló el local o que necesitara empezar con un lugar humilde.

—Vale, pero tienes que confiar en mí en esto, Melissa. Él no habría dejado escapar su nombre de dominio. Apostaría todo lo que tengo a que esa empresa que supuestamente dirige no existía, si es que existe ahora, antes del año pasado.

Melissa le preguntó por la fecha en que se creó la página web. Fue dos semanas antes de que conociera a Charlie en terapia.

—Y ahora la niña ha desaparecido —continuó Patrick—. Y tu madre no me ha contado demasiado, pero parece que el tal Charlie no está actuando del todo bien.

Melissa se frotó los ojos, decidida a no llorar delante de él.

—Ya tengo la información —dijo con frialdad—. ¿Has averiguado algo más?

—No, pero ¿eso es todo lo que vas a decir? ¿Qué debemos hacer al respecto?

—No hay un «nosotros», Patrick. Fuiste tú quien decidió dejar de ser la persona a la que recurría para tomar decisiones importantes. —Melissa vio el dolor en sus ojos y suavizó el tono—. Te agradezco que hayas venido hasta aquí para contarme esto, pero ahora necesito que te vayas.

—Missy...

Melissa meneó la cabeza. Ya no podía llamarla así.

—Lo digo en serio. Tienes que irte. —Casi lo empujó hacia la puerta principal mientras él protestaba—. De verdad, no puedes estar aquí. No solo es que Riley haya desaparecido, sino que además es evidente que la policía piensa que está muerta y que yo la asesiné.

La confusión se adueñó del rostro de Patrick, y Mike y su madre apartaron la mirada.

—Deja que te ayude. Por favor. —Le tendió la mano, pero ella se apartó.

—Patrick, ¿tienes idea de lo que pensarán si la policía se entera de que mi exprometido está aquí conmigo ahora mismo? —dijo ella bruscamente—. Me has dicho que me fíe de tu experiencia sobre la página web y lo he hecho. Ahora es el momento de que tú me hagas caso a mí. Tienes que irte. Ya.

Él le sostuvo la mirada y luego asintió. Se disculpó en un susurro mientras se marchaba.

Su madre se levantó inmediatamente de la silla.

—Oh, lo siento mucho, Melissa. La culpa es mía por decirle que viniera. Intentaba ayudar.

—No pasa nada, mamá.

—Pero tenías razón —adujo su madre—. ¿Y si la policía está vigilando la casa y esto se convierte en otro argumento en tu contra?

—Entonces lo afrontaré cuando llegue el momento.

—¿Podemos volver a lo que más importa aquí? —preguntó Mike—. No está bien que Patrick prácticamente te acosara, pero lo que ha descubierto sobre la página web y sobre el contrato de arrendamiento es muy raro. Te digo yo que aquí hay algo que huele muy mal.

—Lo sé —dijo, dándose cuenta por fin de la verdad.

Era posible que Charlie hubiera estado mintiendo en todo desde el día en que se conocieron. Tuvo que replantearse todo lo que creía sobre él. ¿Qué sabía de verdad y qué había decidido creer?

Riley. Se le encogió el corazón al pensar en su nombre. Riley era real. De eso no cabía la menor duda.

Linda. Cuando buscó pruebas de que Linda estaba muerta de verdad, no encontró ninguna de que una mujer estadounidense se hubiera precipitado desde una cascada en Noruega y hubiera muerto en la caída. Ni siquiera había visto una sola fotografía de la primera esposa de Charlie. Charlie siempre posponía revisar las pertenencias que se suponía que estaban guardadas en un almacén, pero ¿un padre no le dejaría una fotografía de la madre a su hija para que pudiera recordarla?

—Podrías probar con su hermana —sugirió su madre—. Rachel contestó la última vez que llamaste.

La sugerencia de su madre en ese momento concreto le permitió ver lo que había estado bloqueando su mente. Escuchó de nuevo la voz de Louie cuando dijo que Rachel estaba siempre en el apartamento y el portero sonaba casi comprensivo.

Oyó la vocecita de Riley la mañana de su boda, preguntando si podía ir al *jardinín* con su padre y añadiendo que ojalá su mamá pudiera estar allí. Neil le había asegurado que era normal que Riley dijera que seguía hablando con su mami constantemente.

Ahora todo estaba muy claro.

—¿Y si Rachel no es su hermana?

40

Las palabras salían de su boca tan deprisa que Melissa tuvo que obligarse a respirar hondo y a explicar sus sospechas a Mike y a su madre de forma metódica, como si estuviera detallando los hechos para un jurado o para los oyentes de su pódcast.

—Estaba tan centrada en averiguar si de verdad Linda había muerto que no me paré a considerar la cuestión básica de si había existido. Por eso Charlie se negó a decirle a la policía de qué forma contactar con los padres de Linda. Toda la familia es una invención. —Entre la caída fatal que pudo o no haber sido un suicidio, la batalla por la custodia que los exsuegros de Charlie habían amenazado con iniciar y las sospechas de estos de que pudo haber empujado a su hija a la muerte, había enterrado a Melissa en tantos detalles que la habían mantenido demasiado ocupada como para rascar bajo la complicada superficie—. Debería haberme dado cuenta en cuanto llamé a la universidad de Charlie. Si los dos se graduaron juntos, las donaciones que hizo a la universidad habrían figurado con los dos nombres una vez casados, pero no había ninguna mención a su mujer.

Su madre y su hermano aún estaban asimilando las implicaciones de todo aquello.

—Si no existe Linda, ¿quién es la madre de Riley? —preguntó Nancy.

—Rachel —explicó Mike—. Por eso Rachel se niega a ver a Melissa en persona. Es la madre de Riley.

Su madre contuvo la respiración con brusquedad.

—Ahora lo entiendo. Por eso has dicho que no era la hermana de Charlie. Por Dios. ¿Es posible?

Pero Melissa estaba demasiado ocupada atando cabos para responder a la pregunta de su madre. Aún no quería dejar de explorar el tema de las donaciones de Charlie a la universidad. Kelsey, la estudiante que trabajaba en la oficina de antiguos alumnos, había dicho que el patrón regular de donaciones anuales se había interrumpido de repente hacía doce años.

Estaba tratando de encontrar el número de Kelsey cuando sonó su teléfono. Era Katie.

—Bueno, al menos sé que estás viva —dijo Katie cuando Melissa descolgó—. ¿No has visto mis mensajes?

—Lo siento —se disculpó Melissa—. Esto ha sido una locura. Te dije que Jennifer tenía una coartada sólida como una roca. No tenías de qué preocuparte.

—Excepto que la última vez que hablamos, querías que revisara tu piso porque Charlie te estaba mintiendo sobre algo. Me pillaste con la guardia baja. Me estoy dando de tortas por no haber arrojado los *cupcakes* por la ventana y dar la vuelta.

—Neil y Amanda ya fueron a mi casa. —Su teoría sobre Charlie y Rachel iba a sonar aún más extraña en voz alta—. He estado tratando de indagar en los antecedentes de Charlie y así está la cosa; no creo que de verdad tuviera una esposa que murió. Puede que Linda ni siquiera haya existido. Y la madre de Riley podría ser en realidad Rachel. Todo es un engaño.

—¿Qué? —dijo Katie ahogando una exclamación—. ¿Por qué iban a hacer algo así?

—Supongo que por dinero. Sabes que no pedí un acuerdo prenupcial.

—¿Quieres que coja el coche y vaya hasta ahí? Siempre puedes contar conmigo —dijo Katie.

—No, gracias, pero tengo que irme. Tengo que llamar a su universidad en la costa oeste antes de que sea demasiado tarde. Te avisaré si necesito algo.

—Hazlo, desde luego. Sabes que te quiero.

—Yo también te quiero —dijo Melissa.

Kelsey descolgó casi de inmediato cuando Melissa marcó su número.

—¡Melissa! Estaba escaneando unas páginas de *Crónicas* antiguas para enviártelas.

Melissa se sorprendió por la repentina respuesta.

—Te llamaba para ver si habías encontrado algo más sobre Charlie Miller y su mujer, Linda —dijo—. Me interesa sobre todo el hecho de que Charlie dejara de donar de repente.

—Por eso iba a llamarte —dijo Kelsey—. He estado indagando y he encontrado un viejo anuncio en el periódico de la universidad. A Charlie Miller lo atropelló un coche cuando salía a dar un paseo en bicicleta el fin de semana. Fue un atropello con fuga, probablemente por un conductor borracho. Nunca se recuperó.

Casi se le doblaron las rodillas al tiempo que una oleada de calor le subía a la cara.

—Un momento..., entonces ¿el Charlie Miller que se graduó allí está muerto?

—No, no está muerto. Al principio estuvo inconsciente en el hospital y luego en coma, pero acabó en estado vegetativo. Parece que fue algo muy grave. En un principio parecía que iba a despertar, pero con el tiempo se perdió toda esperanza. Pero técnicamente seguía vivo.

—¿De cuándo es esa información? —preguntó Melissa.

—El accidente ocurrió hace doce años. El artículo fue unos meses más tarde; anunciaba que su clase de la universidad estaba creando un fondo de becas en su nombre. Parece que las contribuciones han disminuido con el tiempo. Supongo que es posible que ahora esté muerto o haya despertado, pero no hemos publicado ningún tipo de actualización.

—Has dicho que estabas escaneando información para enviármela —dijo Melissa.

—Sí, la foto de su primer año en el anuario que se envía a toda la universidad. Y también tengo el artículo sobre su accidente. Te los envío por correo electrónico ahora.

Melissa se dirigió a su portátil.

—¿Qué más has averiguado sobre él? —preguntó mientras abría el nuevo mensaje de Kelsey.

—Nada, salvo que el artículo sobre el accidente menciona a su familia.

Melissa terminó de revisar los archivos adjuntos del correo electrónico de Kelsey. Según los padres de Charlie, era su único hijo. Rezaban para que despertara y nunca dejarían de luchar por su vida. No se mencionaba a Linda. No se mencionaba a Rachel. Y lo más importante de todo era que el joven de ambas fotos podía parecer una versión más joven de Charlie a simple vista, pero ella le conocía más allá de lo superficial.

Podía sentir la verdad en sus entrañas. No había ninguna Linda. Ni caída desde una cascada. Ni tampoco Charlie Miller. Al menos, no el que ella creía conocer.

Su marido ni siquiera existía.

41

Jayden Kennedy seguía en una nube, entusiasmado tanto por el nuevo trabajo que había conseguido como por el anillo de diamantes que se había traído de Nueva York. Aunque el alquiler de su casa en Domiluxe se había convertido en una molestia, en el fondo había resultado ser una suerte. Julie y él nunca habían pasado tanto tiempo ininterrumpido juntos y estaba aún más convencido de que quería pasar el resto de su vida con ella.

Estaba tratando de pensar en el lugar perfecto para pedirle matrimonio. ¿La ruta de senderismo donde se conocieron? ¿El restaurante donde tuvieron su primera cita? ¿O debería esperar a Grecia? Habían hablado de hacer el viaje juntos.

De repente sintió a Julie detrás de él, que le rodeaba la cintura con los brazos.

—¿Quieres que apague la tele? —Él había insistido en recoger después de cenar y ella se estaba poniendo al día con las noticias mientras él fregaba los platos—. Siempre me doy cuenta cuando tienes la cabeza en otra cosa. No te preocupa el nuevo cliente, ¿verdad?

Se secó las manos con un paño de cocina y se volvió hacia ella. Su sonrisa conseguía robarle el corazón.

—Para nada. En realidad estaba soñando con ese viaje a Grecia.

—Ah, qué bien suena. —Entornó los ojos mientras leía

su expresión—. ¿Por qué sonríes de oreja a oreja, como si tuvieras algún secreto?

—No hay ningún secreto —dijo. Después de proponerle matrimonio (y después de que ella dijera que sí, ojalá), le recordaría ese momento y la felicitaría por haber sabido leerle siempre el pensamiento.

Ambos se habían sentado en el sofá a ver al hombre del tiempo explicar por qué la lluvia no haría más que empeorar en las próximas horas, cuando el móvil de Julie sonó sobre la mesita. Abrió los ojos como platos y sus labios se entreabrieron al leer un nuevo mensaje de texto.

—Mi amiga Kara está en East Hampton y dice que la hijastra de Melissa Eldredge ha desaparecido. Al parecer, hay equipos de rastreo buscándola por todo los Hamptons.

—¿Está segura? Qué coincidencia más rara. Melissa llegó a decir en su pódcast que, si su hijastra desapareciera, no se comportaría como Judith Moore cuando Evan se esfumó. —Otra cosa de aquel episodio del pódcast estaba tratando de aflorar a su memoria.

—Espera, Kara acaba de enviar un enlace a un artículo. —Julie se desplazó por la pantalla mientras leían juntos.

—Peppa Pig. —Lo dijeron casi a la vez.

—Sí, eso es lo que dijo en el pódcast —repuso Jayden—. Dijo que quería tanto a su hijastra que ahora podía recitar la trama de todos los episodios de *Peppa Pig*.

Sintió que se le encogía el pecho mientras asimilaba la posibilidad.

—Tu inquilina —dijo Julie mientras se llevaba una mano a la boca—. Pensé que era un hombre con una familia secreta, pero...

—Cuando se puso en contacto conmigo por primera vez, me preguntó por el viejo columpio de atrás. Le dije que era para niños y me hizo un comentario extraño sobre que era perfecto. Aclaró que se refería a la casa en sí, pero el mensaje me pareció extraño en ese momento. Voy para allá.

—¿Para qué? ¿Para hacer que te maten? No. No puedes. Por favor.

—Pues llamaremos a la policía —propuso, cogiendo su teléfono.

—Pero no podrán hacer nada —dijo—. Piénsalo. Lo único que vimos fue que tenían puestos dibujos animados en la televisión. Ni siquiera vimos a una niña y mucho menos a esta en particular.

—Pero los dibujos no concuerdan con la historia que me contó mi misteriosa inquilina. Además, está la exageradísima reacción que tuvo cuando le dije que iba a ir al sótano a comprobar la fuga.

Julie se estaba mordiendo la uña del pulgar, muy concentrada.

—Vale, creo que ya lo tengo. Llamaré a la policía desde un teléfono público y diré que estaba cerca de tu casa, lo cual es cierto. Y puedo decir que oí lo de la niña desaparecida. Y que el dueño de la casa es un hombre soltero que vive solo, pero que vi pruebas de que ahora hay una niña en la casa, que estaba viendo *Peppa Pig*, y me hizo pensar. Si ves algo raro, no te calles, es lo que se dice, ¿verdad? Y luego les doy tu nombre y número para que puedan investigarlo.

—Y entonces, cuando lo hagan, puedo contarles lo del alquiler anónimo y todas las razones por las que parece sospechoso —repuso, siguiendo su hilo de pensamiento.

—Así parecerá que tienen dos fuentes de información independientes —convino Julie—. Irán a la casa a comprobarlo. Estoy segura de ello.

—¡Qué lista eres! —exclamó, cogiendo su impermeable.

—Vamos. Hay un viejo teléfono público en la cafetería.

42

La comisaría de policía de la ciudad de Southampton era un edificio bajo, amplio y con tejado plano situado tras unos densos matorrales junto a la carretera. Cuando Melissa entró en el aparcamiento, esperaba encontrarlo lleno de furgonetas de noticias y periodistas aguardando la rueda de prensa sobre la desaparición de Riley. En lugar de eso, vio a una sola mujer caminando hacia su coche, con un pase de prensa colgado del cuello.

Melissa rebuscó en su bolso hasta que encontró su propia credencial de prensa, la que le había conseguido la empresa de comunicación que patrocinaba su pódcast. Mantuvo el pulgar sobre su nombre mientras se la mostraba a la desconocida.

—Acabo de llegar. ¿Qué ha pasado con la rueda de prensa?

—La han cancelado —respondió la mujer—. El jefe dijo que de momento no van a compartir más detalles de los que ya teníamos. Todo el mundo ha recogido los bártulos enseguida, pero yo me he quedado para intentar averiguar qué es lo que ha cambiado realmente.

—¿Has conseguido algo? —preguntó Melissa.

—La verdad es que no se lo diría a otro periodista si lo hubiera hecho, pero no. Solo tengo la corazonada de que cancelar la rueda de prensa podría significar que el caso ha dado un vuelco a peor. Tengo una hija no mucho mayor que Riley.

Esperaba de corazón tener buenas noticias antes de ir a casa. Estas historias pasan factura, ¿sabes?

Melissa ahogó un sollozo.

—Lo siento. Sí, desde luego estoy de acuerdo.

Dentro de la comisaría se encontró con una energía frenética más propia de una comisaría de una gran ciudad que del departamento de un pequeño pueblo costero. Reconoció la cara de Riley en una pila de folletos que un agente uniformado estaba pasando a otro. Paró a un hombre con corbata y chaqueta deportiva cuando estaba a punto de pasar corriendo por su lado.

—Discúlpeme. ¿Es usted detective?

—Sí, ¿qué necesita?

—Busco a los detectives Hall y Marino. Se trata del caso de Riley Miller.

—Tenemos un teléfono de información preparado para eso o puede hacer una declaración con el sargento de guardia ahí mismo —dijo, señalando el mostrador de recepción.

—Pero son ellos los que llevan el caso —dijo—. Ya han hablado conmigo varias veces. Fui una de las últimas personas que vio a Riley antes de que desapareciera.

—Ah, entiendo. Lo último que sé es que Hall acabó su turno y Marino se dirigía a Shelter Island. Yo estoy ocupado con otro caso, así que permita que le busque a otro...

—Necesito hablar con Hall o con Marino lo antes posible. Soy la madrastra de Riley.

Su actitud desenfadada se volvió más tensa de inmediato. Estaba claro que los rumores sobre su culpabilidad se habían extendido por el departamento.

—Es curioso que no lo haya mencionado de inmediato. Déjeme ver si los localizo. ¿Puedo llevarla a una sala de espera mientras tanto?

No quería arriesgarse a ir a una «sala de espera» que en realidad podría ser una celda de detención.

—No. Prefiero esperar en mi coche. Yo también les llamaré. Pero tienen que investigar los antecedentes de mi marido, por favor. No es quien decía ser. —Metió la mano en el bolso y sacó las páginas que había impreso en casa; la fotografía universitaria de un Charlie Miller de dieciocho años y el anuncio del periódico universitario sobre el accidente de bicicleta de Charlie—. Este es el hombre con el que creía haberme casado, pero resulta que ahora se encuentra en estado vegetativo en la costa oeste. Entiendo que si investigan el carnet de conducir de mi marido, descubrirán que le ha robado la identidad a este hombre. La fotografía actual no coincidirá exactamente, pero el parecido es suficiente como para que tal vez pudiera limitarse a renovar el carnet con una fotografía actualizada y luego obtener uno nuevo cuando se mudó a Nueva York.

El detective cogió los papeles a regañadientes mientras paseaba la mirada entre la puerta de salida hacia la que él se dirigía y otra que lo más probable era que condujese a la división de detectives.

—Vale, sí, deje que busque a alguien. ¿Puedo acompañarla a una sala de espera? Podría irse cuando desee, si eso es lo que le preocupa.

—Prefiero esperar fuera —reiteró con firmeza—. Será fácil encontrarme. Estoy en un camión de mudanzas.

De nuevo en el camión, buscó la tarjeta de visita de la detective Hall y llamó al número de móvil que había escrito en el reverso. Para cuando había terminado de explicar todo lo que había averiguado sobre las mentiras de su marido y la verdadera identidad de Charlie Miller, el buzón de voz le dijo que había llegado al límite de tiempo. Pulsó para enviar el mensaje. Estaba a punto de marcar el número del detective Marino cuando recibió una nueva llamada.

Era Charlie. Contestó de inmediato.

—Has llamado —dijo, obligándose a parecer aliviada, agradecida y tan enamorada de él como había creído estarlo esa mañana, cuando se marchó de la casa.

—He recibido tus mensajes —repuso—. Todos. Por fin he tenido tiempo para escucharlos.

—Entonces ¿no me has bloqueado? —preguntó. Parecía patética, justo como él quería que se sintiera.

—Por supuesto que no. Nunca lo haría. Estaba intentando seguir el consejo de Mac, pero no me parece bien excluirte de esta manera —alegó—. No quiero ni imaginar lo abandonada que te he hecho sentir hoy y, para serte franco, no puedo pasar por esto sin ti. Sigues siendo mi mujer.

¿Lo era? En la licencia de matrimonio figuraba el nombre de Charlie Miller, pero él no era Charlie. ¿Con quién estaba casada en realidad?

—Sé que me has estado mintiendo —comenzó. Dejó que el silencio se cerniera sobre ellos.

Melissa esperaba que mintiera de nuevo, que le contara las mismas historias enrevesadas. Pero cuando por fin habló, pudo oír el agotamiento en su voz.

—Te prometo que hay una explicación.

—¿Vas a decirme al menos tu verdadero nombre? Porque sé que no es Charlie Miller.

—He estado intentando protegerte.

Melissa soltó un bufido, sorprendida por la facilidad con la que admitía haber mentido sobre algo tan básico.

—Así que admites que estabas mintiendo.

—Sobre algunas cosas, sí. No en todo. Es por los padres de Linda.

—Basta. Linda no existe. Charlie Miller está en un hospital en algún lugar en estado vegetativo. Y nunca estuvo casado.

—No, él no, pero yo sí. Y entonces mi mujer murió y tuve que empezar de cero, pero con un nombre nuevo para ocultarme de su familia. Por favor, puedo explicarlo. Te lo juro. Solo dame una oportunidad. Te lo ruego. Te quiero. Y ahora mismo estoy aterrorizado por mi hija y no sé cómo voy a sobrevivir si tú no estás en mi vida.

«La felicidad es una elección». Qué fácil sería permitirse creerle. Pero no lo hizo. No podía haber felicidad sin la verdad.

—No quiero pensar que toda nuestra relación ha sido una mentira.

—Y no lo es. Por favor, déjame hablar contigo cara a cara, ¿vale? Te prometo que todo tendrá sentido. Joder, incluso te cederé los derechos de mi historia y podrás usarla para tu próximo pódcast una vez que todo esto termine.

Casi podía ver su sonrisa, otra parte de su actuación.

—¿Dónde quedamos?

Ella también sabía mentir.

43

Melissa se apartó el teléfono de la oreja cuando Katie de repente empezó a elevar el tono.

—Primero Jennifer, ¿y ahora Charlie? ¿Estás intentando llevarme a la tumba de un ataque al corazón? A lo mejor podemos compartir una sepultura ya que hoy pareces tener deseos de morir.

—Tengo que hacerlo —alegó Melissa—. Pensé en llamar a la policía para darles la dirección, pero él ya tiene un abogado (gracias a mí) y desde luego Mac no dejará que Charlie hable. —Sentía un nudo en el estómago cada vez que pronunciaba ese nombre, sabiendo que nunca fue real—. Podrían acusarlo de tener un carnet de identidad falso, pero eso no responderá la cuestión de quién es en realidad ni por qué Rachel y él me han atacado de esta manera. Y aún tengo que encontrar a Riley.

Si había algo positivo en que le destrozaran el corazón de nuevo era que estaba más convencida que nunca de que en realidad no habían secuestrado a Riley. Fuera cual fuera el juego al que Charlie y Rachel estaban jugando, Melissa creía que Riley estaba a salvo, al menos físicamente.

—¿Les has dicho a Mike y a tu madre adónde vas? —preguntó Katie—. Me sorprende que no te hayan atado a una silla para evitar que te fueras.

—No, jamás lo permitirían. Olvidan que cuando estaba en la oficina del fiscal solía ir de guardia con la policía. Tengo un plan. Cree que voy a reunirme con él en el hotel, pero no pienso entrar en su habitación. He buscado la dirección. Aquí estaba todo lleno, así que se aloja a una hora de distancia, cerca de Riverhead. El motel se llama Riverhead Sunshine. Hay una cafetería enfrente. Lo llamaré desde allí para quedar en un lugar público. Pondré mi teléfono a grabar. Fingiré que creo cada palabra que diga y luego iré derecha a la policía. No va a contarme toda la verdad, pero al menos tendré pruebas de que miente y con suerte me dará alguna pista de dónde está Riley.

—¿Hay alguna manera de que pueda disuadirte?

—No. Tendré el móvil en el regazo debajo de la mesa. Estaré allí en unos quince minutos y te enviaré un mensaje cuando llegue. Si después de eso te llega algún mensaje raro de mi parte, llama a la policía y diles que estoy en el restaurante Golden Spoon de Riverhead. Llámalos también si no tienes noticias mías en veinte minutos.

—Ahora sí que me estás asustando —dijo Katie.

—Confía en mí. Le convenceré de que estoy de su parte y de que ha ganado algo más de tiempo. Soy la chica que elige ser feliz, ¿recuerdas? Voy a usar eso a mi favor.

Mientras se dirigía hacia el norte por Flanders Road, imaginó una realidad alternativa en la que disfrutaría del bucólico entorno de esa carretera rural de dos carriles que conectaba la carretera de Montauk y la autopista de Long Island, que las fuerzas que habían transformado los Hamptons durante décadas apenas habían tocado. En lugar de eso, aprovechó el tiempo para ensayar su plan, con la esperanza de activar la versión mental de la memoria muscular. Cuando llegó al aparcamiento del restaurante Golden Spoon, estaba totalmente preparada para interpretar su papel. Confiada. Leal. Deseosa de que le contaran una historia que hiciera que continuara siendo feliz y estando enamorada. Fingiría ser la mujer que había sido solo unas horas antes.

Había algunas plazas libres en el tramo de aparcamiento frente a la cafetería, pero ninguna lo bastante grande para el camión de mudanzas. Cuando continuó hacia el aparcamiento lateral, encontró sitio de sobra en el rincón más alejado. Estacionó justo debajo de una farola. Si después de reunirse con Charlie estaba nerviosa, seguro que podría convencer a uno de los empleados de la cafetería para que la acompañara a su vehículo como medida de precaución.

Apagó el motor, sacó el móvil del portavasos donde lo había colocado y empezó a escribir un mensaje de texto a Katie.

«Acabo de llegar...».

La puerta del pasajero del camión se abrió de repente. Consiguió dar a enviar cuando él ya estaba en la cabina.

—¿Por qué conduces un camión de mudanzas?

Era el hombre al que solo conocía como Charlie Miller y tenía una pistola en la mano.

44

Ciento treinta kilómetros al norte, en el Cuartel General de la Policía Estatal de Connecticut situado en el Distrito Oeste, el teniente Floyd Anthony veía llover a cántaros desde la ventana de su despacho. Cuando empezó a trabajar allí, su sargento instructor le había dicho que la lluvia y la nieve podían ser algo nefasto para los amantes del sol, pero era estupendo para las fuerzas del orden. Juraba que las inclemencias del tiempo mantenían a los delincuentes en casa, lo que significaba menos trabajo en la comisaría.

Veintidós años después, Floyd no estaba dispuesto a apostarlo todo a las creencias populares. Los fuertes vientos y las ramas rotas podían activar los sistemas de seguridad domésticos y acarrear llamadas de emergencia. Una vez atrapó a un tipo que utilizaba las falsas alarmas como tapadera para cometer robos. Y la gente que salía corriendo del coche bajo la lluvia a veces no se molestaba en cerrarlo con llave, lo que propiciaba los robos nocturnos. Así que, para Floyd, la lluvia era lluvia y nada más.

Oyó que llamaban a la puerta abierta de su despacho y al girar la silla vio a la agente Janelle Jackson. Era veterana del ejército y llevaba dos años en el cuerpo. Estaba seguro de que algún día acabaría siendo jefa de policía, allí o en cualquier otro sitio.

—Teniente, tengo entendido que todas las órdenes de registro pasan por ti, ¿verdad?

—Como un último paso antes de llamar a un juez. Pero las órdenes suelen venir de los detectives, no de un agente de patrulla del turno de noche, oficial Jackson.

—Sí, señor, pero en este caso el tiempo apremia. Hay una niña de tres años desaparecida en Long Island, Nueva York. Riley Miller. —El teniente había visto una orden de búsqueda al comienzo de su turno—. La centralita recibió una llamada de una informante anónima desde un teléfono público en West Cornwall. La mujer dijo que había visto las noticias sobre la niña desaparecida y que lo había relacionado con uno de sus vecinos. El hombre se llama Jayden Kennedy. Varón soltero, treinta y un años y vive solo. Pero dijo que había visto pruebas de que hay un niño presente en la casa y que en la tele tenía puesto los dibujos de *Peppa Pig*. Y al parecer eso es algo que le encantaba a la niña desaparecida.

—Un poco traído por los pelos, Jackson. Los solteros que viven solos tienen amigos con hijos. Vecinos. Sobrinas. Primos. De todo.

Ella asintió.

—Soy consciente, señor. Pensé en acercarme para comprobarlo, pero en el improbable caso de que tuviera retenida a una niña contra su voluntad, no quería provocar una situación peligrosa. Así que llamé a Jayden Kennedy, el propietario de la vivienda. Le dije que habíamos recibido quejas por ruidos durante una fiesta, pero que con una extensión de terreno tan grande, se desconocía la ubicación exacta. Le dije que un vecino nos había facilitado su nombre y su número y que estábamos comprobando si había oído algo.

Tenía razón sobre ella. Tenía buen instinto. Floyd asintió.

—Resulta que Jayden Kennedy tiene una inquilina en su casa en este momento. La alquiló por medio de una nueva aplicación que promete total anonimato. Él no tiene ni idea de quién es la persona y la gente paga más en moneda digital para que sea imposible de rastrear.

Anthony exhaló un profundo suspiro y meneó la cabeza.

—Estos tecnólogos se enriquecen haciendo nuestro trabajo aún más difícil.

—Kennedy me dijo que le había mandado un mensaje a la inquilina antes para decirle que tenía que revisar la casa por si había una posible fuga con este tiempo y que la persona se puso furiosa y le dijo que no fuera allí bajo ningún concepto. Dijo que la respuesta le había parecido extraña y se preguntaba qué estaría tramando la inquilina. Y por eso estoy aquí.

Floyd sabía que la juez Chandler estaba de guardia esta noche. Ella nunca firmaría una orden basándose solo en lo que sabían en ese momento y él no quería perder un tiempo precioso con una petición inútil.

—Tenemos un protocolo para comprobar que un ciudadano se encuentra bien. Iré contigo. Y llevaremos refuerzos.

—Una cosa más. —Levantó una reluciente llave con acabado de latón—. El dueño de la casa nos ha traído esto por si lo necesitábamos.

45

—¿Por qué conduces un camión de mudanzas? —La voz de Charlie estaba llena de desprecio y de rabia. Si Melissa pudiera cerrar los ojos, no sabría que la persona que le hablaba era su marido.

—Qué sé yo. ¿Por qué me apuntas tú con una pistola?

Él entornó los ojos al tiempo que en sus labios se dibujaba una sonrisa torcida.

—Siempre he admirado tu habilidad para la contrarréplica, pero ahora mismo no estás en condiciones de decir lo primero que se te ocurra.

En cuanto se sentó en el asiento del copiloto le clavó el cañón de la pistola en las costillas y a continuación le exigió que abandonara el aparcamiento del restaurante para dirigirse de vuelta a South Fork. Circulaban por la misma solitaria carretera de dos carriles por la que Melissa había ido a Riverhead. Hizo memoria, con la esperanza de recordar una gasolinera abierta o un bar de carretera donde pudiera escapar, pero no le vino nada a la cabeza.

—¿Dónde está Riley? —preguntó.

—¿Por qué no me lo dices tú? —Parecía satisfecho de sí mismo. Se preguntó si siempre había tenido cara de engreído o si de algún modo había conseguido alterar su aspecto físico—. Porque, por lo que me ha contado la policía, llevaste a

Riley a Shelter Island y la ahogaste porque nunca quisiste tener hijos y ya no podías soportar la presión.

—¿Por qué me haces esto? —Odiaba que pareciera que le estaba suplicando, como un animal hambriento al que le tientan con un trozo de carne—. ¿Es por dinero? No tenemos un acuerdo prenupcial. Podrías sacar tajada de esto sin montar un secuestro e inculparme a mí. Te inventaste la elaborada historia sobre Linda y Noruega y luego te apuntaste a la terapia de grupo para encontrar un blanco fácil. Con tantas personas en el grupo, ¿por qué yo?

De nuevo la sonrisa torcida. Estaba disfrutando del hecho de que él lo sabía todo y ella nada.

—Estuve a punto de cancelarlo unos meses después de conocerte.

—¿Ahora es cuando me dices que todo empezó como una estafa, pero que luego te enamoraste de verdad de mí?

Él negó con la cabeza.

—Lo siento, pero no, cielo. Siempre ha sido una estafa, si esa es la palabra que prefieres usar. Casi lo dejé porque eres demasiado lista. Incluso cuando ves una serie de Netflix, al tercer episodio ya sabes cómo va a acabar. Por cierto, gracias por estropear todos los finales. Pero cuando se trata de la vida real..., al menos de la tuya..., eres incapaz de ver la verdad, ¿eh? Supongo que es por todo ese rollo de elegir ser feliz.

El teléfono de Melissa sonó en el salpicadero delante de él. Vio el nombre de su hermano en la pantalla.

—Ni se te ocurra —dijo entre dientes.

Melissa mantuvo ambas manos en el volante mientras sonaba la melodía una y otra vez sin respuesta.

—Entonces ¿cuál es la verdad que no veo? —preguntó cuando la cabina del camión se quedó en silencio.

Él apretó con más fuerza el cañón de la pistola contra sus costillas.

—Se acabaron las preguntas.

Melissa rezó para que el mensaje incompleto a Katie hubiera llegado. Katie llamaría a la policía. La encontrarían y luego encontrarían a Riley. «Por favor, Señor, no quiero morir».

46

Mike vio la decepción en los ojos de su madre cuando dio a finalizar la llamada.

—No lo coge —dijo.

—Se fue a la comisaría hace casi dos horas. Sabía que deberíamos haber ido con ella.

Melissa estaba convencida de que la policía se tomaría más en serio las pruebas sobre Charlie si se las presentaba ella en persona.

—Es abogada, mamá. Y de las buenas. Tiene más credibilidad ante ellos si no lleva a su madre y a su hermano a cuestas.

—Pero ahora no está y no tenemos noticias. Hasta podrían haberla arrestado. —Nancy movía el dedo por su teléfono de manera frenética—. Tenemos que ir a la comisaría y ver qué está pasando allí. No puedo creer que se llevaran el coche de tu hermana.

—Mamá, ¿qué intentas hacer con el teléfono?

—Pillar un Uber de esos. O pediré un taxi de toda la vida. Todavía debe de haber alguno por aquí, ¿verdad? No todos los problemas tienen que resolverse con un iPhone.

Cualquier otro día, se lo habría pasado en grande tomándole el pelo a su madre y ella fingiría sentirse insultada por sus burlas mientras se reía con cada palabra. En lugar de eso, sus quejas sobre el móvil le trajeron a la memoria la conversación que Melissa y él habían tenido al salir del Cabo.

Toqueteó la pantalla de su teléfono.

—¿Estás pidiendo un coche? —le preguntó su madre.

—Estoy comprobando una cosa. Melissa configuró nuestros teléfonos para compartir la ubicación mientras veníamos hacia aquí, pero puede que ya haya caducado. —Un círculo con la fotografía de su hermana apareció en un mapa de carreteras—. No, sí que funciona. Puedo verla, justo aquí. Está entre nosotros y la comisaría. Debe de estarde camino a casa.

—¡Qué alivio! La idea de que la arresten... No creo que pudiera soportarlo. ¿Puedes enseñarme cómo funciona? Quiero ver por mí misma dónde está.

Le explicó que Melissa había insistido en que ambos compartieran la ubicación por si se separaban en el trayecto hasta la casa.

—Con todo lo que ha pasado, a ninguno de los dos se nos ocurrió desactivar el rastreo.

—Menos mal —dijo, mirando la pantalla con los ojos entornados—. Vale, ya la veo. ¿Y dónde estamos nosotros?

Amplió el mapa hasta que ella fue capaz de localizar la ubicación de la casa.

—Ah, sí, está bastante cerca, ¿verdad?

Ambos miraron juntos la pantalla, embelesados por el movimiento en tiempo real del pequeño círculo que contenía la fotografía de Melissa. El agradable momento de calma mental se vio interrumpido cuando el punto continuó hacia el sur, pasando de largo el esperado giro hacia la casa.

—¿Funciona bien? —preguntó su madre—. Se está alejando demasiado. ¿Adónde va ahora?

Mike se obligó a dejar de mirar la pantalla para llamar a Melissa. No obtuvo respuesta. Cuando volvió a abrir el mapa, ella había llegado hasta la playa y se dirigía de nuevo hacia el oeste. Según el mapa, estaba en la única carretera que atravesaba una estrecha franja de tierra con playas al sur y la bahía de

Shinnecock al norte. La carretera terminaba en un parque que daba a una ensenada. No se le ocurría ninguna razón para que su hermana fuera allí.

—Tengo que ir a buscarla —dijo. Estaba demasiado lejos para intentar alcanzarla a pie. Su madre estaba haciendo una llamada—. Un taxi va a tardar una eternidad aquí en verano.

Su madre levantó un dedo mientras esperaba una respuesta.

—Patrick, soy Nancy Eldredge. ¿Dónde estás?

47

El teniente Floyd Anthony volvió a golpear la puerta con el puño. ¡Pom, pom, pom!

—Policía Estatal de Connecticut. Hemos recibido una llamada sobre un problema en el vecindario. Estamos comprobando que todo está bien. Solo tardaremos un minuto. —Este fue el tercer intento fallido—. ¿Hay alguien en casa? —gritó.

No hubo respuesta, como era de esperar a esas alturas. El propietario de la casa, Jayden Kennedy, le había dicho a la agente Jackson que creía que la inquilina podría conducir un coche blanco de alquiler. Las luces del primer piso estaban encendidas, pero el camino de entrada estaba vacío cuando llegaron.

La agente Jackson se encogió de hombros a su lado, en el porche.

—¿Te parece bien si miramos por algunas ventanas? —preguntó.

—Claro, si tienes visión de rayos X. Las cortinas están echadas.

—He pensado que podríamos recorrer el perímetro, ya que es una comprobación rutinaria y todo eso. Tampoco es que vayamos a entrar.

Era una decisión prudente. Un tribunal apoyaría una inspección superficial si más tarde cuestionaban su conducta.

En la parte trasera de la casa encontraron un par de ventanas en el lado sur con las cortinas abiertas. En la pared del fondo había una televisión encendida que emitía dibujos animados. Jackson apoyó la frente en el cristal de la ventana y ahuecó las manos a los lados de los ojos para ver mejor.

—Alcanzo a ver la cocina desde aquí. Hay medio pollo en una bandeja en la encimera y platos sucios. Veo un vaso con boquilla y un plato de plástico rosa chillón. Algo que usaría una niña.

Se apartó de la ventana y le miró de manera expectante.

—No hay coche, pero todas las luces están encendidas, además de la televisión —añadió.

—Exacto, como si se hubieran marchado a toda prisa. Puede que nos hayan visto subir por la carretera principal y se hayan ido pitando —dijo Jackson—. O que se enteraran de que un vecino nos había avisado.

El teniente siguió su hilo de pensamiento hasta la irremediable conclusión.

—Es posible que la niña esté sola en la casa, dado que el delincuente tenía tanta prisa por largarse. Es una situación peligrosa.

Llamó por radio a los tres coches patrulla que esperaban al final del camino de entrada su llamada. Una vez que los agentes estuvieron en el lugar, introdujo la llave del propietario en la cerradura.

—¡Adelante! —gritó, abriendo la puerta de golpe.

Su equipo se movió de forma rápida y metódica por la casa, con las armas desenfundadas, revisando los armarios y detrás de las puertas. Buscaban puntos ciegos, comprobaban que todo estaba despejado y seguían adelante. Fue un registro de manual.

—Tengo la habitación de la niña —dijo Jackson. Él siguió su voz hasta un dormitorio situado al final del pasillo de arriba y la encontró de pie junto a una bolsa de lona y un parque infantil portátil—. ¿Cuánto sabes de niñas y de sus cosas favoritas?

—Casi nada si les preguntas a mis tres hijas adultas. Y me caes bien, Jackson, pero no me gustan las adivinanzas. ¿Qué me estoy perdiendo?

—La niña desaparecida, Riley, fue vista por última vez con un pijama de *Frozen*. ¿Ves estos pequeños copos de nieve azules? Son copos de nieve de la princesa Elsa. —Sacó un bolígrafo del bolsillo del pecho del uniforme y utilizó la punta con cuidado para buscar la etiqueta del interior del pijama. La marca era Disney—. Estaba aquí, teniente.

48

Melissa observaba de reojo a Charlie, que no paraba de buscar noticias en el móvil con la mano izquierda mientras se las apañaba para no perder en ningún momento el control de la pistola que sujetaba con la derecha y con la que le apuntaba directamente a la cabeza. Le había ordenado que se detuviera cuando llegaron a un aparcamiento de la playa. En los minutos que habían pasado, Melissa había esperado en silencio mientras él seguía mirando su teléfono.

—¿Querías que acabáramos aquí o es como cuando nos perdimos en aquellas carreteras llenas de curvas de Italia y te negaste a pedir indicaciones?

Él le lanzó una mirada asesina desde el asiento del pasajero de la cabina del camión, pero luego se permitió una pequeña sonrisa. Por un momento pareció el hombre con el que pensó que pasaría el resto de su vida.

—Lo cierto es que disfruté de tu compañía más de la cuenta en nuestra luna de miel.

—Vaya, esto no era solo una estafa. Me odias de verdad, ¿no?

Él se encogió de hombros.

—¿Yo? No, yo no.

—Pero alguien sí —repuso, notando la inflexión en su voz—. Supongo que Rachel. —No alcanzaba a imaginar por qué la mujer que se hacía pasar por la hermana de Charlie Miller la despreciaba tanto—. ¿Llevé a juicio a alguien de su familia cuando trabajaba en la oficina del fiscal o algo así? —Él negó con la cabeza como si estuvieran jugando a las Veinte Preguntas y el juego se hubiera alargado demasiado—. Nos conocemos en cierto modo —dijo—. Dime por qué estamos aquí. ¿Y por qué no dejas de mirar el móvil? —Con solo una mirada, se dio cuenta de que no era su teléfono habitual.

—Santo Dios, de verdad estás actuando como si estuviéramos casados. —Usó la mano izquierda para imitar una boca parlante—. ¿Quieres explicaciones? Vale, miro el móvil porque estoy esperando la redacción exacta de tu nota de suicidio. Estábamos trabajando en ello en el hotel, pero he tenido que salir para encontrarme contigo. Y estamos aquí porque estás abatida y deprimida. Vas a meterte en el agua vestida, el peso de la ropa hará de lastre y te ahogarás..., igual que ahogaste a tu pobre hijastra.

Después de todo lo que había averiguado sobre él en las últimas horas, era evidente que aún no había asimilado la magnitud de su depravación. Carecía por completo de humanidad.

—Todos los casos que he tratado en mi pódcast eran sobre personas inteligentes que aun así cometieron un error. ¿Cómo vas a irte de aquí? Estás en un callejón sin salida en una playa. No puedes largarte con mi camión, porque ¿dónde lo vas a aparcar luego? Supongo que Rachel vendrá a recogerte.

Melissa recordó que se había despedido de Charlie esa misma mañana, cuando salió de la casa para ir a recoger a Rachel en la estación de tren. Ahora suponía que Rachel ya había ido a Long Island mucho antes de que Riley desapareciera. Tuvo que ser Rachel quien drogó su café y después se coló en la casa para llevarse a Riley, haciéndose pasar por ella en su coche para el viaje a Shelter Island.

—Lo que has dicho antes sobre que soy inteligente en general, pero no cuando se trata de mi propia vida... No te equivocas. Bravo por convencerme de que Rachel era tu hermana y no la madre de Riley. Me convenciste de verdad.

Él le sostuvo la mirada durante unos segundos, pero Melissa no pudo leer su expresión.

—Es curioso. En otro mundo, este sería un gran caso para tu pódcast, porque yo soy el que no ha cometido ningún error. Resulta irónico, pero puede que fueras tú quien me ayudara con eso. He aprendido mucho viendo cómo funciona tu mente. Lástima que nadie descubra nunca la verdad.

Melissa entornó los ojos para evitar que le deslumbrara el reflejo de unos faros en el retrovisor del camión.

—¿Has visto ese coche? —preguntó—. Como mínimo, es un error.

El coche dio media vuelta con rapidez en el aparcamiento vacío y desapareció. Al girar, habría jurado que se trataba de un Tesla blanco.

—Buen intento —dijo.

—Si me pasa algo, el conductor de ese coche recordará haber visto este camión de alquiler. Con sus luces encendidas y en la posición en que estamos estacionados, sería obvio que hay alguien en el asiento del pasajero.

—Ni hablar. Además, ¿has visto lo rápido que ha dado la vuelta ese coche? Un conductor de un Tesla sin una sola preocupación. Seguro que se ha pasado la casa de un amigo carretera arriba. No se ha fijado en nada y lo más probable es que ya esté llegando a la fiesta.

Así que no se había equivocado. El coche era un Tesla, lo que significaba que podría ser Patrick. Estaba preocupado por ella. Era posible que la hubiera estado siguiendo desde que se fue de la casa. Después de insistir en que se mantuviera alejado de ella, rezaba para que hubiera desoído sus órdenes. En tal caso, necesitaba ganar tiempo.

—No te llamas Charlie Miller —soltó.

—Ya, menuda novedad —dijo con indiferencia.

—No soy la única que lo sabe. Antes de ir a Riverhead, le conté a alguien todo lo que sé. Saben que iba a verme contigo. No estudiaste en la Universidad de Washington. Linda no existe. Vi una foto del verdadero Charlie Miller y está claro que no eres tú. Averiguarán que le robaste la identidad. No te saldrás con la tuya. Rachel y tú pasaréis el resto de vuestras vidas en prisión y Riley crecerá sin madre ni padre. Si te detienes ahora, en realidad ni siquiera has cometido un delito grave. Secuestrar a tu propio hijo no es ilegal.

Por fin sonó el teléfono que Charlie no paraba de mirar y contestó de inmediato.

—Ya casi está hecho —dijo, sin romper el contacto visual con ella—. Cree que tiene ventaja porque supuestamente le ha contado a alguien lo del verdadero Charlie, como ella lo llama. No es tan lista como creíamos. —Melissa se obligó a respirar con regularidad, aunque se sentía como un pececillo rodeado por un gran tiburón blanco—. Yo también te quiero —dijo. Melissa contuvo las náuseas cuando él colgó y se frotó las manos—. Es hora de empezar —anunció—. Tengo tu guion listo. —Pulsó el botón de grabar del móvil mientras le mostraba la pantalla con las palabras listas para que las recitara.

Melissa ojeó el primer párrafo.

—No pienso hacerlo —dijo.

—Lo harás —sentenció—. Si no lo haces, mataré a tu madre y a tu hermano. He investigado. Esta es la zona más rocosa cerca de la casa de tu madre. Puedo llegar a casa de tu familia en siete minutos. Haré que parezca que les disparaste antes de suicidarte.

—¿Puedo hacerte solo dos preguntas?

—Puede. Depende de cuáles sean.

—¿Riley está a salvo?

—Sí.

—¿Y me drogaste y luego usaste mi coche para que pareciera que la llevé a Shelter Island?

—Puede que técnicamente eso sean dos preguntas. Y no fui yo, ya que, en realidad, estaba en Antigua, pero sí, te quedaste dormida porque unos cuantos somníferos aplastados acabaron en tu café helado.

Estaba a punto de preguntarle cómo se las había arreglado Rachel para entrar en la casa, pero enseguida recordó que él se había ofrecido voluntario para hacer algunos de los recados de su lista de tareas pendientes la semana anterior.

—Fuiste tú quien recogió las llaves del agente inmobiliario de mamá en la ciudad —dijo.

Él esbozó una sonrisa petulante.

—Siempre dices lo mucho que te gusta que te quite trabajo de encima. Aquí tienes un dato más. ¿Recuerdas las imágenes de la cámara del ferry? Tu coche, tus gafas de sol, aunque es evidente que no eras tú. Me han dicho que Riley se lo pasó en grande durante el viaje en coche. Al salir de la isla, fingió que era una tortuga en el asiento trasero y se tumbó en el suelo debajo de su manta, tal y como se le pidió. Es una niña estupenda.

Melissa recordó que había encontrado la manta de corazones junto a la puerta principal después de que Riley desapareciera. Rachel debió de tirarla al suelo cuando devolvió las llaves del coche y las gafas antes de cerrar la puerta al salir.

—Entonces ¿quién era la mujer del parque que me distrajo?

—Una mujer solitaria y amargada que encontramos en internet. No tenía ni idea de lo que estaba pasando. Basta de cháchara. Es hora de que grabes lo que llamaremos tu último pódcast.

Melissa empezó a leer el guion que habían escrito en un mensaje en el teléfono de Charlie. «Traumatizada. Estrés. Brote psicótico. La sujeté bajo el agua». Era la misma historia que le habían contado a la policía tras la desaparición de Riley.

Ella continuó siguiendo el guion mientras él pasaba el mensaje.

—Mi ansiedad también aumentó a causa de las decisiones poco honradas que tomé en mi vida profesional. El importante caso de condena injusta (la supuesta exoneración de Jennifer Duncan) es un completo fraude y un error judicial. En cuanto salió de la cárcel me confesó que había asesinado a su marido a sangre fría con el único propósito de heredar...

Se detuvo de repente y se volvió para mirar a Charlie en silencio.

—¿Estás de coña? —gritó él, golpeando la puerta del camión con el brazo, presa de la furia—. ¡Ahora tenemos que hacerlo todo de nuevo! Léelo palabra por palabra.

—O no —dijo—. Y ese será tu error. ¿Por qué te importa ese caso? ¿No te basta con matarme? ¿También tienes que manchar mi reputación?

—Deja de pensar que tienes algún poder. —Levantó la pistola para darle mayor énfasis. Melissa se inclinó hacia la ventanilla del conductor cuando él se dispuso a ponerle el cañón del arma en la frente—. Voy a darte una última oportunidad para que lo hagas bien. Si la fastidias, lo escribiré en tu teléfono, te mataré y luego torturaré a todos tus seres queridos porque sí antes de acabar con ellos.

Melissa llevaba cuatro segundos de su supuesta confesión, leyendo en voz alta las palabras predeterminadas mientras el resto de su mente trataba de averiguar qué se le escapaba. «Farsante». La palabra que TruthTeller repetía una y otra vez.

«Melissa Eldredge es una farsante y una mentirosa».

«Eres una mentirosa y una farsante. Todo va a salir a la luz».

La mujer del parque la había llamado farsante e hipócrita.

¿Por qué les importaba tanto a Rachel y a él? ¿Sería posible que...?

—¡Eh! —gritó, levantando la mano como si fuera a pegarle con la pistola—. ¿Por qué has dejado de leer otra vez? Ya casi habíamos terminado.

Era la única explicación.

—Ya sé por qué parecías tan orgulloso de ti mismo porque aún no lo había descubierto. Rachel es tu hermana. Sois los hijos de Doug Hanover. Todo esto es por el pleito de la herencia. Vuestro padre os desheredó, pero teníais una oportunidad de reclamar el dinero después de que condenaran a Jennifer Duncan por su asesinato. Queréis aprovechar para volver al tribunal sucesorio antes de que se transfieran los bienes.

Charlie agitó las manos con fingida excitación.

—¡Tin, tin, tin, tenemos ganadora! Ves, sabía que eras lista. Yo heredo lo que tú tienes como Charlie Miller mientras nuestro abogado vuelve al tribunal testamentario para conseguirnos la pasta gansa.

—Pero Riley os llama a tu hermana y a ti mamá y papá —dijo Melissa—. ¿Significa eso...?

—No, qué asco... Eso de mamá y papá es automático cuando son pequeños. Una vez que se nos ocurrió este plan, simplemente no la corregimos.

—Entonces, es hija de uno de los dos, ¿verdad? ¿Significa eso que de verdad está a salvo? ¿Es Riley su verdadero nombre?

La miró y meneó la cabeza.

—Vaya, te importa de verdad, ¿no? ¿De veras quieres saberlo?

Melissa asintió con impaciencia, desesperada por saber la verdad sobre la niña a la que ahora sentía como si fuera suya. Se dijo que solo estaba ganando tiempo por si Patrick la había estado siguiendo, pero la realidad se estaba imponiendo. No deseaba morir, pero si tenía que hacerlo, quería saber que Riley podría tener una vida por delante.

—Sí, su verdadero nombre es Riley. Es hija de Rebecca. Bueno, tú la conoces como Rachel, pero su nombre es Rebecca. En cuanto desaparezcas, Riley volverá a vivir con su madre como antes. No tardará en olvidarse de ti y de que me llamaba papá.

—¿Quién es su padre?

—No sé más que tú. Mi hermana nunca me lo dijo y se negó a poner el nombre de ese tío en el certificado de nacimiento.

—¿Y tú cómo te llamas? —Melissa recordó a Jennifer describiendo la absoluta crueldad de los dos hijos de su marido, pero Melissa no recordaba si había mencionado sus nombres.

Charlie se compadeció un poco de ella por primera vez.

—Brian. Nacimos con el apellido Hanover, pero nuestra madre lo cambió por Bloom cuando nuestro padre se marchó. Supongo que criar a los hijos sin el desgraciado del padre es cosa de familia.

Melissa se repitió el nombre en silencio. Brian Bloom. El hombre con el que se casó. El hombre al que creía haber amado. El hombre que iba a matarla.

—Vale, lo digo en serio, esta es tu última oportunidad. Lee toda la nota en el teléfono. Si no, paso al plan B. No te estás haciendo ningún favor. Ni a Mike ni a Nancy.

Odiaba oír salir los nombres de su familia de sus labios.

Durante los tres minutos siguientes, leyó las palabras que le habían escrito. Aunque trató de alterar su inflexión habitual para que las personas más cercanas supieran que estaba bajo presión, Charlie parecía satisfecho cuando terminaron la grabación.

—Fuera —ordenó.

La condujo a punta de pistola hasta el extremo del aparcamiento y allí le ordenó que se quitara las zapatillas. Con la pistola en la espalda, cruzó la fresca y blanda arena hacia el estruendo de las olas que rompían al final de la playa. Por una vez, el pronóstico del tiempo había acertado. El viento azotaba el picado oleaje. Observó a un solitario gavilán que luchaba como podía por avanzar contra el tempestuoso viento.

Con mirada frenética, buscó cualquier vía de escape. Se imaginó extendiendo el brazo para coger el trozo de botella rota que brillaba en la arena, arrastrada por el mar, pero no tenía forma de tocarla en el plano físico. Se le cayó el alma a los pies al pasar junto a ella.

Cuando ya no pudo avanzar más, comprendió por qué Charlie la había llevado allí. Más allá de la arena había una playa rocosa, con resbaladizas piedras apiladas, donde las furiosas y espumosas olas se revolvían y rompían, rebotando contra la parte trasera de la cala.

—Sigue andando —le ordenó mientras se detenía en la arena, agitando el arma para recalcar sus palabras—. Camina hacia allí, sobre esas rocas.

Contempló el tumultuoso batir del agua sobre las piedras bajo sus pies descalzos mientras daba un peligroso paso tras otro. Se imaginó el agua cayéndole en la cara, entrándole a borbotones por la nariz y la boca. La violenta resaca la arrastraría y la devolvería al mar. Todos sus miedos, aunque reprimidos, le habían impedido aprender a nadar. Si caía al mar, moriría de forma irremediable.

Se volvió hacia él, escudriñando el horizonte a sus espaldas con la esperanza de encontrar alguna señal que le indicara que el del Tesla blanco era Patrick, pero no vio ninguna. Intentó convencerse de que había tomado la decisión correcta al esperar para oponer resistencia hasta estar ahí, al aire libre, en lugar de atrapada con él dentro del camión o en el estrecho sendero de la playa. Al menos ahí tendría espacio para moverse si empezaba a disparar, aunque él llevaba ventaja al estar sobre un terreno firme mientras que ella hacía lo posible para no perder el equilibrio y evitar caer en las traicioneras olas que se la tragarían sin dudar.

—No te saldrás con la tuya —dijo.

—Creo que eso ya me lo has dicho —replicó, imperturbable—. Tu supuesto amigo sabe la verdad.

—No solo mi amigo —adujo—. La policía. También se lo dije a ellos. Fui a la comisaría de Southampton. Dejé documentación. Llamé a la oficina de antiguos alumnos de la Universidad de Washington. Tengo pruebas. El verdadero Charlie está en estado vegetativo. La policía rastreará su carnet de conducir y su pasaporte. Conseguiste renovarlos, pero las fotos no coinciden. Te van a atrapar.

La arrogancia se esfumó de su rostro. Él no era Charlie. No era su secuestrador. Ahora era otra persona.

Recordó sus días en la oficina del fiscal del distrito, cuando los acusados altivos sabían que los tenía acorralados. Aunque defender a personas inocentes le había dado grandes satisfacciones como abogada, se dio cuenta de que también echaba de menos estar en el otro lado.

Durante el breve instante en el que Charlie dudó, notó un movimiento en la arena detrás de él. Sintió un rayo de esperanza. Tal vez fuera el mensaje incompleto a Katie, el que había dejado en la comisaría o el Tesla blanco que había dado media vuelta en el aparcamiento. No podía perder la esperanza de que una de sus tablas de salvación hubiera llegado. Si seguía allí sola con ese hombre, iba a morir.

Había ganado todo el tiempo posible. Tenía que actuar.

Se visualizó lanzándose a por él, abriéndose paso de algún modo por las resbaladizas rocas y atacándole en la arena para intentar arrebatarle la pistola. No tenía ninguna duda de que él apretaría el gatillo para conservarla. Si su primer intento fallaba, tal vez tuviera tiempo suficiente para arremeter de nuevo contra él antes de que pudiera volver a disparar. Aun así, ¿cómo podría quitarle el arma?

Por arriesgado que fuera, podría ser su única oportunidad de sobrevivir.

Mientras respiraba hondo para calmar los nervios, oyó de repente una voz que gritaba desde la playa.

—¡Melissa! —Pese al aullido del viento marino, estaba segura de que era Mike quien gritaba su nombre.

Charlie volvió la cabeza durante una fracción de segundo. Melissa se agachó y arremetió contra él con todas sus fuerzas. Charlie abrió los ojos como platos, mostrando su sorpresa antes de que ella impactara contra su abdomen. Mientras caía, efectuó un disparo sin control. Nunca se había sentido tan grande como en ese momento, mientras se obligaba a caer de bruces para ejercer presión contra él con todo su cuerpo.

Cuando la mano izquierda de Charlie se aferró al largo cabello de Melissa —se aferró, retorció y se sostuvo—, a Melissa le vino de repente a la cabeza su yo de tres años, tratando de alcanzar a su madre desde aquel estrecho y helado balcón mientras la barandilla empezaba a derrumbarse. Como si aquello hubiera dejado una huella indeleble en su memoria sensorial, aún podía sentir las manos de su madre en el cabello mientras luchaba por aferrarse a su pequeña al tiempo que Carl Harmon le asía las piernas, hasta que el hombre acabó cayendo hacia las olas que, abajo, se agitaban sobre las rocas.

Iba a luchar por salvarse con uñas y dientes, igual que lo había hecho su madre cuarenta años antes. Una vez que Charlie quedó tumbado boca arriba, le clavó los codos en los antebrazos mientras le golpeaba la parte inferior del cuerpo con las rodillas. Al ver que aún sujetaba la pistola en su mano derecha, volcó todo su peso ahí. De no ser por la arena, podría haberle roto el brazo.

Charlie consiguió doblar la muñeca lo suficiente para apuntar el cañón del arma hacia su vientre. Melissa rodeó con ambas manos el cañón de la pistola, apretando los hombros y el torso contra la parte superior de su cuerpo mientras luchaba por desviar el arma. Cuando vio que el cañón le apuntaba directamente a la cara, le mordió el antebrazo, arrancándole un gruñido feroz. En cuanto soltó el arma, Melissa la envió de un golpe hacia las resbaladizas rocas que había detrás de ellos.

Se arrastró por la arena, tratando de llegar al cristal roto que había visto antes. Charlie la agarraba por los tobillos cuando ella consiguió asestarle una patada en pleno pecho con el talón del pie flexionado. Cuando oyó un profundo gruñido que profirió en el momento en que el aire abandonaba sus pulmones, pensó que a lo mejor tenía una oportunidad. Se lanzó hacia delante y extendió el brazo derecho. Una oscura sombra surgió bajo la luz de la luna cuando las yemas de sus dedos localizaron el trozo de cristal liso y frío sobre la húmeda arena.

Melissa rodó sobre su espalda justo cuando Charlie, o Brian Bloom, se abalanzaba sobre ella. Gritó cuando le cortó en el hombro con el cristal, rasgándole la camisa. Estaba a punto de apuñalarle de nuevo cuando el peso de su cuerpo desapareció de repente. Mike y Patrick flanqueaban a Charlie y le estaban tumbando boca arriba. El hombre hizo una mueca de dolor cuando los tres se tiraron encima de él para inmovilizarle contra el suelo, pero no dejó de retorcerse.

—¡Deja de pelear o tu cabeza acabará estrellada en esas rocas de allí! —gritó Mike.

Charlie siguió resistiéndose e intentó acercar la mano izquierda al bolsillo trasero.

—¡La pistola! —gritó Patrick—. Intenta coger una pistola.

Melissa llegó primero al bolsillo de Charlie. Pareció quedarse sin fuerzas al ver su teléfono en las manos de Melissa.

—Rachel ha sido la última persona que lo ha llamado. Seguro que estaba tratando de advertirla.

Llamó al último número que le había llamado a él. Sonó una vez y descolgaron.

—¿Lo has hecho? ¿Está muerta?

Reconoció la voz ansiosa y eufórica. No era la de Rachel.

49

Una hora y media más tarde, Melissa estaba sentada con los detectives Hall y Marino en la parte trasera de una furgoneta sin distintivos enfrente del motel Riverhead Sunshine. Melissa les había convencido por fin de que la necesitaban en el lugar de los hechos. Al fin y al cabo, ella fue quien había puesto en marcha el plan enviando unos mensajes desde el teléfono de Brian Bloom. Si las cosas iban según lo previsto, todos los adultos de la vida de Riley pasarían la noche en la cárcel, menos ella.

Fue ella quien se encaramó a la resbaladiza playa rocosa para hacerse con el arma de Bloom. Mientras Mike llamaba al 911, ella apuntó a Charlie desde una distancia prudencial, recordando la única sesión de entrenamiento que había realizado años atrás en un campo de tiro de la policía de Nueva York. Los detectives Hall y Marino llegaron solo unos minutos después que los agentes de patrulla. Para entonces, ya conocían la información sobre Charlie Miller que Melissa les había dejado en la comisaría. También habían hablado con la mujer del parque, que se presentó tras reconocer a Riley en las noticias. Y la Policía Estatal de Connecticut informó de que creían que Riley había estado retenida en una casa alquilada en West Cornwall, pero que al parecer los ocupantes se habían marchado con ella. El dueño de la casa creía que el inquilino conducía un pequeño sedán blanco.

Melissa se preguntó si tenían planeado desde el principio marcharse de la casa o si era una reacción fruto del pánico ante las crecientes sospechas de Melissa sobre su marido. Sintió cierta satisfacción al imaginarse a los tres tratando de cubrirse las espaldas mientras ella seguía descubriendo sus mentiras, una tras otra.

Mantuvo los ojos clavados en la puerta de la habitación 106 y solo apartó la vista de vez en cuando para ver si algún coche se desviaba de la carretera principal hacia el aparcamiento del motel. La policía ya había confirmado en la recepción que un tal Charlie Miller había alquilado dos habitaciones para pasar la noche utilizando su carnet de conducir y su tarjeta de crédito. El otro nombre que figuraba en la reserva era el de Rachel Miller, pero el recepcionista no había exigido identificación al segundo huésped.

Melissa había estado utilizando el móvil de Bloom para continuar sus conversaciones a través de mensajes de texto. Cuando su hermana le preguntó si ya había terminado, ella le respondió: «Sí, ya está hecho». Había convencido a los dos cómplices de Bloom que un numeroso grupo de chicos de instituto había empezado a reunirse junto a la ensenada para celebrar una fiesta alrededor de una hoguera, por lo que estaba regresando a pie a la ciudad por la costa para evitar el contacto con ellos. Prometió enviar un mensaje de texto con su ubicación cuando estuviera listo para que le recogieran. Mientras tanto, la persona que había llamado a Bloom justo antes de que intentara matar a Melissa le dijo que estaba a punto de llegar al motel, donde dejaría a Riley antes de reunirse con él en su destino. Terminó con el mensaje «Te quiero mucho», seguido del emoji de un corazón.

—Atención —dijo la detective Hall cuando unos faros se dirigieron hacia ellos desde la carretera principal. Cuando el coche pasó junto a su furgoneta, Melissa vio que se trataba de un sedán blanco, pequeño y anodino. Contuvo el aliento al distinguir una pequeña silueta en una silla en la parte trasera.

Tenía que ser Riley. Estaban aquí. Sus esperanzas aumentaron cuando el coche giró de nuevo y entró en el aparcamiento del motel.

Ya era hora. Miró a los detectives en busca de confirmación y ambos asintieron.

Tocó la pantalla de su teléfono para hacer la llamada y conectó el altavoz. Le pareció ver el tenue resplandor de una pantalla en el coche de alquiler antes de que le respondieran.

—Oh, gracias a Dios, Melissa, esperaba que llamaras. ¿Dónde estás? ¿Estás bien?

—¿Recibiste mi mensaje? —preguntó Melissa de forma frenética—. ¿Llamaste a la policía?

Hubo una larga pausa, seguida de una débil explicación de que no tenía buena cobertura y que no había oído lo que Melissa acababa de decir. Melissa cerró los ojos con fuerza. Una parte de ella quería creer que podía haber una explicación, pero ahora estaba segura.

—Digo que si llamaste a la policía como habíamos quedado.

—Sí, les llamé en cuanto recibí ese mensaje tan raro, pero cuando fueron a la cafetería, no os encontraron ni a Charlie ni a ti.

—Charlie subió al camión con un arma y me obligó a conducir hasta la playa. Me tiró desde un saliente rocoso a unas olas enormes. Está claro que me dejó allí para que muriera, pero me agarré a un trozo de madera y conseguí llegar a la orilla.

—Melissa, ¿estás ahí? No te oigo. —Los detectives Hall y Marino se miraron. Era una mentirosa nata—. Voy a colgar e intento llamarte de nuevo. Estés donde estés, mantente a salvo y no te muevas. Iré a buscarte.

El teléfono de Brian Bloom empezó a sonar justo después de que colgara. Esperaron en silencio. El sonido paró y volvió a empezar. Luego hubo una tercera llamada que nadie atendió.

—Eso es —susurró Melissa, deseando que su amiga pudiera oírla—. Ahora todo se está desmoronando, ¿no?

El teléfono de Bloom se iluminó cuando recibió un nuevo mensaje. «Llámame lo antes posible. No está hecho».

Tecleó tres signos de interrogación como respuesta de Brian Bloom y le dio a enviar.

El siguiente mensaje decía: «Acaba de llamarme. Está viva». Melissa sostuvo la pantalla en alto para que la vieran los detectives.

—¿Es suficiente?

Hall hizo un gesto con el pulgar hacia arriba y Marino utilizó su radio para dar la orden.

—Esperen a que salga del vehículo —ordenó—. Y recuerden que hay una niña en el asiento trasero. Tomen todas las precauciones.

Melissa sintió el horror de la traición cuando la puerta del conductor del sedán blanco se abrió y salió Katie.

Fue todo muy rápido. Mientras Hall y Marino saltaban de la furgoneta por la puerta de atrás, dos coches patrulla que habían estado aparcados detrás del motel se detuvieron a ambos lados del edificio y flanquearon a Katie cuando esta rodeó la parte delantera de su coche hacia el lado del copiloto. Ella levantó las manos de inmediato. Melissa no pudo entender las palabras que gritaban los agentes, pero vio que Katie se arrodillaba en el suelo y luego se tumbaba con las manos a la espalda. Tragó saliva al ver que le ponían las esposas.

La puerta de la habitación 106 se abrió y empezó a cerrarse de inmediato. Hall llegó a tiempo para impedirlo con el hombro y sacar a la ocupante de la habitación.

Los detectives trataron de esposar a Rebecca Bloom mientras ella intentaba zafarse. Incluso a esa distancia, Melissa pudo distinguir la angustia en su rostro mientras gritaba hacia el aparcamiento. «¡Riley!». Estaba llamando a gritos a su hija.

Melissa alargó la mano hacia la puerta de la furgoneta, haciendo caso omiso del agente que le ordenó que no se moviera. Se bajó de un salto y cruzó corriendo la calle en dirección al motel. Llegó a la parte trasera del coche blanco de alquiler antes de que uno de los agentes uniformados le bloqueara el paso. Vio a Katie por encima de su hombro, con los ojos entornados en una mirada asesina y un gesto desafiante.

—¿Cómo has podido hacerlo? —gritó.

Katie consiguió volver la cara incluso con un agente arrodillado sobre ella.

Más allá del aparcamiento, Rebecca Bloom ya no oponía resistencia a Hall y a Marino. Melissa se dio cuenta de que Rebecca les estaba diciendo algo a los detectives, que entraron con ella en la habitación 106 y cerraron la puerta. La radio prendida al hombro del agente que estaba a su lado emitió un pitido y entonces oyó la voz del detective Marino.

—La madre no quiere que su hija la vea esposada. La madrastra de la niña está junto al vehículo. Que se lleve a la niña a nuestra furgoneta.

A Melissa le temblaba la mano a causa de la impaciencia cuando se acercó a la puerta trasera. Riley la miró con ojos soñolientos.

—¡Missa! ¿Dónde está Katie?

Casi con toda probabilidad, Riley había visto a Katie detenerse con las manos en alto desde su lugar privilegiado, pero ahora no podía verla en el suelo delante del coche.

—Está ayudando a la policía a hacer un trabajo importante, cariño. —Desabrochó a Riley del asiento del coche y respiró hondo mientras la niña le rodeaba el cuello con los brazos para que la cogiera. Tenía el pelo caliente y húmedo por el calor del coche y olía a champú para bebés. Melissa le protegió los ojos a Riley con una mano mientras la alejaba del caos que había detrás de ellas—. ¿Quieres ir a ver una furgoneta de la policía secreta? No tiene nada por fuera, pero por dentro está llena de cosas chulas.

A Riley se le iluminaron los ojos y en su rostro se dibujó una amplia sonrisa. Era una niña muy curiosa.

—Y después, ¿adivina a quién podemos ir a ver? ¡A la yaya Nan!

—¿En su nueva casa? —preguntó Riley.

—Eso es. Y no te he visto en dos días. ¿Dónde has estado?

—Con mamá. Llevamos el coche en barco y jugué a que era una tortuga. Hay una casa en el bosque. Y luego Katie vino a hacer de niñera.

—Te acuerdas de ella, ¿verdad? —preguntó Melissa—. ¿Mi amiga, Katie? La has visto varias veces, además estuvo en la boda.

Una expresión confusa afloró al rostro de Riley.

—Sí. Me hizo un *cupcake* especial. No sabía que Katie conocía a mamá. Pensé que Katie era tu amiga.

Melissa se mordió el labio.

—Yo también. Bueno, ¿estás lista para ver la furgoneta secreta?

—Te he echado de menos, Missa. —Riley se llevó la regordeta mano a la boca y le lanzó un beso perfecto.

—Yo también te he echado de menos, Riley.

50

Cinco meses después

Las llamas lamían con voracidad los gruesos troncos. El acogedor olor del hogar impregnaba el apartamento de Melissa y se mezclaba con el aroma de la sidra de manzana caliente. Lo que había propuesto como un sencillo menú de Nochebuena a base de jamón cortado en espiral, panecillos estilo Parker House y una ensalada verde mixta se había convertido en todo un festín de platos que su madre no dejaba de añadir a la mesa.

Según las cuentas de Melissa, Riley iba ya por su sexto viaje a un apetitoso cuenco de salsa de cangrejo. La madre de Melissa bromeó con que al final la niña iba a ser toda una chica de Cape Cod.

Observó mientras Mac rellenaba en silencio la taza de té de su madre. Se había retirado como abogado de Brian Bloom inmediatamente después de la detención, alegando que su cliente le había contratado bajo una identidad falsa con el fin de propiciar un delito. Ahora era su copresentador habitual en *El club de la justicia*, que había cuadruplicado su audiencia desde el verano. Melissa no sabía si el resto de la familia Eldredge llegaría a perdonarle del todo, pero comprendía cuánto le había dolido a él hacer lo que un abogado tenía que hacer por su cliente.

Al verla, Mac le hizo señas para que se acercara a un rincón tranquilo del salón.

—¿Tuviste noticias de la oficina del fiscal la semana pasada?

—Creen que van a llegar a un acuerdo de cooperación con Rebecca.

Rebecca Bloom era la única conspiradora que había hablado con la policía por el momento. Melissa ya no pensaba en los hermanos como Charlie y Rachel Miller. Esas personas nunca habían existido en realidad. Le estaba costando más aceptar la verdad sobre Katie.

Rebecca le contó a la policía que su hermano y ella conocieron a Katie después de que ellos se pusieran en contacto con la fiscalía durante el juicio de Jennifer Duncan y la designaran como su persona de contacto. Dado que la fiscalía no tenía intención de llamarlos como testigos, Melissa no llegó a conocerlos a ninguno de los dos. En cambio, Katie sintió lo que Rebecca describió como «química instantánea» con su hermano. Aunque su relación se hizo más intensa, la mantuvieron en secreto debido al trabajo de Katie.

Cuando Katie dejó de ejercer la abogacía, los dos tenían otro motivo para ocultar su relación; la lucha por la herencia de Doug Hanover. Según Rebecca, fue testigo de la creciente obsesión tanto de su hermano como de Katie cuando Jennifer Duncan no solo ganó el juicio de exoneración, sino que además le dio la vuelta a la historia y logró riqueza y convertirse en una celebridad. Dijo que la aversión de Brian estaba sobre todo dirigida a Jennifer, mientras que Katie era la que ardía de resentimiento contra la abogada que estuvo al lado de Jennifer.

—Si Rebecca va a testificar contra Brian y Katie, ¿significa eso que por fin admitirá que conocía el plan desde el principio? —preguntó Mac.

En su primera declaración a la policía, Rebecca afirmó que no tenía ni idea de que su hermano y Katie planeaban matar a Melissa hasta que Charlie salió del motel con una pistola solo unas horas antes de que los detuvieran a todos. Pensó que iban a inculparla por secuestro y después obligarla a admitir que Jennifer Duncan supuestamente había planeado el asesinato de su marido.

—Eso esperan los fiscales —dijo Melissa—. En cierto modo, no importa. Los teléfonos que usaron esa noche demuestran que todos participaron en la redacción de mi supuesta nota de suicidio y eso por sí solo basta para convertirla en cómplice de intento de asesinato. Dice que temía que Katie y su hermano se volvieran contra ella.

—Lástima para ella que eso no pueda usarse como argumento de defensa —comentó Mac.

Melissa sintió una mano en el hombro y al girarse vio que era su hermano.

—Oigo hablar de derecho —dijo—. Esto es irónico que te lo diga yo, pero quizá ahora sea un buen momento para elegir ser feliz. Borra a esas personas de tu cabeza y permítete un poco de alegría navideña. Estoy a punto de abrir una botella de vino.

—Me parece todo estupendo —dijo.

Llamaron con suavidad a la puerta del apartamento y a continuación apareció Amanda Keeney, con su larga melena rubia empapada.

—¡Feliz Nochebuena pasada por agua a todos! Siento llegar tarde. Espero que Neil os lo haya explicado. La policía de Nueva York no cierra por vacaciones..., y parece que tampoco por tormentas.

Riley se limpió los dedos manchados de salsa en una servilleta de papel de Papá Noel y corrió a darle un abrazo a Amanda. Estaba creciendo muy deprisa, a Amanda ya le llegaba a la altura de la cadera. Neil Keeney saludó a su mujer con un beso y una jarra de sidra.

El hermano de Melissa fue a la cocina y se puso a abrir una botella de vino tinto. Le alegraba que Mike ya no pidiera permiso antes de tocar cualquier cosa en la cocina. Había estado yendo a la ciudad casi todos los meses. A sugerencia de ella, iba a dejar algunas de sus cosas en la habitación de invitados para poder ir y venir en viajes cortos sin necesidad de hacer la maleta y había llegado a un acuerdo provisional para trabajar como capitán de barco en los Hamptons durante el verano.

Una vez que la botella estuvo abierta y sobre la mesa del comedor, Patrick levantó una copa vacía en su dirección y ella asintió con la cabeza. Le rozó la muñeca con el pulgar cuando aceptó la copa llena de vino, feliz de que hubieran vuelto a pasar tiempo juntos una vez que ella comprendió por qué había roto su compromiso. Katie había hablado con Patrick a espaldas de ella, fingiendo que Melissa le había confiado que no quería tener hijos, a pesar de que Melissa y Patrick habían hablado de formar una familia. Katie insistió en que Melissa solo había accedido a tener hijos para darle a Patrick lo que él quería. Las palabras exactas de Katie fueron: «Melissa cree que puede elegir ser feliz, aunque se esté obligando a seguir adelante con eso. Será desgraciada y será culpa tuya. Si de verdad la amas, tienes que dejarla libre». Y Patrick la quería de verdad, tanto que había cometido el terrible error de poner fin a su relación.

Tal vez Katie necesitaba que Melissa estuviera soltera y con el corazón roto para caer en las redes de Brian Bloom, pero Melissa sospechaba que tenía otro motivo más personal. Aunque algunos de los comentarios de odio de TruthTeller los habían publicado los Bloom, la policía los había rastreado casi todos hasta el portátil de Katie. Había disfrutado viendo sufrir a Melissa. A pesar de que como abogada sabía que no debía hablar con ella directamente, Melissa había intentado incluso visitar a Katie en la cárcel para entender por qué había llegado a despreciarla tanto. Como era de esperar, Katie se había negado a verla. La próxima vez que estuviera en la misma habitación con su ex mejor amiga, sería para testificar contra ella.

Neil Keeney estaba de pie, listo para hacer un brindis.

—Quiero dar las gracias a mis viejos amigos Melissa y Mike...

—¡Oye, Neil! —voceó Mike mientras se unía a ellos desde la cocina—. Que tú eres mayor que cualquiera de nosotros...

—Me corrijo, pues: a mis queridos amigos, Melissa y Mike, y por supuesto su madre, Nancy, por incluirnos. —Sabía que Neil se sentía muy culpable por haber ayudado a Katie a llevar a Melissa a la terapia de grupo donde Brian Bloom ya se estaba haciendo pasar por un paciente llamado Charlie Miller, pero Melissa le aseguró que sabía que solo había intentado ayudar—. Todavía recuerdo a mis padres diciendo de forma efusiva lo agradecidos que estaban de que los Eldredge los hubieran invitado a su casa después de otro momento difícil para vuestra familia, así que significa mucho para Amanda y para mí estar hoy aquí con vosotros, celebrando vuestra primera Navidad con la pequeña Riley aquí para acompañarnos.

Riley exclamó un alegre «¡Chinchín!» al mismo tiempo que los demás. Melissa no pudo evitar sonreír al ver que Patrick ayudaba a Riley a chocar su vaso de zumo con los vasos de los otros adultos. Riley dejó el vaso cuando terminó y lo sustituyó por el reno de peluche que Patrick le había regalado. Solo el tiempo lo diría, pero sospechaba que él tenía suficiente amor en su corazón para estar al lado de las dos a largo plazo.

Riley seguía abrazada a su nuevo juguete cuando se subió al regazo de Melissa. Para su sorpresa y deleite, Rebecca había aceptado que nombraran a Melissa como tutora legal de Riley mientras ella estuviera encarcelada. Suponía que Rebecca pensaba que la medida podría ayudarla en su defensa legal, pero en la oficina del fiscal del distrito estaban seguros de que, aunque Rebecca llegara a un acuerdo para testificar contra su hermano y contra Katie, no saldría de la cárcel hasta que Riley tuviera al menos dieciocho años.

Melissa estrechó a Riley entre sus brazos mientras su cuerpo se relajaba por el sueño. Aquella niña no era su hija, ni siquiera su hijastra. Entre ellas, eran simplemente Riley y Missa. El resto ya lo descubrirían sobre la marcha. Ignoraba si Riley seguiría en contacto con su madre en los próximos años, cuánto recordaría de su madre o de su tío Brian a medida que creciera ni qué tipo de preguntas podría hacer o cuándo. Tal vez sería como Mike y asimilaría con valor la verdad pura y dura. O tal vez, al igual que Melissa, intentaría creer que el trauma del pasado no tenía por qué definirnos. La única certeza que sentía en lo más hondo de su ser era que encontraría la forma de que Riley tuviera una oportunidad de ser feliz de verdad, porque eso era justo lo que esa niña le había dado a Melissa.

Se dio cuenta de que la aguanieve ya no golpeaba las ventanas y que el gemido del viento había cesado. Riley se agitó en su regazo. Antes de volver a respirar de manera suave y uniforme, Riley murmuró una sola palabra. «Mamá».

AGRADECIMIENTOS

Este libro es el resultado de una colaboración no solo entre dos autores, sino entre todo un equipo que ha apoyado el proceso de principio a fin. Gracias a Jonathan Karp, Marysue Rucci, Sean Manning, Tzipora Baitch, Anne Tate Pearce y Hana Park (todos los de Simon & Schuster) y a los amigos y familiares conocidos internamente como el Equipo Clark.

Aunque ningún reconocimiento está completo sin darte las gracias a ti, lector, aquí está justificado que haya una mención especial. Gracias por volver a conocer a la familia El-dredge, tantos años después de que *¿Dónde están los niños?* lanzara lo que se convertiría en una carrera como escritora que ha abarcado seis décadas. A través de ti, los personajes y sus historias continúan.